평화시장
까치

평화시장 까치

발행일   2022년 3월 21일

지은이   최영만
펴낸이   손형국
펴낸곳   (주)북랩
편집인   선일영   편집   정두철, 배진용, 김현아, 박준, 장하영
디자인   이현수, 김민하, 허지혜, 안유경   제작   박기성, 황동현, 구성우, 권태련
마케팅   김회란, 박진관
출판등록 2004. 12. 1(제2012-000051호)
주소   서울특별시 금천구 가산디지털 1로 168, 우림라이온스밸리 B동 B113~114호, C동 B101호
홈페이지 www.book.co.kr
전화번호 (02)2026-5777   팩스   (02)2026-5747

ISBN   979-11-6836-206-2 03810 (종이책)   979-11-6836-207-9 05810 (전자책)

(주)북랩 성공출판의 파트너
북랩 홈페이지와 패밀리 사이트에서 다양한 출판 솔루션을 만나 보세요!
홈페이지 book.co.kr   •   블로그 blog.naver.com/essaybook   •   출판문의 book@book.co.kr

작가 연락처 문의 ▸ ask.book.co.kr
작가 연락처는 개인정보이므로 북랩에서 알려드릴 수 없습니다.

최영만 장편소설

평화시장

까치

열여섯 동갑내기
어린 부부가
걸어온
반백년 세월

북랩

머리말

주인공 강상민과 장범순은 중학생이면서 동갑내기로 갓 열여섯 살 소꿉놀이 정도가 임신까지다. 임신까지가 동네에서는 크나큰 흉이 될 수 있는 복잡성으로 사실임을 알게 된 어른들은 잡음 없이 혼인을 시킨다. 주인공들은 혼인 때문이 아니라해도 잘 다니던 학교는 그만둘 수밖에 없어 평화시장 점원으로 취직을 하게 된다.

주인공들은 비록 점원이기는 해도 남자로서 잘도 생기고, 여자로서 예쁘다는 것만으로 손님 모으는 데 효과로 나타나 결국에는 나이 사십쯤에서는 열일곱 개라는 점포까지 갖게 되고 딸셋, 아들 둘 5남매를 두게 된다. 그러나 한 부모에게서 태어나기는 했어도 생각까지 같을 수는 없었음인지, 둘째 아들은 일본 사위가 되고 만다. 그렇더라도 손주만은 두어야 할 건데 그게 아니라서 걱정이라면 걱정이다. 주인공 부부는 그런 걱정만 아니면 노래를 부를 만한데 보석에도 티가 있듯 평화시장 손님으로 왔던 재일교포 여성에게 아들을 빼앗기게 되었다는 서운한 맘에 시달리게 된다. 그러나 부부가 지닌 본성이라고 해도 될 것으로 일본으로부터 핍박당하기는 했어도 일본과 동맹을 맺지 않으면 안 될 대한민국임을 생각하게 된다.

이런 문제에 있어 설명까지 필요할까마는 우리 대한민국을 둘러싸고 있는 국가마다 우방일 수는 없다. 그렇기는 모두가 공산 국가들이기 때문이다. 그렇게 보면 중국에 있어 우리 대한민국은 몸 건강 상태에서 악성종양과 같은 국가다. 대한민국이 이런 악조건하에서 일본을 상대하지 말아야 할 국가로만 볼 것인지 대한민국 운전대를 붙든 대통령은 고민할 필요가 있다. 말하지만 국가적 파이팅은 다른 나라가 가져다주지 않는다. 그러므로 대한민국 번영은 일본을, 침략했던 국가로만 보지 말자다. 사실임을 증명이라도 하듯 북대서양기구를 움직이는 미국조차도 일본과 실질적 동맹을 맺고 있지 않은가. 말이다. 그렇게 봐서든 우리나라는 안보 차원에서라도 일본을 동맹국으로 맺자는 것이다.

말을 더 보태자면 '중일' 전쟁에서 일본이 패망이라도 했다면 유구한 대한민국 역사는 물론 한반도라는 말 자체도 없을 것이다. 중국의 맨 끝 성(도)일 뿐이지. 현재 움직이고 있는 중치 정치 스타일이기도 한반도를 중국영토로 만들겠다는 중국

몽이다.

중국군이 유엔군에 의해 실패하고 말았으나 한반도라는 이름조차 지워버리기 위해 무려 일백만 명에 가까운 군대까지였다. 아니었기에 망정이지 만약 대한민국이 중국군에 함락되었다면 남침야욕에 불타있는 북한도 없을 것이다. 그렇다고 일본 승리를 인정하기는 상당한 어폐가 있겠으나 이것이 침략이고 침략당하는 냉혹한 세계질서임을 우리 국민은 알아야 할 것이다. 이런 문제에 있어 국민은 이해 못 하지는 않을 것이나 남침에 열을 올리고 있는 북한을 생각해서라도 일본을 동맹국으로 만들자는 것이다. 현재의 중국이 최대 무역 국가라고는 해도 정치적으로는 독수리 눈임을 국민은 한시도 잊지 말아야 할 것이기 때문이다.

"각하께서는 일본으로부터 침략당했다는 억울함만 생각지 마시고 일본을 가까이하십시오. 대한민국이 경제적으로 매우 어려운 상황에서 도움받을 수 있는 국가는 독일도 아닌 일본밖에 없습니다."

서독 리뷔케 대통령 조언

차 례

엉뚱한 일이 된 소꿉놀이

"친구, 아침은 드셨는가."

보자고 불러낸 강진상은 선병무 친구에게 하는 말이다.

"그래, 먹었지, 친구는?"

"나도 먹었지, 그런데 친구는 어제 두엄을 져내던데 다 져냈는가?"

"아니어."

"아니라고?"

"그래, 오늘은 어데 갈 데가 있어서."

"그러면 어디 갈 사람 불러냈을까?"

"아니어. 열 한 시쯤에 갈 거여."

"그러면 아주머니랑?"

"아니어. 나 혼자 갈 거여. 그런데 무슨 일이 있는 건가?"

선병무는 강진상 표정이 편치 않아 보여 그렇겠지만 좀 의아하다는 눈빛으로 쳐다보면서다.

"사실 말하기는 창피는 하나 복잡한 일이 생겼네."

봄을 기다리는 농촌이면 다 그렇겠으나 계절은 바야흐로 논갈이도 해야만 될 평택 들녘, 그런 평택 들녘에 봄 아지랑이가 뭉게뭉게 피어오른다. 저 아지랑이는 동면에서 깨어난 아이들 입김은 혹 아닐까. 그래, 동면들 입김까지는 비료가 없이 친환경이어야 해서다. 겨우내 놀기만 했던 논갈이 소들도 놀랄 동면들….

1950년대 중반, 진상 씨 장남으로 장가들기는 아직인 열여섯 살 강상민과 동갑내기인 장기철 씨 막내딸 장범순은 소꿉놀이로 볼 수 있는 일이 엉뚱하게도 임신까지다. 임신까지라 남녀칠세부동석이라는 사회적 분위기에서 강진상 씨는 동네에서는 쫓겨날 수도 있다는 불안감이다.

아무튼 안 좋은 일을 당한 사람만 알까 몰라도 양반 동네임을 자랑으로 하는 평택 옥길리 사람들은 별거 아닌 일처럼 웃고 넘길 일은 결코 아니다. 따라서 옥길리 동네에서는 사건이라면 사건일 수도 있다. 그러나 어쩔 수 없게 된 강진상 씨는 평택을 사실상 본관으로 해도 될 것이지만 조선 시대부터 안중읍 옥길리에 정착해 살아가고 있고, 장기철 씨는 삼 년 전 충남 예산에서 평택 안중읍 덕우리로 이사를 해 나름 살아가고 있다. 그렇게 살던 중에 벌어진 임신 사건이다. 때문은 아닐 것이나 아직 소녀인 장범순 임신은 웃어넘기기 어려운 놀랄 일이 되고 있다.

"일이 생겼다는 게 무슨 일인데?"

"너무도 창피한 일이네."

"창피한 일이라니…?"

"그게….."

강상민 부친 강진상 씨는 쉽게 말해도 될 선병무 친구이지만 결코 작은 일이 아니라 말하기가 민망도 해서 어렵다는 표정을 짓는다.

"무슨 일인지는 몰라도 어렵게 생각하지 말고 말해봐. 우리는 친구잖아."

말하기 부담스러워 안 해도 될 친구가 너무 어려워하는 걸 보니 복잡한 일이 생긴 건가? 다른 사람들도 그럴 것이지만 친구는 어쩌면 형제보다 더 가까운 대화상대다. 속맘도 다 쏟아내도 될 편한 친구 말이다.

"그래. 말할게. 우리 집에 안 좋은 일 생겨버렸네."

"뭐? 친구 집에 안 좋은 일이 생기다니?"

"그러니까 우리 상민이가….."

"그러면 결코 작은 일이 아닌데….."

"철모르는 우리 상민이가 저지른 일이기는 해도 소문이라도 나는 날엔 집안 꼴이 말이 아니잖아."

"그렇게까지는 아니나 걱정은 되겠네."

"그래서 걱정이야."

그렇다. 가정에서 일어난 얘기는 좋은 일 말고는 말을 잘 안하게 된다. 그렇지만 강진상 씨로서는 상상도 못 할 일이 벌어

져 너무 답답한 나머지 친구에게라도 말하고 싶어 불러내 말한
것이다.

"그게, 진짜라는 건가?"

"사실인 것 같은데 큰일일세."

"그러면 누구랑?"

"누구인지는 안 봐서 아직은 모르겠고. 예산 양반 처남 딸이
라나… 그래."

이런 얘기는 몸을 비비고 살아가는 부부라도 말하기 어려운
자식의 불륜이라면 불륜 얘기다.

"상민이 일이라 생각하기도 싫겠지만 일은 이미 벌어진 일이
아닌가. 그래서 말인데 아들을 너무 몰아세우지는 말어."

"그렇기는 해."

친구 말이 아니어도 심하게 몰아세워서는 안 될 일이다. 아
직 커가는 상민이가 여학생을 임신시켜버린 상황에서 숨을 곳
이 있다면 어디겠는가. 부모밖에 더 없지 않겠는가. 그런 일이
아니어도 위기에 처했을 때는 부모 품이지 않겠는가. 장가보내
기에는 소년인 열여섯 살, 그런 녀석이 동갑내기 여학생을 임
신시키기는 했어도 말이다. 그래, 임신을 시킨 것이 죽을 만큼
의 죄겠는가. 부모라는 선한 맘이 아니어도. 죽을죄를 저질렀
다 해도 보호해 주어야 할 나는 상민이 아비다. 내 아들은 인사
깔도 밝아 아들 하나 잘 두었다는 민망한 말도 듣지 않는가.

자식 잘되길 바라지 않는 부모 누구도 없을 것이나 부모의 선행先行 조건이 무엇인지부터 생각해 볼 일이다. 떠도는 말에 의하면 자식의 내일을 망치려는 짓들은 말라는 것이다.

시대적이기는 하나 당시는 남녀유별이 분명해서 공공장소일지라도 가까이하면 흉이 된다. 그러나 변화된 오늘날에서는 웃기는 일일 수도 있다. 도덕 기준을 절대가치로 했던 전날로 보면 남자라는 몸을 조심성 없이 절대로 요구된다고 해서 부모가 주신 몸을 함부로 휘두르고 다니다가는 비난은 물론, 사회 기준인 도덕성까지도 무너뜨릴 수 있다. 그러다 해도 어른이라면 야단보다는 따뜻하게 품이어야 할 부모다. 부모는 자식의 보호자이기 때문이다.

봄이라는 계절은 농사철 시작임을 알리는 평택 들녘, 평택 들녘은 남자들은 두엄을 부지런히 져 나르고, 겨우내 먹기만 했던 농우들은 쟁기를 끄느라 헉헉거리고, 젊은 아낙은 쟁기질 아저씨 새참 거리 만들기 위해 남의 자운영(퇴비용으로 심어 놓은 풀) 밭에서 몰래 뜯은 자운영을 새 된장에 맛나게 버무려 막걸리와 함께 내오고, 아낙의 뒤를 쪼르르 따르는 강아지. 자운영 밭에는 그동안 어디에 있다가 날아들 왔을까 싶은 수많은 벌과 나비들, 들에 갈 땐 반드시 지니게 되는 삽을 오산 양반은 허리춤에 걸친 투덜대며 저만치서 오고 있다. 그것을 본 쟁기질 아저씨는 "오산 양반~ 이리 와 막걸리 한 사발 하세요." 부르고 "혼자 먹기도 넉넉지 못할 텐데 나까지 부르는 거여?" 오산 양반은 길지도 않은 수염을 만지작거리며 고마워하고, 퇴비용 자운영이기는 해도 몰래 뜯어다가 막걸리 안주로 만든 아낙은 야단이라도 맞을까 봐 저만치 비켜나 있다면 어느 누군 들 아니라 손 사례칠 수 있으리오. 모두가 바라는 정겨움이요 정겨움을 넘어 평화까지일 텐데.

"그런데 우리 집은(마누라) 본 것 같더라고."
"예산 양반 조카 딸이면 나도 아는데, 범순이잖아."
"그걸 친구가 어떻게 알고?"
"어떻게 알기는. 예산댁 친정 오빠 딸이라 알지."
"그렇구먼."
"예산에서 평택으로 이사하게 된 지 얼마 안 되기는 하지."
"그러면 나만 모르지. 동네 사람들은 다 알고 있다는 게 아녀?"

알고도 모른 척하는 것도 칭찬받을 일은 못 되나 모르는 것은 바본데 말이야. 물론 범순이가 누구의 딸인지 알아둘 필요까지는 없다 해도.

"장기철 씨가 우리 누님 바로 옆집에 살기도 했지만, 우리 매형과는 절친 사이라서 집안 내력도 어느 정도는 알아."
"아니, 집안 내력까지?"
"예산댁이 장기철 씨 여동생이라는 것을, 친구는 몰랐어?"

친구 선병무 말이다.

"그렇구먼, 그런 얘기는 처음이네."

"처음…?"

"그렇지, 처음이지. 누가 말해주어야 알지."

"그러겠지. 누가 말을 안 했다면."

"그러면 장범순 부친 나이는?"

"나이까지는 몰라도 우리보다 수상일 거여."

장기철 씨가 건넛마을로 이사 오기는 했으나 이사 온 지가 얼마 안 돼 그렇겠지만 농사지으며 품앗이도 하고 통성명을 하지 않은 이상 어떻게 알겠는가. 한 동네가 아니라도 품앗이도 하면서 산다면 그 집안 숟가락이 젓가락이 몇 개며, 그 집안 내력까지도 소상히 꿰고들 살아갈 것이지만 말이다.

품앗이가 활발하면 이사 온 지 얼마 안 돼도 술도 마실 만큼 알고 지내는 것이 농촌 인심이지 않은가. 그런 훈훈한 농촌 인심이기는 해도 이권이 개입되기라도 하면(가뭄 때 논에 물 대기는 경찰을 불러야 할 정도로 험악도 했다) 그동안 순하기만 했던 악다구니가 얼마나 심했는가. 그래서 맘씨들이 좋아서 농촌 인심이 아니라는 것이다.

아무튼 장기철 씨는 농사짓고 살기 위해 평택으로 이사 온 게 아니라 그만한 사정이 있어 이사를 온 것이란다. 이사 온 지 얼마 안 된 기간이기는 하나 대면이 없어 얼굴도 모른다.

"우리보다 수상이라고?"

"그렇지, 무슨 사정인지는 몰라도 우리 누님 동네에서 평택으로 오기는 했으나 예산 사람으로 한학을 한 사람이래."

"한학까지…?"

"그래 한학까지."

"한학을 했다면 지식인이잖어."

"지식인? 암튼 그래서 모르기는 해도 내가 보기엔 상민이가 저지른 잘못에다 난리 칠 정도로 고약한 사람은 아닐 거여. 모르기는 해도. 그래서 말인데 너무 걱정은 말어."

"진짜 그럴까?"

강진상은 믿어도 될지 모르겠지만 조금은 위로가 된다는 것인지 선병무 친구 표정 한참을 본다.

"물론 내 생각이기는 해도 그래."

"아이고…."

"친구 병나겠다."

내 일이 아닌 친구 집안 일기는 해도 걱정이 얼마나 크겠는가. 자랑해도 될 그런 아들이 남의 딸에게 임신을 시켰다니 말이다. 사실까지는 듣는 얘기지만 그게 사실이면 야단이다. 인간사 걱정 없는 사람 없을 것이나 중학생이기는 해도 어리다면 어린 아들의 임신 얘기는 아버지로서 충격이 아닐 수 있겠는가. 선병무친구는 그래서 하는 말이다.

"임신이 사실 같은데 부모로서 그러려니 할 수는 없잖겠어."

"그렇기는 해도."

"아이고…."

우리 상민이야 남자구실뿐이지만 장기철 씨는 딸의 임신이지 않은가. 이 일을 어떻게 해야 하나? 강진상은 먼 산을 바라본다.

"그러면 어떻게 할 생각이여?"

"어떻게 하기는…. 고민이네."

"그래, 고민이겠지. 묻는 내가 엉터리다."

선병무는 걱정스러워하는 친구의 표정을 보면서

"어렵겠지만 찾아가서 잘못되었다고 해야지 않겠어? 물론 내가 해야 할 말이 아니기는 해도. 말이여. 아무튼 일단은 용기를 내."

"용기…? 용기 좋지. 그러나 이런 일은 말도 안 되는 일일뿐더러 보상책도 없다고 하잖어. 그래서 걱정이여."

이미 벌어진 일을 애들 소꿉놀이로만 볼 수는 없을 테니 우리가 책임을 지겠다고 해야겠지만 상황이 이러니 며느리로 허락해 주면 어떻겠냐고 솔직히 말하면 어떨까. 싶기는 하다. 그래, 우리 상민이 같은 일이 세상에 없지는 않겠지만 남의 아들도 아닌 내 아들이라는데 걱정이다. 아이고, 너무도 어렵다.

"그래도 한학을 한 사람치고 생각이 좁지는 않다고 하던데 그런 일로 난리야 치겠어."

걱정거리이기는 해도 걱정을 내려놓으라는 의미로 한 말이나 지금의 상황은 강상민 부친으로서는 말도 안 되는 일이 벌어진 것이다. 그래서 위로를 하기도 어렵다.

"난리까지는 않을 거라고?"

"한학을 했다면 이미 벌어진 일이라는 것을 사리 판단을 하지 않겠어. 물론 짐작이기는 해도 말이어."

"사리 판단까지?"

"그러니까 친구야. 심란하겠지만 생각을 너무 어려운 쪽으로 하지 말라는 거지."

"아이고⋯."

이 녀석이 애비를 이리도 어렵게 하냐. 친구 말이 틀린 말이 아니기는 해도 너무 어렵다.

"일단은 화부터 풀어."

선병무는 그 정도의 말만 하고 갈 곳이 있다면서 가버릴 태세고, 강진상은 이 일을 어떻게 해야 할지 걱정에 먼 산을 바라본다. 먼 산을 바라보면서 뜻하지 않은 복잡한 일이기는 하나 해결점이 없지는 않을 것인지 생각에 젖는다. 그래, 맞닥뜨린 현 상황은 아닐 것이나 강상민 같은 나이들이 일찍 장가들어 어른들의 삶 모습을 흉내 내면서든 본인도 모르게 의젓해질 게 아닌가. 그래서 권장할 일은 못 되나 조기 결혼이 걱정보다는 더 좋을 수도 있지 않겠나. 이 같은 일에 보도가 없어 알 수는 없으나 조기 결혼 땜에 이혼했다는 말은 들리지 않는다. 그래서 말이지만 결혼은 운명이지 계산일 수는 도저히 없음을 선남선녀들은 알아둘 필요가 있을 것이다.

"화는 아니어. 걱정이지."

"그런데 그런 얘기는 친구 아들 상민이가 말하지는 않았을 테고⋯."

곧 갈 것 같이 보이던 선병무는 다시 묻기 시작한다.

"무슨 일이라고 우리 상민이가 직접 말하겠어."

"그렇기는 하겠지."

"아이고… 이 녀석이…….."

"엉뚱한 생각이나 친구 아들은 아버지만 무서운 게 아닐 거여."

"그러면 누구?"

"동네 어른들도 무섭지 않겠어."

"그거야 그러겠지."

아이고, 이 녀석이 어쩌다가 남의 딸을 임신까지 시켜버렸냐? 이 애비를 너무도 힘들게…. 두들겨 팰 수도 없고….

"그러니까 상민이 어머니가 말한 거네?"

"그런데 말을 들으면 이래."

"엄마, 이건 말을 안 할 수가 없어 하는데, 애기를 배 버렸어."

"애기를 배 버리다니 그게 무슨 소리야. 뚱딴지같이."

"그러니까…….."

"그게 사실이야?"

애기를 배 버렸다는 아들의 말에 엄마는 몸을 움찔한다.

"엄마 미안해."

"미안해서 될 일이냐, 이 녀석아~ 아이고….."

"……."

'이 기집애가… 네 뱃속은 어떻게 된 거야. 한번 그랬다고 애기까지 배 버려? 말도 안 되게…… 잘못은 내가 했어도. 암튼 이런 일을 엄마에게는 말해야겠지만 말이다.

"그러면 묻자. 어떤 가시내냐?"

"정창식 씨가 지 고모부래."

"뭐? 정창식 씨 조카딸."

"그래."

"그러면 그 기집애랑 언제부터 만나기 시작한 거야?"

"언제부터가 아니고, 제 고모 집에 자주 오더라고."

"그 기집애가 지 고모 집에 자주 오고 안 오고 네가 무슨 상관이야!"

엄마는 말도 안 되는 짓을 해버렸냐는 듯 주먹질까지다.

"상관이야 없지.

"상관없는 기집애를 왜 건드려? 건들기는…"

"건든 게 아니어."

"건든 게 아닌데 애기를 배 버려? 말도 안 되게…."

"엄마 말대로 그렇기는 한데 여학생이니까 그냥 그래 버렸어."

"그냥 여학생이니까? 아이고…."

"일단은 그렇게 된 거니 더는 묻지 마, 엄마…."

"그 기집애 이름은 누구고?"

"장범순."

"아니, 장범순이라고…?"

말을 듣고 보니 그 기집애구나…. 그래, 며느리로 삼고 싶을 만큼 예쁘기는 하지. 그래도 그렇지, 애기를 배 버리는 엉뚱한 짓까지는 아니잖아. 아이고… 어쩌자고 엉뚱한 짓 저질러 버렸냐. 그게 죽을 일까지는 아니나 소문이라도 나지 말아야 할 텐데 큰일이다. 그 기집애와 소꿉놀이하다 들켰다 해도 애기만 생기지 않았어도 유야무야 넘어갈 수 있는 문젠데 큰일이다.

"그래."

"그러면 너는 맘에 없었는데, 그 기집애가 너를 어떻게 해버린 거야?"

"꼭 그런 것만은 아니어, 엄마."

"그게 아니라고? 아이고….."

그렇기는 했겠지, 그래, 거기까지 생각할 필요는 없겠으나 자식을 둘 수 없는 처지들로서는 어쩌면 부러울 수도 있는 일이지 않겠는가. 그러니까 범순이도 우리 상민이도 애기를 자신있게 펑펑 낳을 체질 말이다. 애기를 낳기 위해 애쓰는 여자들 맘일지 몰라도.

"그게 큰일이지?"

"아이고… 하라는 공부는 안 하고… 이게 무슨 꼴이야~!"

"아닐 줄 알았는데 그래 버렸네."

"아닐 줄 알다니, 그걸 말이라고 하냐."

"엄마는 너무 그런다. 실수구먼."

"실수라니… 말도 안 되게 아이고… 이 녀석아~!"

"그냥 그런 줄 알면 될 걸 가지고 엄마는 너무 그래서이지."

"너무 그러다니 이 녀석아~ 아이고….."

누구도 아닌 상민이 엄마로서 너무도 큰일이기 때문이다.

"범순이 고모집이 바로 이웃집이잖아. 그래서 엄마도 범순이를 봤을 텐데, 안 봤어?"

"남의 딸 왜 보냐. 말도 안 되게."

"아니구먼. 봤구먼. 안 봤으면 한번 봐. 여간 예뻐."

"이 녀석 말하는 것 좀 보소…."

중학생인 아들을 둔 입장에서 눈여겨볼 수밖에 없지만 여간 예쁘지 않다는 생각만은 했다. 그렇다 해도 애기를 배게까지냐. 이녁아… 이놈의 기집애가 느닷없이 무슨 일이야. 이 기집애가 예쁘기도 하지만 애기 낳을 밭도 여간 좋은가 보네.

"애기까지 밸 줄은 정말 몰랐는데 큰일이네…"

애기까지 밸 줄은 몰랐는데, 말을 해놓고 보니 누가 들으면 바보 같은 말을 했다. 불륜을 저지르기는 했어도 애기가 생기기까지는 본인조차 모를 수 있는데 말이다.

"아이고… 어쩌면 좋냐…"

"실수이기는 해도 엄마 취향에 맞는 며느릿감은 맞지?"

"야~!"

강상민 엄마는 이웃이 들을 만큼의 큰 소리다.

"아니어, 아니어…."

"엄마는 이 일을 어떻게 해야 할지 심란해 죽을 판인데 그런 말이 네 입에서 어떻게 나와~! 이 녀석아~!"

"엄마가 말을 자꾸 시키니까 그런 말이 나오게 된 거여."

이 기집애가 내 눈에서 어른거리지만 않았어도… 복숭아밭에 가자고만 안 했어도… 나를 풀밭으로 데리고 가지만 안 했어도 엉뚱한 짓까지 안 했을 텐데. 아무튼 인제 와서 이러지도 저러지도 못하고 진짜 큰일이다. 아버지가 아시게 되는 날엔 화내실 것은 물어볼 것도 없다. 아버지 성격에 몽둥이까지는 아닐 것 같기는 해도. 내가 그런 일이 있었다는 소문이 날지라도 이 기집애가 애기만 배지 않았어도 그러려니 넘어갈 수 있는 일인데 애기까지 배 버렸으니.

"이 녀석아~ 어쩌려고 그런 짓을 다 저질러 버렸냐! 아이고 ~!"

"엄마, 누구한테도 말하면 안 돼. 엄마….."

"아이고~ 엄마는 죽을 맛인데 누구한테 말하냐, 이 녀석아!"

엄마는 아들의 어깨를 두드리기까지 한다.

"아야, 그렇게 때리면 어떻게 해 아프잖아!"

"야, 이 녀석아! 더 맞아도 싸! 너는….."

"아무튼 엄마만 알고 있어야 해 알았지?"

아들이 생각지도 않게 범순이에게 애기를 배게까지 해 버렸으니 아무리 생각해 봐도 아버지는 부화가 가득하실 건데 그래서 하는 말이다.

"아이고~ 엄마만 알고 있을 일이 아니다. 이 녀석아~"

"그러면 아버지한테 말할 거야?"

"무슨 일인데 아버지한테도 쉬쉬할 일이냐 녀석아!"

"……."

엄마 말대로 아버지한테도 말 안 하고 쉬쉬할 일은 아니지. 그렇지만 이 기집애가 느닷없는 애기를 배 버리다니… 강상민은 걱정이 태산 같은지 눈만 까막까막한다.

"아버지 모르게 할 수도 없는 일이니, 그런 줄이나 알아. 이 녀석아."

느닷없는 일이 우리 집에서 벌어졌으니 어떻게 해서든 괜찮은 쪽으로 해결이 되어야 할 텐데 어쩌면 좋냐. 강상민 엄마는 고개를 숙인 아들을 물끄러미 바라다본다. 따지고 보면 몽둥이 맞을 만큼의 잘못만은 아니다. 당연한 혼례식만 못 올렸을 뿐이다. 전날 얘기이기는 하나 여자도 남자도 열두 살이면 시집을 보내기도 했다지 않은가. 열두 살짜리가 애기 만들 생각이나 했을까마는 그렇다. 그렇게 봐서 비록 열여섯 살 들이기는 해도 아이가 생겼다면 축하할 일이지 않겠는가. 윤리를 따져야 하는 사회통념 상 칭찬할 일이 못 되기는 해도 말이다.

"아버지가 아시면 큰일인데…."

"큰일이라도 아버지한테는 말씀을 드려야지 이 녀석아~!"

"아버지가 아시면 집안이 망할 일이라고 하실지도 모르는데…."

"집안이 망하고 안 망하고 문제가 아니야. 이 녀석아! 어쩌면 좋냐… 이 녀석아~"

"나도 귀신에게 홀렸는가 봐."

"귀신에게 홀리다니…. 말도 안 되게."

"말이 안 될까?"

"애기를 배게까지는 멀쩡한 정신이 아니었다고?"

"그래."

"상민이 너 그걸 말이라고 하냐? 이 녀석아~!"

그래, 그렇게 생각할 수도 있겠지, 예쁜 여학생이 손을 잡았다면 제정신이 아닐 테니. 엄마로서 결혼 전에 있었던 얘기를 말할 수는 없어도 생각해 보면 상민이 네 아빠도 이 엄마에게 그랬으니까. 학교도 잘 다니고, 공부도, 심부름도 잘해 주는 사랑하는 자식이지만 애기를 만들 만큼 몸이 컸다면 여자가 예쁘게 보이는 것은 당연한 상식이다. 그렇지 못한 것이 걱정이라면 걱정이지…. 세상에 태어나 나이 13세부터는 짝을 찾고자 함을 자연으로 알고 부모들은 대처 방법을 숙지하고 있어야 할 것이다. 그래, 성을 함부로 말하기는 조심스러우나 남자로서 13세 나이면 몽정을 한다. 물론 다는 아닐지는 몰라도 건강할수록 빠르다고 하지 않은가. 부모가 아들의 몽정을 알게 되었다면 축하해 줄 일이다. 물론 맘속으로.

지혜 있는 부모는 아들이 몽정을 하면 내 아들이 그만큼 성숙해졌다는 생각에 뿌듯하다지 않은가. 사회질서를 흐리게 하는 것만 아니면 남녀의 성보다 더 아름다운 것은 세상에 없다는 것을 알아야 할 것이다. 창조물 중 성은 어느 창조물보다 걸작품이라고 해서다. 말하지만 가정의 평화는 누가 뭐래도 성으로부터다.

"상민이 너 방금 뭐라고 했어. 귀신에게 홀린 것 같다고?"

"아니어…."

"말도 안 되는 소리를 하고 자빠졌네. 이 녀석이⋯."

"어쨌든 범순이가 너무도 예뻐서 그랬어."

"애기를 뺐다면 그러면 언제냐?"

"그러니까⋯."

엄마 앞이지만 다 말하기가 어려운지 강상민은 말을 얼버무린다.

"이미 벌어진 일이니 다 말해. 그래야 수습이라도 할 게 아니냐."

"알았어."

"알았어만 말고, 이 녀석아!"

"복숭아밭에 갔다가 그랬으니까 언제인 거야?"

"복숭아 철이면 한참 여름이잖아. 지금이 동짓달이니까 다섯 달이나 된 거 아냐. 배부른지도 알아보게⋯."

"그 후로도 두 번인가 보기는 했어도 애기 뺐다는 말이 없더라고."

"애기 뺐다는 말이 없었다고?"

"그래."

"그 기집애도 생각 못 했겠지."

"그런데 아니었는지 어느 날 만나자고 하더니 상민이 너 어쩔 거냐? 그러더라고,"

"그래서 너는⋯?"

"뭘⋯ 그랬지."

"그랬더니?"

"애기가 생겨버렸잖아! 하길래 무슨 소리야, 아닐 거야 했지."

"그랬더니?"

아들 상민이가 그만큼 말했으면 더 묻지 않아도 될 일을 엄마는 범인 취재하듯 또 묻는다.

"말도 안 돼 그랬지."

"말도 안 돼, 했더니?"

"배가 나온 것을 보라는 거야."

"그러니까 그 기집애가 네 앞에서 배를 까발리고?"

"아이고, 그래….."

"이 기집애가 창피한 줄도 모르고……."

"애기를 밴 것은 나만 잘못한 게 아니잖아? 내가 그랬어."

"그랬더니?"

"따지고 보면 상민이 네가 싫다고 안 한 것이 문제야, 그러더라고."

"너는 뭐라고 했고?"

"범순이 네가 손 붙드는데 내가 싫다고 어떻게 하냐고 했지."

"아이고… 이 녀석아~!"

"아무튼 그랬어."

내가 범순이에게 애기를 배게 한 건 잘못했지만 일부러는 아니잖아. 문제라면 한번 그랬다고 덜컥인 것이 문제이지. 아무튼 변명할 수는 없어도 맞아 죽을 정도의 잘못은 아니지 않은가. 이미 생긴 애기이니 낳아 버리면 될 것 같은데… 아이고…

이 기집애가… 애기를 뗄 수도 없을 테고…. 생각이 이렇게 복잡하냐는 것인지 강상민은 엄마를 빤히 본다.

그래, 강상민 엄마는 사태가 이렇게 되기까지는 말할 것도 없이 남녀라는 이유로 봐야겠으나 장범순 학생은 자기 고모 집을 자주 찾아오게 된 이유라고 해도 될까 몰라도 가정적으로 복잡하기까지다.

"상민아!"

상민이가 좋아서는 아닐 것이나 고모 집에 찾아온 장범순의 부름이다.

"왜…?"

"상민이 너네 집은 복숭아밭도 있다고 우리 고모가 그러던데, 그런 거야?"

"복숭아 먹고 싶어?"

"복숭아밭은 어딘데?"

"알았어."

복숭아밭 얘기가 아니어도 강상민은 장범순에게 무얼 먹여주고 싶었던 터였다는 것인지 알았어, 한다.

"오늘은 어때?"

장범순의 말이다.

"알았어. 알았으니 아직은 밝으니 안 되겠고, 좀 어둑어둑해지면 가자."

좀 어둑어둑해지면 가자는 것은 학생들끼리라도 어른들 눈에는 안 좋게 보일 수도 있어서다. 안 좋게만 보이는 게 아니라, 말이 퍼지면 부모님이 곤란해질 수도 있다.

"그러면 아홉 시쯤 어때?"

장범순 말이다.

"아홉 시쯤…?"

장범순을 복숭아밭에 데리고 가려고 생각하니 한 참 바쁜 농번기는 아니어도 어른들은 들일을 늦게까지도 할 것 같다. 강상민과 장범순 단둘이라는 것을 감추기 위해 동생뻘 되는 학생들을 불러들인다. 중학교 1학년인 최상길, 초등학생 네 명, 여기에는 여학생인 이명순, 김질례도 불러내 복숭아밭을 간다. 복숭아밭 지키시는 할아버지 땜에 복숭아밭 근처까지만 말이다.

"여기 와서 생각해 보니 복숭아밭에 우리 할아버지가 지키고 계실 거다."

"그러면…?"

중학생 최상길 말이다.

"그게 아니라 좀 곤란해서다."

장범순만 아니면 그럴 필요 없겠지만 어쩔 수 없다는 듯 중학교 1학년 최상길을 보면서.

"그러면 여기까지 와서 그냥 가자는 건가?"

최상길 학생 말이다.

"그냥 가기는, 왜 그냥 가. 복숭아 먹으러 왔는데… 복숭아 값은 내가 줄 텐데 누가 가서 사 올래?"

강상민은 데리고 간 아이들 모두를 쳐다보면서다.

"그러면 형은 어디 있고?"

"어디 있기는… 여기에 있지."

강상민은 그만큼의 복숭아 값을 최상길에게 건네준다. 복숭아 값을 대충 알기도 하지만 '나는 괜찮은 놈이야.' 하고 따라간 장범순도 보라는 일말의 과시다.

"명수 네가 갔다 와라."

최상길 말이다. 그래, 명수는 또래들과 비교해 키가 좀 작다. 꼬마에 가까울 정도다. 꼭 그래서만은 아닐 테지만 명수는 심부름을 곧 잘하는 편이다.

"명수 혼자만 말고 같이들 갔다 와라."

강상민 말이다.

"그러자~"

이번엔 이명수 학생 말이다.

"가서 우리 할아버지에게 내 말은 하지 말어. 알았지?"

강상민은 할아버지가 아시면 곤란할 것 같다는 일말의 단속 말이다.

"알았어."

또 이명수 학생 말이다.

"그리고 인사들은 잘해, 알았어? 인사를 잘하면 더 주실지도 모르잖아."

"그거야 알고 있지."

최상길은 고운 말에 떡 하나 더 준다는 말을 듣기도 해서다.

"인사를 잘하면 우리 할아버지는 더 주실 거야."

그렇게 해서 따라간 아이들은 강상민 할아버지가 지키고 계실 원두막으로 몰려들 간다.

"할아버지 안녕하세요."

"오냐. 너희들 복숭아 맛보고 싶어 왔구나."

"예, 할아버지."

"그러면 얼마 치나?"

"돈만큼 주세요."

복숭아 값은 이명수가 쥐고 있지만 다른 녀석 말이다.

"돈은 얼만데?"

"5만 원이어요. (국민소득 3만 불 시대로 보면)"

"그래, 알았다. 잘 익은 걸로 주어야지. 그런데 자 보자…. 몇 명이냐…?"

강상민 할아버지는 눈으로 헤아리면서 하시면서

"아홉 명이어요. 할아버지."

"아홉 명…?"

"예, 할아버지."

"그래? 그런데 아홉 명이 아니잖아. 일곱 명이잖아."

"상민이 오빠도 왔어요, 할아버지."

눈치도 없이 질례가 말해 버린다.

"야, 상민이 형은 같이 왔다고 말하지 말라고 했는데 말을 해버리면 어떻게 하냐."

이명수 말이다.

"그래도 아홉 명은 아니잖아. 여덟 명이지."

"한 명 더 있어요. 할아버지."

"야, 다 말해 버리면 어떻게 하냐."

대장급 최상길 학생 말이다.

"할아버지 많이 주세요."

질레 말이다.

"알았다."

강상민 할아버지는 고개를 갸웃거리시더니 잘 익은 복숭아
를 따오시면서 "복숭아 값 안 받을 테니 맛있게나 먹어라!" 하
신다. 그러면 그렇지, 우리 손주가 어떤 녀석인데 너희들에게
복숭아 맛 한번 못 보여 주겠냐. 그래, 우리 손주가 오기는 했
으나 할아버지가 지키고 있어 직접 오기는 곤란할 것 같아 너
희들에게 돈만 주었으리라. 아무튼 이 복숭아밭은 할아버지가
조성을 해 복숭아를 따 먹기는 해도 결국은 상민이 네 것이다.
사랑한다.

"할아버지 감사합니다."

아이들은 합창으로 인사를 하는데 강상민 할아버지는 잠깐
기다리라고 하시더니 몇 개를 더 따오신다. 그렇게 해서 신이
난 친구들은 복숭아 먹을 생각에 군침이 돌고, 복숭아 사 오라

고 심부름 보낸 강상민과 장범순은 급할 게 없으니 천천히 와도 돼, 그런 생각으로 느긋하게 있는데 돈값보다 더 많을 것 같은 복숭아를 아이들이 보여 준다. 그것을 본 강상민은 우리 할아버지는 여간 후하신 게 아니라는 표정으로 장범순을 본다.

'범순이 너는 우리 할아버지를 안 봐서 모르겠지만 더할 수 없이 인자하셔. 우리 할아버지는 동네만이 아니라 이 근방에서는 최고의 어른이야. 설 명절에 찾아오는 사람들을 보면 국회의원도 면장도 찾아와.'

강상민은 그런 자랑도 하고 싶은 맘일 것이다.

"그런데 오빠가 왔다고 할아버지께 말해버렸어. 미안해."

질례 말이다.

"형도 왔다는 얘기 했는데 형은 괜찮겠지…?"

최상길 말이다.

"괜찮아. 내가 왔다고 말 안 했어도 우리 할아버지는 다 알고 계실 거야."

"형이 준 돈 도로 가지고 왔어."

"복숭아 값 왜 드리지 않고…?"

"드렸는데 다시 주시면서 맛있게나 먹어라! 그러시더라고."

"아니야, 언니랑 같이 왔다고 해서 그러신 거야."

명순이 말이다.

"어쨌든 맛있게나 먹자. 그리고 이 돈 니네들이 가지고 있다가 또 사 먹어."

이 돈 니네들이 가지고 있다가 또 사 먹으라고 한 것은 범순이에게 넉넉한 사람으로 보이고 싶어서다.

아직 중학생이기는 하나 어른이 되면 그런 줄 알고 살아라. 천윤팔 체육 선생님 말씀이 생각난다. 말할 필요도 없이 사회생활에서 돈의 위력은 대단하다. 돈은 대통령 자리까지도 거머쥘 수도 있겠지만 돈은 어떤 인간이냐를 가늠하는 평가 잣대이기도 하다. 목사님 설교 말씀이다. 성도는 물건 값 깎으려고 해서는 안 된다고 했다. 물 건 값 깎으려는 사람치고 사랑보다는 부도덕한 사람임을 내보이는 처사로 부자가 되고 싶어도 부자가 될 수 없어서란다. 그것은 그 사람의 절대가치인 인간성을 말하는 잣대이기 때문이다.

아무튼 용돈조차 턱없이 부족한 학생들로서는 할아버지가 다시 주신 돈을 너희가 가지고 있다가 또 사 먹으라는 강상민 말이 고마울 것이지만 아이들은 "형 알았어." 하면서 잘들 먹지만 장범순은 강상민에게 정신이 팔려 잘 먹는 척만 한다.

"다 먹었으니 그만 갈까?"

강상민 말이다.

"그래, 가자."

"아니, 오늘 복숭아 맛 어땠어?"

강상민은 복숭아밭까지 데리고 왔던 학생들만 집으로 돌려보내고 하는 말이다.

"복숭아 맛…?"

"그래."

"맛이야 좋았지. 근데 상민이 네 할아버지가 우리도 같이 온 줄 아셨을까?"

"그 말 애들이 했잖아. 근데 그게 궁금해?"

"아니야, 안 궁금해."

장범순은 안 궁금해하면서 솥뚜껑 같은 강상민 손을 덥석 붙들고, 강상민은 이게 뭐야 하면서 빙긋 웃는다. 강상민 학생이 빙긋 웃기까지의 장범순은 오늘을 만들기 위해 상민이 할아버지 복숭아밭까지 사실상 데리고 온 것이다.

"지금 몇 시나 됐을까?"

"시간? 시간 알아서 뭘 하게…?"

"아니야. 그냥이야."

"그냥이라니… 뭐야 싱겁게."

"싱거워도 그냥이야."

장범순 말이다.

"오늘 저녁은 네 고모 집에서 먹었냐?"

"그랬지. 그런데 우리 고모는 상민이 네 말을 자꾸 하시더라."

"그러니까 칭찬?"

"칭찬은 아니고 그냥."

"또 그냥이야?"

성장단계에 있는 여학생 손인데 어찌 부드럽지 않겠는가마는 장범순 손은 정말 부드럽다.

"말이 많다."

"말이 많기는… 상민이 너는 신발 몇 문을 신는 거야?"

"80문! 근데 신발 크기를 왜 묻는데?"

"80문이면 우리 아버지 발보다 더 크잖아?"

"네 아버지 신발은 얼만데?"

"65문인가 그래."

"그러면 네 엄마 신발은?"

"우리 엄마 신발은 잘 몰라."

어쩌면 당연한 남자 손이기는 해도 강상민의 손이 여간 믿음 직스러운 게 아니다.

"근데 어른들은 주무실 시간 아니야?"

강상민학생 말이다.

"벌써 주무셔?"

"우리 아버지를 보면 저녁밥 드시자마자 곧 주무시는 것 같아서."

그래, 어른들이 주무실 시간이든 아니든 시간을 알아볼 시계도 없다. 늦게까지 일하던 사람들도 이젠 안 보인다. 뒤따라가 겠다고 애들에게 그렇게 말은 했지만 오던 길이 아닌 다른 길을 둘이는 걷는다. 바쁜 농사철이라도 사람들 왕래가 거의 없을 길로 말이다. 장범순은 맘먹었던 강상민 손이 눈에 들어왔다. 장범순은 좌우를 살피더니 강상민 손을 덥석 붙들고 풀밭으로 간다. 임자도 없는 풀을 맘껏 먹어 성숙해진 풀벌레들 소리만이 고요 밤을 뒤흔들 뿐이다. 그러니까 말할 필요도 없이 괴괴한 밤이다. 그래서 장범순과 강상민의 밤인 것이다. 장범순과 강상민은 비록 중학생들이기는 해도 덩치로든 종족 번식 조건이 충분한 남녀다.

나이가 많든 젊든 남녀 간 만남을 설명하자면 남성성은 시각적이면서 공격적이고, 여성성은 감각적이면서 정적이란다. 때문이겠지만 남자는 몸이 먼저고, 여자는 맘이 먼저다. 모든 동물마다 그렇게 창조되었는지는 몰라도 인간만은 틀림없는 사실이다. 어떻든 장범순은 강상민의 손을 잡아보기는 처음일 테지만 짜릿하다.

그래서 강상민 네 심장은 어떤지 몰라도 내 심장은 무슨 일을 저지를 것만 같다. 이럴 때 어떻게 해야 하지? 우리는 사랑이라는 시간을 만들기 위한 더없는 기회잖아. 농촌 일손을 돕던 하루는 내일을 위해 이미 저물고, 별빛들은 구름 한 점 없는 밤하늘에서 초롱초롱 빛난다. 종족 번식에 있는 강상민과 장범순을 위해서만은 아닐지라도 말이다.

아무튼 그런 몸뚱이를 어떻게 해야 할지 깊은 생각까지 필요하겠는가마는 내일 일은 내일 일이고, 당장 말이다. 장범순은 강상민 손을 붙들고 넘어질 만한 풀밭으로 용감하게 끌고 간다. 맘이야 같겠지만 강상민 지금의 상황은 코 꿴 망아지나 다름 아니다. 그렇다고 말하기는 범순이가 좋기만 해서 맘속으로는 '범순이 너 언제부터 나를 좋아하게 된 거야?' 그럴 것이다.

이제 갓 중학생들인 강상민과 장범순은 종족 번식을 위하기는
하나 사회통념 상 아직 어리다는 뽀송한 솜털, 종족 번식으로
서의 상황은 최상의 조건이다. 처음부터 의도적이지는 않았다
해도 장범순은 이런 순간을 갖자고 의도적이나 강상민학생 손
을 용감하게 붙든다.

강상민과 장범순의 몸짓은 사회통념 상 부모허락이 필요하
겠지만 종족 번식이라는 면에서 누구도 가로막아서는 안 될 만
남이지 않은가, 그래서든 강상민과 장범순은 세상에 태어나 남
자라는… 여자라는… 본연의 역사를 절절하게 쓰고 있다.

강상민과 장범순은 중학생이라 나이로는 아직 어리기는 하
나 몸은 더 클 필요도 없이 성숙한 몸들이다. 물론 사회적으로
는 미성년자들이기는 해도 말이다. 그래, 미성년자들이기에 사
회질서 유지 차원의 혼례식을 치러야만 한다. 그렇기는 하나
혼례식이란 뭔가? 가진 성을 둘만으로 한정하라는 어른들의 허
락 아닌가. 그래서든 인간으로서의 성은 최상의 아름다움이고,
결혼식은 성 자유의 허락이다.

어떻든 강상민과 장범순이가 지닌 성을 불꽃으로 태우라고
밤이 찾아와 준 것일까. 그렇다면 다음은 어떻게 해야 하는지
설명이 필요하겠는가. 주어진 지금의 상황대로만 진행이면 되
는 것이지. 그럴 리는 없겠지만 나쁜 소문이라도 날까 봐 숲이

가려주고 있고, 수억만 킬로미터나 멀리 떨어져 있다는 저 화성은 강싱민과 장범순이가 쓰고 있는 새 역사에다 축하도 해주고, 화성보다 더 멀리 떨어진 은하수들도 축하이지 않은가.

강상민과 장범순은 덩치로야 더 클 필요도 없겠으나 그렇다고 해도 사회질서 상 애기 씨 심기까지는 아직이다. 그래서 미성년들로 잘못이기는 해도 현행법으로 처벌할 어느 법 조항도 없다. 그러기는 하나 만약 고약한 맘이 되살아나 동네방네 소문이라도 퍼뜨리는 날엔 그대들은 고개를 들고 다니기도 부끄러울 것이니 그런 줄이나 알라! 별들은 너희들과 너무 멀리 떨어져 있어 소문낼 사정도 못 되지만 소문 퍼뜨릴 생각은 추호도 없다. 아무튼 축하한다.

남녀의 성은 사회질서 상 무질서여서는 안 되겠지만 기왕인 상황에서 창조의 의미를 모자람 없이 승화시켜라! 사실인지 알 수는 없어도 영웅이라 칭함을 받는 칭기즈칸도 나폴레옹도 사회질서를 지키지 못한 상황에서 태어났다는 말은 없다.

아무튼 몽골을 지배했다는 칭기즈칸과 프랑스의 나폴레옹이 영웅들은 특별한 경우라 치자. 그러면 이런 특별한 경우가 강상민 장범순 너희에게는 예외라는 법이라도 있느냐는 것이다. 의도해서 심는 것은 아닐지라도 결과는 강상민 유전자가 장범순에게 심어지게 될 것이다. 물론 결과로 나타나 봐야 알겠으나 튼실한 아이로 태어나기까지는 많은 시간이 필요치 않을 것이다. 몇 개월이면 충분하기 때문이다.

그래서든 지금의 시간은 미성년이라는 그동안의 딱지를 떼고 어른이 되기 위함의 시간이지 않겠나. 아무튼 기왕인 상황에서 어정쩡하게는 마라. 몽골을 지배했던 칭기즈칸 부모도 프랑스 영웅 나폴레옹 부모도 이 시간만큼은 어정쩡하게는 안 했을 테니 말이다.

그래서든 강상민은 장범순에게 남자임을 확인시켜준 후 사실이 들통이라도 날까 봐 벗었던 바지를 바쁘게 입는다. 그러나 장범순은 강상민을 안아보고 싶었던 그동안의 뜻을 이루기는 했으나 부족하다는 건지 발가벗은 모습 감추려고도 하지 않는다. 이런 문제에 있어 설명이 필요하겠는가마는 남자는 어색해하는 게 정상이지 않을까.

강상민의 유전자가 장범순에게 틀림없이 심어졌다면 앞으로 튼실한 녀석이 너희들 판박이로 태어날 것이다. 그렇게 해서 태어난 아이를 두고 태어나지 말았어야 할 인물이라고 어느 바보가 말하겠는가. 앞에서 말한 칭기즈칸이나 나폴레옹처럼까지는 아니어도 사회 어느 자리에서 괜찮은 인물로 대접받는 인물로 서 있는 인물이 태어나길 바란다. 그렇다고 지금의 행위에다 박수까지는 물론 아니어도.

설명까지 필요할지 몰라도 모든 생물체마다는 그렇게 해서 세상에 태어나고 살아들 간다. 그래서든 강상민과 장범순의 지금의 말려서도 안 될 것이다. 그것은 종족 번식이라는 창조적 의미이기도 해서다. 물론 그런 줄 알고 범순이가 일부러 만든 건 아니어도 새로운 역사를 맘껏 써라. 수많은 별 중 유난히 밝은 저 샛별이 강상민과 장범순의 사실을 지켜보고 있는지는 몰라도 별빛이라는 본연의 빛을 발한다.

별빛이라는 본연의 빛을 유감없이 발하기도 하지만 내일 또다시 떠오를 저 반달도 서쪽 하늘 저만치에서 너희들의 시간에다 축하 메시지인지 몰라도 기상청 예고대로 구름 한 점 없는 하늘.

아무튼 아직 솜털이 송송한 강상민과 장범순 단둘이 차린 에로스상은 단 몇 분만으로 치워질 것이지만 강상민과 장범순은 세상에 태어난 남녀라는 자기 가치를 심는다.

이런 상황을 두고 나름 똑똑한 사람이 나타나 사회적 윤리라는 이유로 소문이라도 퍼뜨리는 날엔 그대는 어느 법조문에도 없는 중한 범죄인이 될 수도 있을 것이다. 그러니 현장을 덮쳤다 해도 못 본 척해라. 그것은 오늘로부터 열 달이면 지구를 들었다 놨다 할 인물이 태어날 수도 있기 때문이다. 그러니까 지금 강상민과 장범순의 짓이 흉은 될지언정 잘못이 아니라는 것이다.

"남의 딸에게 애기를 배게 했는데 그게 잘못이 아니고 뭐냐!"

이제 갓 열여섯 살 나이들 소꿉놀이가 가정에 몰고 올 파장은 만만치 않은 상황으로까지 내몰린 강상민 엄마 말이다.

"내가 잘못은 했어도 그때는 어쩔 수 없었어."

"그때는 어쩔 수 없었다고…?"

"엄마는 말을 너무 많이 시킨다."

내가 이렇게까지 될 줄은 정말 몰랐어. 실수야 했지만 나 엄마 아들이잖아. 그러니 이해해주면 안 될까? 이해해 줄 사람이라고는 엄마밖에 없잖아. 잘못을 들켰다 해도 이 기집애가 애기만 배지 않았어도 없었던 일로 하면 될 건데 이게 뭐야… 강상민은 찡그린 표정을 짓는다.

"말을 많이 시키다니, 그런 말이 네 입에서 어떻게 나와! 아무렇지도 않게…."

"미안해, 엄마."

범순이 문제만 아니면 무슨 말이든 말하기 편한 엄마다. 그렇지만 할 말이 따로 있지 애기를 배게 해버린 것을 두고 어쩔 수 없었다니… 아들인 내가 생각을 해봐도 엄마는 화낼 만하다.

범순이 네가 애기를 밴 사실을 네 부모님과 우리 엄마밖에 모를 건데 어쩌면 좋냐. 아무럼 그래도 그렇지 한번 그랬다고 애기를 배 버리기까지냐. 말도 안 되게. 아니, 범순이 너 혹 딴 놈과 손잡은 것은 아니겠지? 그건 아니야. 그럴 수는 도저히 없어. 범순이 네가 네 고모 집에 오면서부터 범순이 네가 나를 좋아했을 테고 나 또한 범순이 너한테 반해버린 것이 그렇게 된 거지. 그러니까 학교 갈 때도 네 고모 집에 또 왔나 싶어 담장 넘어가게 됐고 할아버지가 지키고 계시는 복숭아밭으로까지 가게 됐고, 풀밭에 눕게 된 것이 결국에는 생각지도 못한 일이 벌어졌는데 말이다. 아무튼 세상에 나같이 복잡한 일을 당한 녀석들도 있을지 몰라도 우선 사실을 모르고 계실 우리 아버지가 너무도 두려우니 범순이 너는 이쯤에서 얘기를 떼 버려라. 강상민은 그런 생각인지 엄마를 빤히 쳐다본다.

"미안하다니?"

"엄마는 듣기 싫겠지만 범순이로부터 들은 얘기를 해볼게. 들어봐."

"뭐…?"

아니, 범순이로부터 들은 얘기라니 남의 딸 범순이에게 얘기를 배게 한 녀석이 무슨 할 말이 있다고 얘기를 더 들어보라는 거야. 강상민 엄마는 그런 얄미운 생각인지 이마로 흘러내린 머리카락을 손으로 빗질한다.

"내가 이렇게 된 것을 범순이 엄마는 어떻게 알게 됐는지 몰라도 어떤 녀석이냐고 자꾸 따져 묻더래."

"그래서 상민이 너는 뭐라고 했고?"

"범순이 네가 말했구먼. 그랬어."

"그러면 범순이 그 기집애는…?"

"솔직하게 말했겠어? 핑계를 댔겠지. 안 그래?"

"그러기는 했겠지."

임신까지는 느닷없는 일이라 감추려 하는 건 당연하다. 그래서 꼬치꼬치 묻고 있는 내가 바보일 수도 있다. 그러나 이미 벌어진 사태를 못 본 척하기는 강상민의 엄마가 아닌가. 세상일 하루 전에만 알아도 뜻한 모든 것을 다 이룰 수 있다는 말도 있지만 말이다. 이 일을 남편이 알게 되는 날엔 달게 먹던 밥도 안 먹겠다고 고집부릴지도 모르는데 야단이다. 그렇다고 벌어진 사실을 말하지 않을 수도 없고…. 강상민 엄마는 잠시이기는 하나 그런 생각까지다.

"그러니까 범순이는 아니라고 딱 잡아뗐다는 거여."

"딱 잡아뗐다고…?"

"딱 잡아떼기는 했어도 애기를 낳아보신 경험으로 묻는데 끝까지 버틸 수는 없었다고 하더라고."

"그러면 상민이 네 이름까지 말해 버렸다는 거 아냐?"

"거기까지는 말 안 했나 봐."

"그래, 상민이 너라는 말까지 안 해서 다행이다만 범순이 기집애 엄마는 뭐라고 했고?"

"그래도 범순이 엄마는 계속 추궁했나 봐."

"무슨 일인데 추궁 안 할 수 있겠냐. 이 녀석아!"

"그러니까 뭘 잘못 먹은 것도 없는데 괜히 구역질이 나온다고 했대."

"그래서…?"

"애기를 낳아보신 범순이 엄마가 아니어도 엄마들은 눈치가 구단이라잖아."

"눈치가 구단…?"

그래, 그렇기는 하다. 상민이 네가 어느새 이만큼 커서 내년이면 고등학교에 갈 나이다. 그런 나이가 어디 교과서에서 말하는 것들만이겠느냐. 어른들의 생각도 읽어 보려고 하겠지. 그러나 느닷없는 일이라 너무도 당황스럽다. 그래 세상을 살아가다 보면 뜻하지 못한 일이 없지는 않을 것이다. 그러나 남의 아들도 아니고 우리 아들에게 생긴 일이기 때문이다. 강상민 엄마는 그런 생각인지 천장을 잠시 본다.

"그러면 우리 엄마도 그런 건가?"

"상민이 너, 엄마들 눈치가 구단이라는 말 어디서 들었어…?"

"어디서 듣기는… 그냥 알게 된 거지."

말이야 그냥이라고 했지만 어디 그냥 알 수 있겠어. 범순이 제 엄마가 캐물었다는 얘기를 듣고 한 말이지.

"그냥 알게 된 거라니… 그게 무슨 소리야. 말도 안 되게…"

그래, 누구든지 그러겠지만 엄마는 엄위하신 아버지와는 달리 좀 만만하다. 때문이겠는가마는 아들 강상민은 약간 장난스러운 태도까지 보인다. 아무튼 지금 그걸 따질 일은 아니나 상민이 요 녀석이 머리를 싸매고 해야 할 공부는 안 하고 그런 방면만 연구… 아니다, 아니야. 중학교 3학년이 어디 교과서에만 매달려 있겠는가. 세상 돌아가는 방법도 알고 싶어 하겠지. 엄마가 그걸 모르고 묻는 게 아니다.

이성을 찾는 것은 성장통이라고 해야 할지 몰라도 이성에 관심을 두는 건 지극히 당연하다. 그렇지도 않고 공부에만 매달려서는 바보라고 보면 될 것이다.

그러니까 눈보라가 휘몰아치고 거센 파도가 밀려올 수도 있는 험난한 세상을 누구의 도움도 필요 없이 헤쳐 나갈 용감성으로 본다면 우리 상민이는 매우 정상이지 않은가. 아무튼 느닷없는 일을 저지른 녀석에게 더 이상의 말로 몰아붙인들 무슨 효과가 가 있겠는가마는 상민이 네 일은 너무도 심란하다. 상민이 네 잘못을 남편은 아직 모르고 있으나 사실을 쉬쉬할 수도 없고. 이 일을 어쩜 좋냐. 사실을 말하면 화낼 것은 말할 필요도 없는데 네 아빠를 달래기는 너무도 어렵다. 상민이 네가 저지른 엉뚱한 짓은 너무도 놀랍다. 상민이 네가 엉뚱한 일을 저지르리라고 누군들 생각했겠냐마는 엄마는 상민이 네가 저지른 비슷한 사례 얘기조차도 못 들어본 처음이다. 그러니까 세상을 많이 살아본 경험자도 모르는 것이 자식들의 엉뚱한 짓 말이다.

"그런 것까지 꼬치꼬치 물으면 어떻게 해. 엄마는⋯."

"꼬치꼬치 묻는 게 아니야. 너무도 궁금해서 묻는 게지."

"아니기는 사실인데."

"사실이라고 해도 그렇지, 상민이 너, 하라는 공부는 안 하고, 그동안 그런 거나 생각한 거야?"

"엄마 화 많이 났어?"

"상민이 네가 저지른 일이 무슨 일인데 화 안 내게 생겼냐. 이 녀석아!"

"아이고⋯."

강상민은 엄마 말이 아니어도 애기를 배 버린 장범순 이 기집애 땜에 이러지도 저러지도 못해 곤란해졌다는 표정이다. 그래, 이렇게 될 줄 미리 알았다면 아니라고 장범순의 손을 뿌리쳤을지 모르겠다. 당시 상황은 어쩔 수 없었을뿐더러 애들의 소꿉놀이일 수도 있는 일이지만 임신이라니… 당황스럽지 않을 수 없다. 그러나 당황스러운 일로 그만일 수 없다는 게 심란한 문제다. 아무튼 느닷없는 일이기는 하나 이미 벌어진 잘못을 수습하는 건 부모님 몫일 수밖에 더 있는가. 설명까지 필요 없이. 강상민은 어른스러운 생각까지는 아니겠으나 엄마 앞에서 미안해하는 태도다.

"아이고 라니… 아이고 만으로 끝낼 일이 아니잖아. 이 녀석아!"

엄마는 상민이에게 주먹질 흉내까지다.

"엄마 화나게 해서 미안하기는 한데 웃어버려."

"그냥 웃어버리라니 말도 안 되게. 웃어버릴 일이 따로 있지. 네가 저지른 일이 무슨 일이냐."

"아니어, 잘못 말했어."

"그나저나 이 일을 어쩌면 좋냐. 야단이다."

상민이 네가 속없는 말을 했으나 이런 말도 이 엄마 말고 누구한테 하겠냐. 세상일 얼마나 변할지 몰라도 변하고 있음을 엄마만 모르고 있는 것 같다. 아무튼 이미 벌어지고만 일이니 수습책이라도 강구 해보자는 것인지 강상민 엄마는 별것 아닌 일인 듯한 태도인 아들의 표정을 빤히 본다.

"아무튼 범순이가 애기 밴 것이 사실이라면 큰일이지, 엄마?"

"그걸 말이라고 하냐. 동네 사람은 별말을 다 할 건데….."

"그러면 범순이더러 애기를 떼 버리라고 하면 안 될까?"

"애기를 떼 버려?…"

"그래."

"그걸 말이라고 너는 하냐. 말도 안 되게."

"말도 안 되면 큰일인데."

"아이고, 애기 떼기가 생각처럼 어디 쉬운 줄 아냐. 이 녀석아!"

"그러면 엄마도 경험은 해 봤어?"

"야!"

"야가 아니라 엄마 말이 그렇잖아."

"엄마가 말을 잘못하기는 했어도 애기 떼기가 어디 쉬운 일인 줄 아냐."

낳지 말아야 할 애기가 생긴 바람에 죽으라고 별별 수단을 다 써도 멀쩡한 애기로 태어날 것이 아닌가. 그래서 애기는 자랑할 만도 하게 자랄 것으로 네가 태어나지 않았다면 어쩔 뻔했냐, 흐뭇해하는 경우가 얼마나 많은가.

"엄마 말대로 애기 떼기가 그렇게 어려우면 낳는 수밖에 없다는 거네?"

"아이고…. 이것아…"

"나 땜에 울 엄마 다 늙어 버리겠네."

"다 늙다니… 엄마는 죽을지도 모르는데….”

"그런 정도일 땜에 엄마가 왜 죽어? 애기를 낳아버리면 될 건데.”

"상민이 너 장난말 아니지…?”

"엄마한테 장난말이라니… 상황이 그래서이지.”

"생각을 해봐라. 애기를 낳는다고 해결이 될 일이냐. 이 녀석아!”

장범순 학생이 임신이 되었다는 것을 알게 되기까지다.

"강상민!”

장범순은 큰일이라는 태도로 부른다.

"야, 좀 살살 불러라!”

"내가 살살 부르게 생겼냐. 상민이 너 어떻게 할래…?”

"어떻게 할래? 가 무슨 소리야? 뚱딴지같이.”

"뚱딴지가 아니야.”

학생으로서 소꿉놀이뿐인데 느닷없는 일이 생겨버리다니? 말도 안 되게…. 장범순은 그런 생각으로 강상민을 쳐다본다.

"그걸 내가 어떻게 하냐. 범순이 네가 알아서 해야지.”

"잘못은 상민이 너잖아. 그래서 하는 말이지.”

"그래, 애기가 생기게는 내가 했다 하자. 그래도 애기가 생기기까지는 범순이 너잖아”

"지금 말 쌈 할 때가 아니야.”

"말 쌈 아니기는 해도….”

"어쩌면 좋냐. 큰일이다. 이렇게 된 걸 우리 엄마만 아는데."

"네 엄마만…?"

"우리 아버지도 아시게 될 건데 정말 큰일이다."

"그렇다고 내가 어떻게 할 수는 없잖아."

강상민 말이다.

"그렇기는 해도 그때 일이 이렇게 잘못되고 마냐. 큰 걱정이다."

임신이 되어버린 장범순으로서는 어찌 큰일이 아닐 수 있겠는가. 생각지도 않게 이미 임신이 되어버렸는데. 애기를 낳아본 엄마는 임신인 것을 금방 알아차리고 어떤 놈이냐고 추궁까지 하는데 말이다. 임신 사실을 아직 모르는 건 아버지뿐이다. 그래, 강상민 네 말대로 애기 생긴 건 누구 탓도 아니기는 하지. 장범순은 그런 생각이겠지만 난감하다는 표정을 짓는다.

"우리가 잘못한 건가?"

일을 저지른 강상민 말이다.

"그걸 말이라고 하냐."

"상민이 네 손을 붙잡기는 내가 먼저이기는 해도 애기를 배게는 상민이 너잖아."

"아이고…."

"아이고 가 아니야."

"그러면 범순이 너는 어떻게 할 생각이냐?"

"어떻게 하기는. 진짜 큰일이다."

임신이 되어버린 장범순으로서는 느닷없는 일이라 우리 엄마도 큰 걱정이실 것이다. 상민이 네가 멋있게만 안 생겼어도 이렇게까지는 아니었을 텐데 말이다. 아니, 그러면 다니는 학교도 집어치우고 우리 어디로 도망가버려? 장범순 머릿속은 한 번도 경험해 보지 못한 복잡한 일들로만 가득하다. 그래, 인간사 큰 잘못은 아니라 해도 실수가 어찌 없을 것이며, 복잡한 일이 어찌 없겠는가. 아무튼 뜻하지 않게 임신하고 보니 앞이 캄캄할 것은 짐작이 필요하겠는가. 임신 사실을 아버지가 아시는 날엔 노발대발하실지도 모른다. 그렇기는 하다. 우리 아버지는 한학을 하셨다. 그래서든 인자하시기는 해도 말이다.

"범순이 네가 애 밴 사실을 우리 부모님도 아시는 날엔 노발대발하실 건데 야단이다."

"지금 그런 걱정할 때가 아니야."

"그렇지만 범순이 네가 감추지 않아 네 엄마가 아시게 된 거지, 안 그래?"

"그래, 감추지 못해서 들통이기는 하다. 그렇기는 해도 다 알고 따져 묻는데 그게 아니라고 버틸 수 있겠냐."

"다 아시고?"

"잠잘 때 내 배를 보신 것 같아."

"그러면 범순이가 주무실 때 배 다 까발리고 주무셨다는 거 잖아."

"상민이 너 누구더러 하는 말이야?"

"누구는 누구야. 범순이 너지."

"야~!"

"야는 무슨 야냐. 사실을 말하는데."

"배 조심을 꿈나라에서까지 하냐. 상민이 너는 아닐지 몰라도 창피하기는 해도 가끔은 오줌도 싼다."

"뭐?… 오줌도 싼다고?"

"그러면 너는 아니야?"

"나는 아니야."

"아니기는 뭐가 아니야. 다들 그런다던데."

"그래도 나는 아니야."

"아니기는. 오줌을 싸고 나면 시원하기도 하잖아. 그런데 상민이 너는 자다가 몽정도 하지?"

"뭐… 몽정…?"

"아닌 척하기는. 좀 솔직해라."

"그래도 나는 아니야. 그런 거 없어."

"그런 거 없기는 왜 없어. 나도 다 알아."

"알기는 뭘 알아. 남자도 아니면서"

"남자도 아니면서…?"

"그래."

"그걸 학교에서 너는 안 배웠어? 남자는 열두 살이면 불두덩에 털이 생기고 그래서 가끔은 이상한 짓도 하게 된다잖아."

"그러면 범순이 너는?"

"나는 남자가 아니잖아."

"여자라고 해서 조용하지는 않을 건데…."

"여자도 생리라는 거 있기는 하지."

생리란 남자의 유전자를 받을 준비가 됐다는 축복의 신호다.

"그래서 범순이 너는 멀쩡한 나를 덮친 거야?"

"야~!"

"야는 뭐가 야냐!"

몽정은 남성들에게만 해당이 되는 현상으로 무의식중에 정액이 분출되는 현상으로 부모는 축하해 주면 한다. 물론 본인 앞에서는 못하겠지만 말이다.

"아무튼 나는 아니야."

"아니기는 뭐가 아니야. 사실이지. 솔직히 말해. 내 배에다 많이도 쏟아부은 바람에 애기가 생기게도 됐는데."

"네 배가 그렇게 된 거지, 내가 쏟아부어서냐. 말도 안 되게."

"그랬을까?"

"아까 네가 말 한대로 학교에서 배운 내용인데 딴말하냐."

"그렇기는 해도 이게 뭐야. 이미 밴 애기를 뗄 수도, 도망칠 수도 없고…."

"이미 벌어진 일이니 잠이라도 폭 자라."

강상민은 남의 일처럼 태평스럽게도 말한다.

"잠이라도 폭 자라니… 말도 안 될 소릴 하고 있네. 생각을 해봐라. 이 판국에 너 같으면 잠이 오겠냐?"

"그러면 잠 안 자고. 눈 뜨고 있을 거야?"

"남자 놈들은 다 그러냐?"

"야, 말조심해라. 남자 놈들이라니, 그래 이미 임신이 됐는데 걱정한다고 해결이 되겠냐. 그래서 잠이라도 잘 자라는 거지.”

　강상민과 장범순은 그런 걱정에 있지만 범순이가 임신임을 알게 된 강상민 엄마는 걱정에 빠져 있다. 그래, 내 아들 문제만이 아니어도 걱정 없는 사람 많지 않을 것이다. 다만 크고 작고뿐이지. 아무튼 범순이 요것이 제 고모 집이라고 늘 오더니만 결국은 멀쩡한 우리 아들을 망치게 생겼네. 아이고… 범순이 네가 예쁘지만 않았어도 우리 상민이가 홀딱 넘어가지는 않았을 텐데 걱정이다. 전날처럼 중매 할머니로부터 소개가 된 상태에서 애기를 배버렸다면 좋아라 할 수도 있는데 그게 아니어서 야단이다. 그렇지만 이렇게 된 이상 범순이 너는 내 며느리가 되는 것이다. 강상민 엄마는 보이지 않을 만큼의 미소 끝에 남편 눈에 안 보이게 우선 피할 곳을 찾아 상민이를 작은아버지 집으로 보내게 된다.

　“작은엄마!”
　“아니, 상민이 너 왜 왔어?”
　“그런 거 묻지 말고 상수 집에 있어?”
　“없어. 없는데 그건 왜?”
　“없으면 어디 갔어?”
　“외가에 심부름 보냈다.”
　“그러면 언제 와?”
　“오늘은 못 오고 낼 올 거다. 그런데 상수가 있고 없고를 왜 물어?"

"그래? 나 작은엄마 집에서 며칠만 있어도 되겠지?"

우리 집으로서는 전혀 엉뚱한 일이라 너무도 심각해 아버지 몰래 피해 있으라고 엄마가 말해서도 그렇다.

"우리 집에 있겠다니? 그게 뭔 소리야?…"

"그럴 일이 좀 있어."

"아니, 상민이 너 무슨 일 저지른 건 아니지?"

"그런 거 묻지 마."

"묻지 말라니… 잘못한 거 맞지? 틀림없지…?"

"그런 거 묻지 말고 며칠만 봐 줘, 작은엄마…."

"무슨 일인지는 몰라도 알았다."

"방은 따뜻해?"

잘못을 저지른 강상민은 방이라도 따뜻해야 해서다.

"방은 춥지는 않을 거다. 그런데 네가 여기 있다는 것을 엄마는 알고 계시겠지?"

"엄마가 말했어. 작은엄마 집에 가 있으라고."

"상민이 여기 왔는가?"

상민이 아버지가 아시면 큰일이라 상민이를 작은집에 가 있으라고 했으니 상민이 엄마는 확인하러 작은집에 갔다.

"그런데 형님, 상민이가 좀 있게 해달라고 하던데 무슨 일이 있어요?"

"무슨 일이 있느냐고 상민에게 묻지는 않았고?"

"물었지요."

"물었는데 대답은 뭐라고 했고?"

"상민이는 그런 거 묻지 말라고 하데요."

"그래?"

말하기 어렵지 않은 작은엄마이기는 해도 무슨 좋은 일이라고 사실대로 말하겠는가. 아무튼 우리 집에 큰일이 났네. 큰일이 났어. 강상민 엄마는 걱정의 표정이다. 동서도 알아볼 만큼.

"상민이에게 무슨 일이 있는 거는 맞지요?"

집안에 심상치 않을 것 같은 손위 동서 표정을 보면서다.

"동서만 알고 있어. 상민이가 애기를 배 버렸어."

"뭐요? 상민이가 애기를 배 버렸다니요…."

상민이가 애기를 뱄다는 말에 상민이 작은엄마는 놀라 그렇겠지만 황소 눈이다.

"그랬다니까. 그래서 피신하러 자네 집으로 보낸 거야."

"아이고… 웬일이야… 상민이가… 그러면 누구래요. 형님?"

"건넛마을 장씨 넷째 딸 범순이가 애기를 가졌다는 거야."

"우리 상민이가 범순이에게 애기를 배게 했다고요?"

"그렇다니까."

"아니, 그러면 몇 달이나 됐을까요?"

"몇 달…?"

"예."

"아마 다섯 달쯤 된 것 같아. 상민이 말을 들으면."

"그러면 배도 알아보게 불렀겠는데요. 형님."

"일단 상민이 말대로는 그래."

"아이고… 형님. 그렇지만 상민이도 잘 생겼지만 범순이도 여간 예뻐요. 형님…."

"자네 지금 무슨 소리를 하는 거야."

"아니에요."

"아니기는 뭐가 아니야. 범순이도 여간 예쁘다니…. 나는 죽을 맛이구먼."

"형님이야 그러시겠지만 나는 잘됐다고 생각해요. 형님."

큰집 조카 상민이가 범순이에게 애기를 배게 한 것은 큰집 문제고 강상민 작은엄마는 범순이가 너무도 예쁘다는 생각에 범순이가 내 조카며느리가 되면 좋겠다는 생각도 했던 참이다. 시집 가족 중에 예쁜 조카딸이 있거나 하면 구박이 심한 시집살이도 예쁜 것으로 모면하게도 된다지 않은가. 그렇게 보면 맘대로 할 수는 없어도 예쁘게 태어나고 볼 일이다.

"아니, 그러면 자네 상민이랑 한통속인 거야?"

"상민이랑 한통속은 아니지만요. 형님."

"말해두지만 동서는 상민이를 감쌀 생각은 하지 말어."

"상민이를 감싸는 게 아니라 이미 벌어진 일인데 어떻게 하겠어요. 형님."

여름방학이라 왔겠으나 우리 동네는 여중생이 없는데 범순이가 제 고모 집에 며칠 사이로 온다. 여자로서 중학생이면 꺾고 싶은 예쁜 꽃일 수 있다. 그래서 '학생은 누굴까' '안녕하세요. 저는 고모님 친정 조카예요.' '고모는 안 계시는 것 같은데 어데 가셨을까?' '고숙이 논일하러 가셨는데 거기 새참 드리러 가셨어요.' '그래? 그렇구먼… 그러면 우리 집이 저 집인데 잠깐 따라와 주어도 될까?' '무슨 일이 있으세요?' '그건 아니고, 그냥 이야.' 마침 삶아 놓은 옥수수가 있다. 강상민 작은엄마는 주고 싶은 맘에서다. '그러지요.' 범순이는 상민이 작은엄마를 따라간다. '학생 이름을 안 물어봤네?' '예, 제 이름은 장범순이어요.' '그렇구먼.' 하마터면 우리 조카 상민도 있는데… 할 뻔했다. 그만한 아들이 있으면… 엉뚱한 생각도 해진다. 그렇지만 우리 집안 식구로 만들 수는 없을까? 너무도 예쁘다. 우리 집안 가족이 되면 좋겠다. '집들을 보니 동네가 잘사는 분들만 사시는가 봐요.' '아니야, 그냥 그렇게들 살아. 그런데 학생 집에도 옥수수가 있을까?' '우리는 옥수수 심을 만한 밭이 없어요. 그런데 왜요?' '내다 팔 옥수수까지는 아니어도 학생에게 주고 싶은 옥수수가 있어서.' '그러시면 몇 개만 주세요. 집으로 가지고 가게요.' 식구가 몇이나 되는지 묻지를 않아 모르겠으나 다섯 명이 먹을 수 있는 생옥수수를 강상민 작은엄마는 준다. '아니, 너무 많아요. 몇 개만 주셔도 되는데.' '아니야, 고모 집에 또 올거지?' '자주 오게 될지도 모르겠어요.' 범순이야 대접받는다는 기분뿐이지만 강상민 작은엄마는 이렇게 예쁜 여학생을 언제 봤나 싶어 옆에서 보는 것만으로도 행복해한다. 강상민 작은엄마는 사람이 꽃보다 아름다워서일까?

"범순이가 지 고모 집에 오게 되면 일부러 말을 걸어보기도 하고 그랬어요, 형님."

애기 배버리기까지 말썽을 일으키기는 했어도요. 강상민 작은엄마는 그런 말도 할까 하다 만다. 큰동서가 화낼지도 몰라서.

"동서가 속상해하는 내 맘 달래려고 하는 말은 아니겠지?"

"아니에요, 형님. 진짜예요."

"그나저나 동서는 상민이 일을 어쩌면 좋겠는가?"

"형님, 상민이를 혼인시켜버립시다."

"뭐? 혼인…."

"임신까지라니 별수 없잖아요. 형님."

강상민 작은엄마는 걱정이 아니라 약간의 미소까지다.

"자네 그 말 진심이야?"

"그러면 어떻게 해요. 형님. 진심이어요. 예쁜 조카며느리 싫어할 사람 누구도 없을 거예요. 얘기하기도 편한 관계일 거구요."

"자네 지금 나를 안심시키려는 말은 아니고?"

"그건 아니에요. 형님."

이제 갓 중학생인 조카가 저지른 일 때문에 걱정이 태산인데다 대고 사실대로 말해 버린 것은 잘못이기는 하다. 그러나 못 할 말은 아니지 않은가. 남도 아닌 동서로서 당연한 말이기도 하고 말이다.

"형님이고 뭐고, 듣기 싫으니 여러 말 말고, 상수 (동서 아들)

아빠 어디 간다고 갔는가?"

"건넛마을 석정리 양칠성 씨 집에 간다고 갔는데 곧 올 거예요."

"그래?"

"예."

"그러면 나는 저녁을 해야 해서 가야겠네. 그러니 상수 아빠 오게 되면 말해."

상민이가 중학생이기는 해도 결혼하기는 이른 열여섯 살이다. 그런 녀석이 말도 안 되게 남의 딸에게 애기를 배게 하다니… 말도 안 되는 사실을 남들이 아는 날엔 동네서 쫓겨날지도 모를 일이다. 순둥이들만 사는 동네라 쫓겨나지는 않겠지만 너무도 창피해서 얼굴을 들고 다닐 수도 없을 것 같다. 그렇지만 동서에게까지 말을 해버렸으니 상민이 작은아버지는 알아차릴 것이다. 내 아들이 저지른 문제의 해결점을 찾기는 시동생인 강진명이 자기 형에게 말해서든 해결점을 찾지 않겠는가 싶기는 하다. 그러잖아도 시동생은 큰집 조카라고 여간 따뜻하게 대해 주어서다.

그래, 삼촌과 조카, 조카와 삼촌, 이런 관계는 돈을 추구하는 오늘의 사회에서는 아닐지 몰라도 더할 수 없는 절대적 관계다. 그러기에 조카는 때로 아버지보다 삼촌을 더 의지하기도 한다. 그것을 알고 있는 삼촌은 용돈을 주는데 괜찮게 준다. 물론 결혼하기 전까지기는 해도 말이다. 그래서든 조카가 용돈이 필요한지도 살펴 삼촌이 주는 용돈은 사랑의 증표라 허투루 쓸 수가 없을 것이다. 삼촌의 용돈은 뜨거운 사랑을 포함하고 있기 때문이다. 그러기에 조카는 대접받는 인물로 성장하게 될 것이다. 삼촌이 결혼해서 동생들을 낳게 된다면 삼촌으로부터 받게 된 사랑이 어디로 가겠는가. 곧 보험 성격이지 않겠는가. 그렇다는 소문은 멀리까지 퍼지게 될 것이고 박수까지이지 않겠는가. 그래서든 삼촌이 조카들에게 용돈은 괜찮게 주어라. 형편이 괜찮다면 용돈보다 더한 자동차 선물까지도 말이다. 삼촌으로부터 받는 선물은 부담이 아니다. 우리 삼촌이 선물해 주신 자동차라고 자랑자랑할 것은 짐작이 필요하겠는가. 그것이 사실일 경우 집안을 돈독하게 할 우애는 물론이고, 밝은 사회이기를 바라는 맘들을 훈훈하게 하지 않겠나. 그래서든 형제 우애는 철칙으로 해야겠지만 가진 재산을 사회기부자들에게 하고 싶은 말이기도 하다.

"곧 올 건데 오면 뭐라고 말할까요?"
"동서, 시숙 (아주버니)에게 내가 직접 말할 수도 없고 그래서야. 무슨 말인지 동서는 알겠지."

"형수님 오셨어요?"
동령마을에 볼일이 있어 갔다던 강상민 작은아버지가 때마침 들어와서다.
"아니, 동령마을에 갔다면서 일은 다 보고 오는 거요?"
"예, 그리 중한 일은 아니나 시간이 있을 때 다녀오는 건데 형수님이 이렇게 오신 것은 무슨 일이라도 있는가요?"

"형수가 작은집에 오는데 무슨 일이 있어야만 오나요?"

"그건 아니지만…."

강상민 작은아버지 강진명은 화가 잔뜩 나 있는 형수 표정을 보면서 하는 말이다.

"작은집에 오는데 어디 시간을 맞춰서 오는가요."

"아이고…"

"아이고는 무슨 아이고요. 아무 때고 올 수도 있는 게지요."

아들 상민이 땜에 온 건데 웬일이냐니… 좀 섭섭하다는 말투다.

"그거야 아무 때고 상관은 없지요."

큰집에 무슨 일이 있기는 있는가 보다. 평소에 없던 화까지 내시는 걸 보니.

그래, 형수는 우리 집안으로 시집오자마자 나를 키우다시피 했다. 물론 부모님이 계시기는 해도 말이다. 그러니까 형수는 내가 초등학교 4학생년 때 시집오신 것이다. 시집을 와서 건강치 못한 시동생을 보니 안타깝다는 생각이었겠지만 잘 먹이려고 무던히도 애를 쓰신 형수다. 그뿐이 아니다. 우리 집사람과의 결혼도 형수님이 주선해 주신 것이다. 형수님 친정 동네 아가씨가 맘에 든다고 했고, 내가 보기에도 괜찮아 보였고, 그래서 궁합은 괜찮은지 봤던 것이 지금의 아내다. 지금의 아내를 동서로 삼고자 했던 자상한 얘기를 안 해주어 알 수는 없으나 집안이 평안하려면 동서끼리 좋아야 해서 그랬을 것이지만 말이다.

　어느 가정이든 큰형수는 부모님을 대신하기도 한다. 가정 질
서는 맏형수가 만들게 된다고 보면 될 것이다. 형제 우애는 곧
맏형수 손에 달려 있다고 볼 수도 있기 때문이다. 맏며느릿감
이라는 말이 그래서 나온 말은 아닐까 싶지만 말이다. 칭찬받
는 집안을 보면 거기에는 반드시 맏며느리가 있다. 그렇지만
맏며느릿감은 타고나야 한다고도 한다. 시집을 보낼 때 맏며느
리로는 보내지 않으려고들 한다. 그만큼 고생스러울 거라는 생
각에서 그럴 것이지만 맏며느리는 부모 이상의 대접도 받을 수
있음을 알았으면 한다. 시대적이기는 해도 가정사에 소홀해질
수밖에 없는 현대사회에서도 말이다.

　‘동서’ ‘예, 형님’ ‘오늘 시간 될까?’ ‘시간이요?’ ‘그래’ ‘되지요.
그런데 좋은 일 있으세요?’ ‘좋은 일은 아니고, 순댓국 한번 먹
고 싶어 그런데 바쁘지 않으면 만나. 순댓국집으로 나올래?’ ‘형
님. 지금 집에 혼자 계세요?’ ‘다 나가버려 점심을 혼자 먹게 생
겨서 그래.’ ‘알겠어요. 형님,’ ‘그러면 나올 거지?’ ‘예, 지금 세탁
물 너는 중인데 다 널고 곧 나갈게요.’ ‘그러면 내가 먼저 가 있
을게 순댓국집으로 나와’ ‘예 형님’ 그렇게 해서 동서끼리만 점
심상에 마주 앉는다. ‘동서, 우리 형제들끼리 나들이 한번 하면
어떨까?’ ‘좋지요. 형님’ ‘생각해 보니 시간을 만들어서든 형제
들이 자주 만나야 하는 건데 말일세.’ ‘저도 큰집을 자주 못 갔

어요. 죄송해요. '그게 아니야. 그런 문제에 있어서는 맏동서인 내가 잘해야 하는 건데. 미안해.' '아니에요. 형님.' '서로 바쁘다는 핑계로 그냥들 살아가고 있는 것 같아 그런 말을 꺼내는 거야.' '형님, 죄송해요. 제 가족만 챙기고 살아가는 것 같아서.' '아니야. 어디 동서만 그렇게 살아가겠는가. 다들 그렇게 살아들 게지.' '직장 일이다 뭐다, 바쁘게들 살아가기는 해도 맘이면 큰집에 자주 갈 수도 있는데 저도 그렇지를 못했네요. 형님 죄송해요.' '그러면 동서는 휴가가 가능할까 몰라?' '써먹을 연차가 있기는 한데 그러면 언제요.' '시간은 2박 3일로 하고, 울릉도는 어떨까 해서야.' '울릉도라면 우리 애들도 좋아라 할 것 같네요. 그렇게 하지요.' '고맙네, 동서.' '아니에요. 제가 감사하지요. 그런데 형님 시동생 시간이 어떨지 모르겠네요.' '일단은 그런 줄 알고 또 얘기하자고.' '예, 형님.'

맏동서 생각은 가족여행에 있지 않다. 바쁘다는 이유겠지만 얼굴만 보기도 한 달에 한 번도 어렵다는 것이다. 이래서야 무늬만 형제고 동서지 남이나 다름없지 않은가. 좋은 일이든 그렇지 못 한 일이든 형제는 자주 만나야만 한다. 만남의 주선은 맏동서의 책임일 수도 있다. 그렇지만 공짜가 아니라는 데 있다. 어머니 같은 형수님, 형님이라는 대접 말이다. 만남의 효과는 거기서 그만이 아닐 것이다. 바이러스처럼 사촌들까지일 것은 구구단 셈법이다.

"그건 그렇고, 말은 동서에게 했지만, 집에 가서 형님을 좀 달래 주어야겠어요."

"형수님, 그게 무슨 말씀이세요."

"내가 말하기는 좀 그러니… 나 가요…."

그래, 동서에게 말했으니 동서가 알아서 할 테다. 그러니 더 말할 필요가 있겠는가.

"그렇게만 가시면 어떻게 해요. 형수님~!"

아니, 말씀을 그렇게만 하고 가시지? 아무튼 결코 작은 일이 아니긴 한가 보다. 화까지 낼 형수님이 아닌데.

"형님이 직접 얘기해도 될 건데 그냥 가신다."

강상민 작은엄마 말이다.

"아니, 형수님이 직접 말해도 될 건데… 라니, 그게 무슨 말이어."

강상민 작은아버지는 눈을 둥그렇게 뜨고 하는 말이다.

"그게 아니라 상민이가 애기를 배 버렸대."

"뭐? 상민이가 애기를 배 버려?"

"그래 버렸다니까요."

"밑도 끝도 없이 그런 말이 어디 있어. 알아듣게 말해 봐."

"그러니까 예산댁 조카딸 범순이 있잖아요."

"이름까지는 몰라도 보기는 했지"

"상민이가 그 학생이랑 어쩌고저쩌고 해버렸대요."

"아니, 상민이가 그 여학생이랑 어쩌고저쩌고했다고?"

"거기까지만 말해도 상수 아빠는 알 건데 그런다."

"전날 얘기지만 어쩌고저쩌고는 당신과 하기는 했었지. 허허…."

기억이다. 형수님이 말하기는 했으나 형 심부름으로 형수 친정에 자주 가게 되었고, 아내와 소꿉놀이 같은 짓도 했음의 기억이다. 그렇기는 형수가 말해준 아가씨라 동네 사람들이 못볼 장소로 가 입맞춤으로부터 애기 만들기 작업까지였다. 아내 몸 상태가 아니었음인지 결과로 나타나지는 않았지만 말이다.

"그렇게 웃을 일이 아닌 것 같아요."

"그러면 심각한 문제인 건가?"

"그렇지요. 심각할 수도 있지요. 애기를 배 버렸으니까."

"뭐? 상민이가 애기를 배 버려?"

"그래요."

"그러니까 예산댁 조카딸에게?"

"그렇다니까요."

"그러면 야단인데…."

"다른 집안도 아니고 우리 집안일인데요."

"우리 집안일?"

"상수 아빠는 그런가 보다 하면 될 일 가지고 너무 따져요."

"따지는 게 아니라 이제 열여섯 살 배기가 애기를 만들어버렸으면 이건 보통 일이 아닌데…"

"보통 일이 아니기는 해도 나는 잘됐다고 생각해요."

"무슨 소리야. 잘됐다니?"

"나는 범순이가 내 조카며느리면 좋겠다고 했어요. 솔직히요."

"범순이가 조카며느리면 좋겠다니… 누가 들을까 싶다."

"그렇기는 해도 이건 내 생각인데 말해볼게요."

"무슨 생각인데."

아내 말을 들어봐야 알겠지만 이제 갓 열여섯 살짜리가 애기를 배 버렸다면 보통 일이 아닌데 아내는 조카며느리 감으로 생각하다니… 내 머리로는 도통 이해가 안 된다.

"그러니까 범순이가 제 고모 집에 늘 오잖아요."

"그거야 나도 알고 있지."

"그래서 우리 상민이도 범순이가 좋아 보였겠지만 범순이도 우리 상민이가 좋게만 보였나 봐요. 그래서 일이 벌어진 거겠지요."

"그래도 그렇지, 임신까지는 아니다."

그러니까 우리 상민이가 예산 양반 조카 딸 손이라도 잡아보고 싶었을 테고, 결국은 아니게도 애기를 배버렸다는 거잖아. 물론 짐작이기는 해도. 그래, 아내의 설명이 사실이겠지만 도저히 믿기지가 않는다. 그것은 동네 분들로부터 양반 집안이라는 말도 듣는 우리 집안이기 때문이다.

"상수 아빠 같으면 아닐 것 같아요?"

"여러 말 말고 저녁이나 차려."

"알았어요. 그런데 상민이가 우리 집에 와있어요."

"그래? 그러면 상민이 나오라고 해."

"상민아~ 작은아버지 오셨다~!"

작은엄마가 조카 상민이를 불러낸다.

"작은아버지…"

어데 가셨다는 작은아버지가 언제 오셨는지 작은엄마와 나누는 얘기를 듣고 있었는지 상민이는 곧 나와서다. 말도 안 되는 잘못을 저질렀다는 이유겠지만 작은아버지 눈치를 살살 본다.

"상민이 너 어떻게 된 거야?"

"작은아버지."

느닷없는 일이기는 하나 잘못을 저지른 조카 강상민은 하소연하듯 한다.

"아니다. 네 잘못을 이 작은아버지한테 말해 봤자 소용없어. 아버지에게 빌어야지."

"작은아버지…"

칭찬을 아끼지 않으시는 작은아버지. 어쩌면 부모님보다 더 의지하고 싶은 작은아버지. 용돈이 필요하면 용돈 달라고 말할 수 있는 작은아버지.

"야. 어쩌다가 엉뚱한 짓 해버렸냐?"

"아버지가 너무 무서워요. 작은아버지….."

"그래도 네가 이렇게만 있을 수 없잖아."

"아버지가 아시면 혼내실 건데요."

"다른 말 할 것 없다. 일단은 집으로 가자!"

"작은아버지가 어떻게 좀 해주세요."

"작은아버지가 어떻게 해줄 문제가 아닌 것 같다."

"그렇기는 해도요."

"그렇기는 해도요가 아니라 네 일 문제는 아버지께서 해결하실 문제다."

"아버지가 너무 무서워요. 작은아버지….."

"여러 말 말고 따라오기나 해!"

"……"

알았어요. 그렇지만 너무도 두려워요. 작은아버지. 조카 강상민은 그런 표정을 내보인다. 누구든 알아보게.

"매를 맞을 거면 한번 맞고 말아야지, 두고두고 맞을 수는 없잖아."

형님 성격으로 봐 '야 이 녀석아. 어쩌다 애기까지 배 버렸냐? 아버지는 죽을 맛이다.' 그 정도로 그만이실 것이지만 해결하기가 결코 쉬울 수 없는 어려운 문제다. 상민이 생각만큼 무섭게는 아니실 거지만 형님이 속상해 할 만큼 나도 말썽을 부린 적이 있다. 그래서 형님이 무서웠다. (농경시대 얘기로 맏형은 집안의 어른 대접이었다. 그래서 동갑내기 매제도 말을 올렸다.) 그렇지만 형님은 아버지보다 더 따뜻하게 해주신 기억이다.

악을 선으로 바꾼 어른들 지혜

*

"형님, 저 왔어요."

형제 중 둘째 강진명은 여학생에게 애기를 배게 한 조카 상민이를 데리고 큰집에 갔다.

"그래, 왔는가."

형은 아들이 저지른 잘못 때문에 부아가 잔뜩 나 있다는 이유겠지만 다른 때와는 달리 쳐다보지도 않고 대답만이다.

"상민이가 그랬다고 해서 저도 놀랐어요. 그렇지만 이미 엎질러진 물이니, 해결 방법이나 찾아봅시다. 형님…"

"으응…"

"아니게 되었지만 어쩌겠어요. 해결 방법이라도 찾아야지요. 형님."

"해결 방법?"

"예, 해결 방법이요. 형님."

"자네가 어떻게?"

"그렇다고 그냥 보고만 있을 수는 없잖아요. 형님."

"그렇기는 해도 어림없는 말 하지도 말어."

형 강진상 씨는 잘못을 저지른 아들을 보니 부아가 하늘을 찌를 태세고 아들 상민이는 숨듯 작은아버지 등 뒤에 서 있다.

"잘 될지는 몰라도 해결 방법을 생각해 봤어요."

"무슨 해결 방법?"

"해결 방법이 딴 게 있겠어요. 형님만 말고 우리 삼 형제 가족 다 같이 그 여학생 집에 찾아가는 거지요. 형님."

형님을 달래기 위해 머리를 짜낸 것이 삼 형제 가족 얘기다. 조카의 엉뚱한 일로 힘든 문제가 아니어도 형제는 그래서 좋다. 그래, 생각처럼 잘 될지는 몰라도 형제들이 찾아가 죄송하게 됐다고 하는 수밖에 더 있겠는가. 세상사 잘못을 인정하고 용서를 비는 자에게 칼 꽂는 일은 없을 것이기 때문이다. 있다고 해도 드물지 않겠는가. 동생 강진명이 거기까지 생각하고 하는 말은 아니겠지만 아들 때문에 부아가 나 있는 형을 달래 본다.

"그렇게 하면 고맙다고 하겠어? 말도 안 되게."

"고맙다고 안 할지라도요."

"이 사람들 웃기는 사람들이잖아, 그러지 않겠어?"

"형님은 왜 그렇게만 생각하세요. 아닐 수도 있잖아요. 형님"

"자네 같으면 그렇게 할 것 같아?"

"듣도 보도 못한 엉뚱한 일이라 어려운 문제이기는 하지요. 그러나 다른 방법 없잖아요. 형님."

"말하기도 싫지만 애기까지 배 버렸다는데 말이어."

"그렇기는 해도요."

"다른 말은 필요 없어."

"그렇지만 애들의 장난이기는 해도 형제들을 보니 딸을 주어도 괜찮겠다, 그럴지도 모르잖아요. 형님."

"으응."

"아무리 생각을 해 봐도 그 길밖에 더 없어요. 형님…. 그러니 미룰 것도 없이 내일 당장 갑시다. 막내 진환이 동생도 말해서 같이 가자고 할게요. 형님."

강진상 씨 삼형제 안팎이 장범순 집을 찾아갈 태세에 있고, 어린이들 소꿉놀이가 임신까지 되어버린 장범순 집에서도 뜬금없는 일이라는 데 강상민 집안과 같다.

"범순이 너 혹 무슨 일 저지른 것은 아니겠지?"

짐작이지만 딸의 구역질을 본 장범순 엄마는 이 애가 무얼 잘못 먹었을까? 그렇게만 생각하다가 그게 아니다 싶어, 범순이 아버지가 들을까 봐 조용히 묻는다.

"엄마는 무슨 말이어. 뚱딴지같이…."

"그러면 헛구역질을 왜 하냐?"

"속이 좀 불편해서."

"범순이 너 이 엄마는 못 속여."

"뭘…?"

"너 어떤 녀석이냐!"

따듯한 방이기는 해도 그렇지 이불도 걷어 차버리고 자는 네 배를 보니 오동통해서만이 아님이 이제야 알 것 같다. 재작년까지도 어린아이였는데….

"아니라니까 자꾸 그러네. 엄마는….”

"그러지 말고, 솔직하게 말해!”

"솔직히는 무슨….”

"솔직히 말해야 수습이라도 할 게 아니야.”

"엄마 나 사실은….”

범순이는 마침내 고백을 해버렸고, 장범순 엄마는 남편에게 말하게 된다.

"영감, 우리 범순이가 말도 안 되는 일을 저질렀네요.”

장범순 엄마는 영감 눈치를 살살 보면서 이야기를 꺼낸다.

"범순이가 일을 저지르다니요…?”

"그러니까 범순이가 애기를 배 버렸어요.”

"애기를 뱄다니요. 그게 무슨 말이요.”

그동안 아이로만 여기던 딸이 애기를 배 버렸다는데 놀라지 않을 부모는 없을 것이나 남편 장기철 씨는 황소 눈이다.

"그렇다니까요.”

"애기 밴 것을 임자가 어떻게 알고요?”

"내가 누구요.”

"그거야 엄마이지만 말이요.”

"큰일이어요.”

"우리 범순이가 애기를 배버렸다는 말 진짜요?"

"진짜예요."

"애기를 뺐다는 것을 어떻게 알고요?"

"어떻게 알게 된 게 아니라 배를 까발리고 자는 걸 봤어요."

"그러면 확실한지부터 보고, 범순이를 너무 야단치지는 말아요."

"야단 안 치면요?…"

"야단을 친다고 해결될 일도 아니잖아요. 그래서요."

"그렇기는 해도 야단이네요."

그래요, 야단쳐서 해결될 일이 아니기는 하지요. 그렇기는 해도 토닥토닥해 줄 사정이 아닌데 어떻게 하지요? 범순이 엄마는 그런 맘인지 남편을 한참 본다.

"다시 말이지만 불안하지 않게 해주는 것이 무엇보다 중요해요."

"아이고, 큰일이네…"

장범순 엄마는 혼잣말처럼 한다.

"임신 중인 애기도 엄마의 심리가 어떠냐에 따라 건강 상태가 달라질 수 있을 것이니 조심해요."

임신 중인 아기는 엄마와 분리된 개체가 아니다. 탯줄로 연결된 일체다. 그것을 어른들은 알고 말했을지 몰라도 생선도 가운데 토막으로 먹게 하고, 아내에게 가는 것도 신중히 하란다. 그러니까 엄마의 불안은 곧 아기의 불안이기 때문이다.

아무튼 딸의 잘못을 눈감아줄 수는 없겠으나 그렇다고 피할 곳도 없게 몰아붙여서는 안 된다. 피할 곳이 없다면 극단적 행동을 취할 수도 있어서다. 그런 위험한 일을 자처해서야 되겠는가. 말하지만 부모는 신작로를 깔아주고, 그늘이 되어 주고, 피난처가 돼 주어야 할 것이기 때문이기도 해서다. 나는 한학을 하면서 그런 지혜를 어느 정도 터득했다고 할까. 아무튼 그래서다. 임신 중인 상태에 있다면 무엇보다도 심리안정이 최선이다.

"그건 나도 알아요."
"알면 됐어요."
"야단은 안 쳐요?"
"맘엔 없어도 걱정은 말라고 토닥토닥도 해주고요."
변화된 시대에서의 어린이들 성 문제다. 성 문제는 부모로서도 예민한 문제인 것만은 사실이나 성 문제를 이해하려 들기보다는 본인이 살아온 경험조차도 무시하려 든다는 것이 문제라면 문제다. 남녀의 성은 결혼식 같은 것과는 전혀 다르다. 남자든 여자든 자기 성 정체성 본능이기 때문이다. 그걸 모르는 사람은 없을 것이나 전쟁 마당에 내몰린 병사들에게 그만한 용맹을 불어넣어 주기는 여자의 성만큼 좋은 게 없다지 않은가. 때문으로 봐도 될지 모르겠으나 종군위안부가 바로 그것으로 그런 위안부가 우리 민족 여성들만 아니라 중국, 필리핀, 베트남 등 일본군 점령국 수백만 명일 것이다. 아니 수천만 명의 여성들일 수도 있다. 그러니까 전쟁도 여성성을 침략 무기로 써먹는다는 것이다.

"알았어요. 그런데 어떤 놈인지나 알아야 할 텐데…."
장범순 엄마는 혼잣말처럼 한다.
"어떤 녀석이냐고 물어는 봤고요?"
"물어는 봤지요."
"물어봤더니 범순이는 뭐래요?"
"우물쭈물해요. 그래서 더 따져 묻지는 않았어요."
범순이 아버지는 내 남편이지만 쉽게 말하기는 여간 조심스
럽지 않다. 허튼 말은 거의 안 하는 편이기 때문이기도 해서다.
이런 문제에 있어 아닐지는 몰라도 부부라면 불필요한 말일지
라도 자주 하라. 건강에도 도움일 테니….
"범순이가 그런 일로 놀라면 복잡해질 수도 있으니. 일단 그
리 알아요."
"알았어요. 이놈의 기집애가…."
범순이 엄마는 엄마로서 걱정이 아닐 수 있겠는가.
"심란하기는 해도 범순이 앞에서 큰일이 아닌 척하는 거요."
"아닌 척 어떻게 해요."
"내가 말하는 것은 범순이를 놀라지 않게 하라는 거요."
"알았어요."
"어흠."
범순이가 저지른 소꿉놀이가 사회적으로 흉이 되기는 할 것
이나 이미 임신이 되어버린 상태의 범순이를 야단을 칠 수만은

없다. 야단을 쳐서 해결될 일도 아니기 때문이다. 그러기에 머리를 짜내서든 더 좋은 방법을 찾아내야 한다. 한학에 보면 세상사 모든 일을 임기응변으로 처리해야 한다는 능소능대(能小能大)라는 말도 있고, 내일 일을 예측하기 어렵다는 새옹지마(塞翁之馬)라는 말도 있지 않은가. 그래, 세상을 살다 보면 어찌 좋은 일만 있겠는가. 생각지도 못한 악재도 있을 수 있지. 그래, 이런 일에 있어 나는 지혜를 발휘해야 할 범순이 아버지다.

"상 차릴까요?"
"상이요?"
"예, 밥상이요. 시간이 이르기는 해도요."
범순이 엄마는 걱정도 밥이나 먹고 하자는 의미의 말이다.
"그럽시다. 아직 밥 생각은 없으나…."
"알았어요."
아직 밥 생각은 없으나 그런 말까지는 심란해하는 말일게다. 뜻하지 않은 일에 힘들어하는 장범순 엄마는 남편에게 밥상은 전날과 다름없이 차린다.
"그리고 말이요…"
범순이 아버지 장기철 씨는 그리고 말이요, 만 말한다.
"할 말이 있으면 하세요. 말씀을 그만두지 말고요."
"아니오."
그래, 범순이 네가 그랬다고 해서 죽을 죄인은 아니니 걱정까지는 하지 마라. 몇 달 후면 흉은 온데간데없고 누구도 부러

위할 엄마가 될 것이기 때문이다. 장기철 씨는 그런 생각인지 약간의 미소까지다.

"범순이가 배가 불러오는 걸 보면 산달이 얼마 남지 않은 것 같아요."

"그렇게까지요?"

"그런데 우리 집에서 낳게 하고, 키우는 것도 그래야겠지요?"

상황이 떳떳하지 못한 상황이라 친정에서 키우는 것은 당연하다. 혼인하기 전 임신이고 어린애 수준인 나이이기 때문이다.

"그래야겠지요."

"심란은 해도 애기를 낳으면 애기가 이쁘기는 하겠지요?"

장범순 엄마 말이다.

"그렇겠지요. 애기를 낳으면 이쁘겠지요. 우리 범순이가 임자 닮아서 이쁜데요."

"범순이 아버지~!"

"사실을 말하는 건데 그리 놀라요. 물론 아들이 아니라 딸로 태어나면 말이요."

"그래도 그렇지요."

"내가 없는 말 했어요? 사실을 말한 건데요."

"그래도 듣기가 민망하잖아요."

"민망한 말로 들었다면 미안은 하나 그동안 하고 싶기도 했던 말이오."

"지금 하신 말 진짜로 알아들을게요."

"어험…."

"아무튼 뒤끝이라도 깨끗하게 혼인을 치르고 애기를 낳자고 저쪽에다 말하면 안 될까요?"

장범순 엄마는 혼례식 치르지도 않고 애기를 낳는다는 것은 두고두고 말이 될 수 있다는 생각에서 하는 말이다.

"임자 말 들으니 그렇기는 하네요."

"그렇기는 하네요가 아니라 그렇게 해보세요."

"생각해 볼게요."

장범순 아버지는 틀린 말은 아니라는 표정이다.

"그래야 동네 사람들 눈치 안 보고 사위로서 찾아오기가 편할 게 아니오."

"생각해 봅시다."

장기철 씨는 아내의 제안이 옳다는 건지 고개를 끄덕이면서다.

"그리고…."

애기를 받기는 친정엄마가 편할 텐데… 장범순 엄마는 생각에 젖는다.

"그리고 뭐요?"

남편 장기철 씨 말이다.

"아니에요."

"그러면 애기 받기가 어렵다는 거요?"

"그건 아니고…."

"느닷없는 생각일지 몰라도 생각해 보니 애기는 애기 아빠와 같이 받으면 좋겠다는 생각이오."

"뭐요…?"

장범순 엄마는 애기 낳는 것을 사위가 함께한다는 것은 말도 안 된다는 표정이다.

"그렇게는 흉이 될까요?"

"범순이 아버지는 남자라서 그렇게 말할지 몰라도 여자들은 말도 안 돼요."

"당신이 싫으면 그만이겠지만 나도 그만한 생각이 있어서요."

"그만한 생각이란 게 뭔데요?"

남편은 말 한마디가 빈틈이 없다. 그래서 까다롭다는 생각도 드나 일리가 있는 말이기는 하다. 그렇지만 남녀유별이 분명해서 그렇게 하겠다고 말하기는 더 생각을 해봐야겠다. 듣지를 못해 알 수는 없지만 그렇게는 누구도 경험해 보지 못한 일이기도 해서다.

"그렇게는 임자가 좋다고 해야 할 일이나 일단 생각만은 해본 거요. 당장 그렇게 하자는 게 아니라…."

"지금 얘기가 이해는 되나 애기를 낳다 죽게 될 수도 있는 위급상황이면 또 몰라도 그건 아니네요."

"아니면 하는 수 없지만 그런 생각이 문득 들어서요."

"이놈의 기집애가…."

장범순 엄마는 너무도 심란하다는 생각인지 혼잣말처럼 한다.

"다시 말이지만 그것이 흉일 수는 있어도 죽을 일은 아니지 않소."

"그렇기는 해도요."

"말이 나왔으니 하는 말인데 우리가 용감하게 한번 시도해 봐도 괜찮지 않을까 싶네요."

장범순 아버지 장기철 씨는 남녀유별이라는 사회통념을 한 번 깨부수고 싶어 하는 말일 것이다. 새로움을 여는 변화 말이 다. 장범순 아버지는 전통에 머물러 있지 말자는 그동안의 소 신이기도 하다.

"범순이 해산달이 오면 그런 말 한번 해 보게요?"

한번 해보는 말이 아닌 것 같아서다.

"그런 일은 당신이 좋다고 해야 가능한 일이요."

의료수준이 발달되지 않은 전날 얘기이기는 해도 애기를 낳 을 때 산모는 엄청난 에너지를 쏟게 된다지 않은가. 그렇지만 남편들은 아내가 아기를 낳느라 힘들었을 것이라는 짐작뿐이 다. 그래서 말인데 아내가 아기를 낳는 데 남편이 동참해보라 는 것이다. 방법으로는 분만 시간을 맞춰 산모와 같은 자세로 끌어안는 것이다. 아기가 엄마 배 속에서 나오려면 스르르 나 오면 얼마나 좋을까마는 산고를 거쳐야만 한다. 애기를 낳아본 여자들은 경험했겠지만 아기가 태어날 때는 골반이 억지로 벌 어지기 때문에 뼈마디 마디가 으스러질 정도라지 않은가.

'씨받이'라는 영화에서 애기를 낳는 장면이 연출되기도 했다. 영화를 본 사람들은 산모가 얼마나 고통스러워하는지 알 테지만 산모가 힘을 쓸 수 있도록 띠를 천장에 매달고, 애기가 쉽게 나오질 않아 몸부림치다가 치아가 상할 수도 있어 입에는 수건을 다 물려서 아기를 낳는다. 오늘날이야 병원이 있어 그럴 리 없겠지만 50년대까지도 애기를 낳던 산모가 사망하는 경우가 종종 있었다. 그래서 산모는 신발을 벗으면서 이 신발 다시 신을 수 있을지? 벗어놓은 신발을 다시 봤다지 않은가. 애기가 엄마 배 속에서 세상으로 밖으로 나올 때는 엄마를 최대한 괴롭히고 나오기 때문이란다.

산모는 너무너무 힘들 것이니 그때 남편이 뒤에서 산모를 끌어안고 같이 힘을 쓰면 힘든 고통은 반감이 될 것은 틀림이 없다. 그렇게 해서 애기가 태어나면 산모는 아들인지 딸인지 확인하고 남편의 표정을 볼 것이다. 그때 남편은 '여보, 정말 수고했어.' 말을 해주게 될 것이다. 그러는 남편 말에 답례라도 하듯 남편에게 입맞춤도 해줄 것이다. '당신이 같이 애써줘 애기가 쉽게 나왔어요. 여보, 고마워요.' 이것이 바로 부부인 것이다.

그래서든 낳은 애기가 아들이면 웃고, 딸이면 서운해하는 그런 부부가 아니라. 내 아내, 내 남편이라는 확증을 공고히 다지는 순간이기도 할 것이기 때문에 적극적으로 권한다. 각오가 영원할 수는 없겠으나 이후부터는 아내만을… 남편만을 위하겠다는 각오가 설 것이다. 그렇다고 모든 삶이 순탄할 수는 없어 짜증을 부릴 수도 있겠지만 그럴 때 애기를 같이 애써 낳았다는 생각만은 들 것이 아닌가. 그것을 다 믿을 수는 없겠으나 성격 차이로 헤어진다는 말은 못 하지 않겠는가.

"나는 그렇게 못했는데 범순이 아버지는 알고 하는 말이요?"

"몰라요. 한 번 생각해 본 거지요. 그때는 알았다 해도 못 했겠지만 말이요."

"지금의 시대는 부부유별 시대가 아니라는 말로 들리네요."

"우리 범순이가 이렇게까지 생각이나 했겠소. 그러나 조혼시켜 잘못되지는 않을 거라는 생각이 드네요. 이제야 생각이지만 말이요."

갓 중학생인 딸의 임신이라는 느닷없는 일이기는 하나 우리 범순이는 그동안의 몸짓으로 보아 용감하게 살아갈 것이라는 믿음이다. 그래, 세상을 지식으로 사는 게 아니다. 지혜와 용기로 사는 것이다. 그러니까 남들보다 더 잘살아보고자 몸부림 아니라는 것이다. 주어진 삶을 용감하게 살아가다 보면 결과는 좋은 결과로 다가올지는 상상이 필요하겠는가. 범순이 네가 이만큼 크도록 어쩌면 방치한 것이 애비 잘못이라면 잘못이다. 생각해 보면 아무것도 아닌 지식을 가지고 다른 사람보다 더 아는 지식인 것처럼 한 것이 부끄럽다. 말하지만 삶을 지식으로 사는 게 아니라 지혜로 살아야 할 건데 나는 그렇지 못한 것 같아서다. 지혜란 뭔가. 설명까지 필요하겠는가마는 이웃과 함께라는 넉넉한 맘씨이지 않겠는가. 곧 인간사회 말이다. 아무튼 우리 범순이가 임신할 거라고 누군들 짐작이나 했겠는가마는 생각해보면 지인들에게 흉은 될지언정 잘못된 일은 아니지 않은가. 짐작이기는 하나 이미 임신이 된 손주는 건강하게 태어날 것이다. 그래서 범순이 네 아비로서 축하해 줄 일이지 야단 칠 일은 아니라는 생각이 든다. 그래서든 그동안 먹던 밥도 잘 먹을 것이며 잠도 잘 자라고는 했지만 말이다.

삶이란 뭔가? 정답이 없을 것이나 다행인 것은 좋은 것 탐하고 싶지 않은 것이다. 인생 가치를 알기까지는 주어진 수명이 다해 죽음이 찾아왔을 때이지 않을까 전혀 엉뚱한 일을 저지른 우리 범순이를 보더라도 말이다. 어떻든 범순이 너는 곧 엄마가 되지 않겠나. 어떤 녀석이 태어날지는 몰라도 말이다. 때문은 아니나 아버지가 범순이 네게 해줄 수 있는 건 사실을 인정하고 보호뿐이다. '밥 잘 먹고 잠도 잘 자라'라고 했으니, 범순이 너는 그런 줄 알고 씩씩하게만 살아라. 아버지 장기철 씨는 그런 생각에 젖는다.

"아이고, 이것이 어쩌다가 힘들게 하냐."
장범순 엄마는 혼잣말을 한다다.
"그런데 우리 집안 대소 간에는 없는 좀 별난 녀석이 다 태어났네요."
"그러네요."
"친정에도 없지요?"
"우리 친정에도 없어요."

"아무튼 세상을 살아가려면 여자도 좀 야무져야 할 건데 그런 면으로는 안심해도 되지 않을까 싶네요."

장범순 아버지는 평안한 맘으로 바꾼다.

"그럴까요."

"임자는 아닐지 몰라도 나는 그래요. 그리고 시대적으로 부부유별 시대가 아닌 것 같네요."

"오늘날은 부부유별 시대가 아니라구요?"

어디만큼을 부부유별이라고 말할까. 공주댁 공주 양반 이렇게 말이다. 그래, 짐작이기는 하나 일을 저지른 녀석이 어떤 녀석인지는 몰라도 장애를 입었거나 못된 녀석은 아닐 것이다. 우리 범순이가 얼마나 야무진 앤데… 범순아! 그런 일로 너무 위축되거나 걱정은 마라. 아버지는 다 생각이 있어서다. 이건 다른 말이기는 하나 범순이 네 이름을 범순이라고 지은 얘기다. 범순이 이름이 어떻게 보면 무서울 수도 있다. 그렇지만 그렇게 짓기까지는 네가 태어날 거라는 예고 꿈이었는지 엄마 말을 들으면 다음과 같다.

"여보, 간밤에 이상한 꿈을 다 꾸었어요. 이제야 말이지만요."

장범순 엄마 말이다.

"그래요? 무슨 꿈인데요?"

"영감은 간밤 꿈 듣고 싶어요?"

"말해 보시오. 영감 말은 빼고."

"알았어요. 근데 나쁜 꿈은 아닌 것 같은데 영감이 주는 사과

꿈을 다 꾸었어요."

"용꿈도 아니고 고작 사과 꿈이라고요?"

"고작이라니요."

"고작이라는 말은 취소할게요."

"간밤 꿈이 하도 신기해서 하는 말이요."

"그러면 내가 주는 사과 받기는 했고요?"

"받았지요."

"그러면 먹기도 했고요?"

"사과를 먹기는요, 그런데 사과받자마자 곧 다른 꿈으로 바뀌고 말았어요."

"그랬으면 많이 서운했겠다."

"서운까지는 아니었어도 좀 그랬어요."

꿈이기는 하나 꿈은 아쉬울 때가 있다. 사랑하는 사람이 다가와 엉뚱한 말만 하고 다른 꿈으로 바뀌는 경우다.

"꿈은 믿을 게 못 되는데…"

"맞을지 몰라도 사과 꿈은 딸 낳을 꿈이라던데 이번에는 딸을 낳을 것 같네요."

"딸 낳을 꿈 같다고요?"

"만약 딸을 낳으면 영감은 서운해 하실 거지요?"

"임자는 자꾸 영감 영감 하는데 그러지 말아요. 아직은 힘이 있는데."

"그래서 자주 오려고 하세요?"

"그런 말 그만하고 다음부터는 영감이라고 하지 말아요."

"알았어요."

아직 늙지 않은 사람에게 영감이라고 해서는 남편이 듣기에 싫겠지만 그렇다고 회갑을 앞둔 나이에다 여보 라는 말 쓰기는 아닐 것 같아서다. 우리나라 말이 가장 어렵다는 말 중에 예절 호칭이란다. 아주버님, 도련님 등 위아래 구분을 지어 부르는 호칭이 바로 그것이다. 특히 지방에서 사용되는 특유의 호칭일 것이지만 말이다.

"딸을 낳으면 서운해할 거냐고요?"

"그러니까 딸을 낳아도 서운해하지는 마시라는 거요. 내 말은."

"서운해하다니요. 나는 아니요. 다른 사람은 몰라도."

그래, 족보에 나타난 이름들은 사실이겠으나 조상 대대로 이어져 온 족보를 무엇보다 중히 여기는 어쩌면 엄중한 시대다. 그런 시대에서 아들을 바라는 걸 잘못이라 말할 수는 없어도 아들 많은 집안 바람 잘 날이 거의 없기도 해서다.

"진짜요? 누구는 아들 셋은 두어야 한다던데요."

"아들이 많고 적고는 여자들 탓 아닌가요?"

"여자들 탓이라니요. 그건 말도 안 돼요."

"당연히 말이 안 되지요. 그냥 해본 말이니 오해는 말아요."

바라지 않은 딸이든, 바라던 아들이든 아기는 난자와 정자가 의논해서 (핵분열) 태어나고, 성 비율로도 딱 맞게 태어난다. 성 비율적으로 딱 맞게 태어난 이유를 누구는 연구해 봤을지 몰라도.

"오해는 안 해요."

"오해를 안 한다니 다행이나 딸이 더 중요할 수도 있어요."

"아무래도 말씀뿐일 것 같은데요."

범순이 엄마는 남편 표정을 뚫어지게 보면서 말한다.

"당신은 아직도 내가 아닐 것 같은 사람으로 보는 거요?"

"사실대로 말합시다."

"아니라는데 자꾸 그래 쌌네. 임자는…."

다른 사람은 몰라도 한학을 한 사람으로서 존경까지는 아니나 동네 사람들은 나를 부르기도 하지 않은가. 때문이라고 할 수는 없어도 말도 행동도 여간 조심스럽지 않다.

"나는 아들 둘은 더 두어야 할 텐데 딸을 낳으면 어떻게 하지요?"

"어떻게 해요. 맘대로 할 수 없는 것이 자식 두는 건데."

"영감 보약 한 재 지어드릴까요?"

"뭐요?"

"그러니까 아들 낳는 보약이 말이요."

"그러면 임자가 보기에 보약을 먹어야 할 만큼 내가 허약하다는 거요?"

"그건 아니지만요."

"아니기는 뭐가 아니요. 아들 또 한다는 말 아니요."

"거짓말은 아니에요."

"보약 얘기는 들을 필요도 없는 얘기에요."

"들을 필요도 없는 얘기가 아니에요."

"보약 같은 말 다시는 꺼내지 말아요. 보약 말 또 하면 나 화 낼 거니."

"보약 먹고 아들 낳았다는 사람도 있다던데요."

"그런 말 어디서 들은 거요?"

"어디서 듣기는요. 다들 아는 일인데요."

"보약 먹어 아들을 낳는다면 세상에 딸들은 씨가 마를 거요."

"그래도 혹시 알아요."

"어허…."

"어허가 아니어요. 보약 효험이 있을지도 모르는데요."

"그런 말 믿지 말아요, 한약방들로부터 한소리 들을지 몰라도 보약 팔아먹자는 수작으로 보면 돼요. 수작이라는 말까지는 너무 심한 말이기는 해도요."

젊어서야 몰랐으나 나이를 먹고 보니 보약은 아니라는 것을 알게 된 것이다. 광고하는 약도 그렇다. 치료약으로는 써야겠지만 보약은 거짓이라고 말하고 싶다. 아닌 줄 알면서까지 보약을 권한다면 도덕성을 훼손한 사기꾼이라고 감히 말한다. 한의원들로부터 한소리 들을지 몰라도 내 가족이 아닌 이상 보약을 권하는 것은 돈이 목적인 장사 수완으로 봐도 될 것이다. 동의보감에서 말하는 의학상식도 무엇인지 알아둘 필요도 없다. 보약이라는 개념의 말은 없기 때문이다. 말하지만 산삼 같은 게 보약이 아니라 최고의 보약은 삼시세끼 밥이면 된다.

"범순이 아버지는 그걸 어떻게 알아요."

"알고 모르고가 어디 있어요. 상식이지."

"지금 말대로 하면 한약방마다 거짓말쟁이들이네요?"

"한학을 한 사람으로서 그렇게까지 말은 지나치나 밥 벌어먹자는 데 웬만한 거짓말은 상식으로 알면 돼요."

그렇다. 장사하는 사람들 말로는 손해를 보고 판다고도 하지만 그걸 믿는 소비자는 아마 없을 테다. 어디 한약방이라고 해서 예외일 수 있겠는가. 터무니없는 광고는 아닐 것이나 광고에 현혹되지 말라. 건강도 장수도 타고난 운명이라면 운명이니

"영감은 너무 많이 알아서 탈이에요"

"너무 알기는요, 상식인데요."

"상식이요?"

"그래요. 상식이지요. 임자도 한문 공부 명심보감까지는 했다면서요."

"그렇기는 했지요."

"그러면 할아버지는 무슨 생각으로 한문을 가르치려 하셨을까요?"

"거기까지는 몰라요."

"그렇게 보면 할아버지는 그냥 노인이 아니셨네요?"

"한학을 한 범순이 아버지와 부부가 된 것도 할아버지가 정해주다시피 했다고 보는데 그런 얘기 내가 안 했을까요?"

"그런 얘기는 처음이네요."

"그러고 보니 우리의 혼인은 할아버지께서 정해주신 건데 혼인은 올해로 몇 년인지 아세요?"

장범순 엄마 말이다.

"그걸 기억하면서까지 살 수는 없어도 우리가 혼인을 몇 살 때요. 임자는 열일곱, 나는 스물한 살 때잖아요."

"그러면 우리 범순이가 올해로 열여섯 살이니까. 혼인 못 할 나이는 아니네요."

"그러니까. 임자는 범순이를 이해하겠다는 말 아니요."

"이해는 되나 준비도 없는 일이라 걱정이네요."

장범순 엄마는 심란해하는 표정까지 짓는다.

"걱정은 되나 이미 벌어진 일 아니요."

"이놈의 기집애가…."

"이놈이라는 말은 여자애들에게는 안 어울리는 말이요. 아무튼 기집애라는 말 범순이 앞에서는 하지 말아요."

"그거야 범순이 앞에서는 못하지요."

"그리고 말해두겠는데 아들 손주가 태어나도 우리 강아지, 떡두꺼비 그런 말도 하지 말아요."

"그건 나도 알아요."

오늘날이야 사라졌지만 얼마 전까지도 할머니들은 아들 손주에게는 '우리 강아지', '떡두꺼비' 했다. 우리 강아지, 떡두꺼비 말은 命이 길어진다는 양반이라는 부류가 만들어 낸 불량한 맘보에서 만들어진 말이다. 시대적이기는 해도 이름조차 개똥이라는 호칭을 아무렇지 않게 사용했음의 기억이다. 아이에게 부여된 이름이 세상을 살아가는 데 그렇게 큰 영향을 주지 않아도 훌륭한 인물로 성장하라는 의미의 이름이면 어떨까 한다. 귀엽다는 이름 말고.

"우리 강아지 떡두꺼비 그런 말 여자아이들에게는 왜 안 써먹을까요?"

"왜 그런지까지는 공부는 더 해봐야겠네요."

"기록에 있는지 한번 찾아보세요."

"우리 강아지, 떡두꺼비 그런 말은 소위 양반이라고 하는 사람들이 만들어 놓은 말일 거요."

"그럴까 몰라도 친정 할아버지가 알고는 있으라고 하셨어요."

"우리 강아지, 떡두꺼비 그런 말은 할머니들만 하게 된다고는 안 하고요?"

"할머니들만이요?"

"우리 강아지 떡두꺼비 그런 말은 할머니들만 해서요."

할머니에게 손자는 얼마나 귀여운가. 때문으로 봐야 할지 몰라도 짐승인 우리 강아지, 떡두꺼비 말을 스스럼 없이들 했다. 그러나 양반 손주는 태어나자마자 작명소를 찾아갔고. 이름을 지으면 이름을 알리고자 시루떡도 만들어 동네 사람들에게 돌렸다. 현대에서야 출생신고로 그만이지만 말이다.

"그건 그렇고 우리 범순이가 올해로 몇 살이지요?"

물을 필요도 없는 딸의 나이를 장범순 엄마는 묻는다.

"우리 범순이가 몇 살이라니요?"

"범순이가 중학교 3학년이니까 열여섯 살이잖아요."

"그래요, 우리 범순이가 열여섯 살이네요."

"범순이 아버지는 딸 나이가 몇 살인지도 잊고 계셨어요?"

"참 애비로서 딸 나이도 잊고 사네요. 참 엉터리다."

남편 장기철 씨는 엉터리다. 하면서 아내 표정을 본다.

"진짜네요."

남편은 범순이 나이를 진짜 모르고 하는 말일까? 아니면 아들이 아니라고 관심을 두지 않아서일까? 범순이를 예뻐해 주는 걸 보면 그렇지는 않은 것 같기는 한데 물론 예뻐해 준다고 해서 나이를 아는 것은 아니기는 해도.

"범순이 나이는 그렇고, 속이는 사람들보다 속는 사람들이 더 잘 살지만 말이요."

남편 장기철 씨 말이다.

"속이는 사람들보다 속임 당하는 사람들이 더 잘 산다구요?"

"한번 해본 말이나 아마 그럴 거요."

"그건, 말이 안 될 것 같네요."

"속이는 일이 당장은 아닐지 몰라도 들통이 나게 되어있잖아요."

"그렇기는 해도 다는 아닐 거잖아요."

"그럴지도 모르지요."

"속인 것이 들통이라 나게 되면 인간적 신뢰도가 떨어질 것이지만 잘살아보겠다는 적극성이 없어요."

이런 문제에 있어 맘보와 맘씨를 생각해 볼 수 있을 건데 설명까지 하면 맘보는 망하는 지름길이고 맘씨는 자신만 아니라 후손까지도 흥할 것으로 보면 될 것이다.

"속여서는 안 된다. 그러면 될 걸 가지고 얘기가 너무 기네요."

장범순 엄마 말이다.

"허허… 그래요, 이것도 그동안의 습관인 것 같은데 다음부터는 조심할게요. 임자를 위해서도."

"조심은 아니고, 그런 말이 나왔으니 도덕경 얘기 좀 해 주겠어요?"

"도덕경 얘기까지요?"

"그래요."

"도덕경 얘기하려면 입을 부드럽게가 먼전데요."

장범순 엄마는 알았어요, 하면서 간단한 술상을 곧바로 내와 마시라고 권하고, 남편 장기철 씨는 고맙다는 표정을 지으며 마신다. 이것이 나이 먹어서의 부부로 권할 만한 일이 아니겠는가. 가장이라는 위세, 아내라는 온순함만이 아니기 때문이다. 시대적으로 여성시대라도 가정의 평화는 아내가 지킨다고 말하면 아니라 할까?

"술맛 좋다."

"술맛 좋다고요? 범순이가 힘들게 하는데요."

"그래요, 느닷없는 일이기는 하나 복이 될 쪽으로 해석해 버립시다."

"복이 될 쪽으로요?"

"그러니까 전화위복 말이요."

"전화위복으로요?"

"다른 해결책이 없잖아요. 그래서 하는 말이요."

"별다른 해결책이 없기는 해도….”

심란해하는 장기철 아내 말이다.

"복잡한 상황에서 어울릴지 몰라도 도덕경은 곧 명심보감인 거요.”

"명심보감이 도덕경이라고요?”

"그렇지요, 그런데 그걸 알아서 뭘 하게요.”

"손주들 키우는 데 써먹게요.”

"어허…”

"진짜예요.”

"그래요? 임자는 자애로운 할머니로 살겠다는데 못한다고 할 수는 없으니 많이 까지는 못하고 몇 말만 할게요.”

남편 장기철 씨는 도덕경에 대해 말하고자 피우던 담배까지 비벼끈다.

"책을 보면 성경에서 말하는 잠언은 서양철학이고, 노자가 말하는 도덕경은 동양철학으로 보면 되는데 중인찰찰(衆人察察) 아독민민(我獨悶悶) 세상에 모든 일이 옳음과 그른 것을 명확하게 구별하는데, 나 홀로 혼미하여 번민하고 있다. 이런 말도 있고, 남자 됨과 여자 됨을 알고 또 거두어, 천하의 계곡이 된다. 천하의 계곡이 되어, 덕이 언제나 나뉘지 않으면, 다시 어린아이로 돌아간다. 희고 검은 것을 알고 또 거두어, 천하의 모양이 된다. 천하의 모양이 되어, 덕이 언제나 어긋나지 않으면, 다시 무극無極으로 돌아간다. 영광스러움과 욕됨을 알고 또 거두어, 천하의 계곡이 된다. 천하의 계곡이 되어, 덕이 비로소 늘 넉넉해지면, 다시 통나무로 돌아간다. 통나무를 쪼개면 그릇이 되고, 성인을 그릇으로 쓰면, 대통령이 되고, 장관이 된다. 이렇기에 크게 만드는 것은 쪼개지 않는다. 이런데 너무 어렵지요?"

"그런 말은 책에 있는 그대로잖아요."

"그렇기는 해도 삶에서 필요하고 귀한 말이요."

"귀한 말이겠지만 무슨 말인지 도통 알 수가 없는데 쉬운 말로 해보세요."

"자식 키우는 데 별다른 방법이 있겠어요. 밥 먹여주고, 위험한 곳이라는 것쯤은 알려주고, 너는 잘할 수 있다는 용기를 북돋아 주는 그런 어머니, 할머니면 되는 거지요."

"그렇기는 하겠네요."

"문제는 결코 쉬울 수 없는 실행이지요."

"결코 쉬울 수 없는 실행이요?"

"그렇지요. 그리고 임자 반찬 솜씨 인정해요."

남편 장기철 씨는 화제를 바꾸려 한다.

"대충인데도 맛나요?"

"그거야 먹는 걸 보면 알 게 아니요."

"고마워요."

"고맙기는 임자가 아니라 내가 고맙지요. 그건 그렇고, 한문얘기가 나와서 말인데 우리가 잘 모르는 한자 해석을 한 번 해볼게요."

"너무 어려우면 안 되는데요."

"어려울 게 없어요."

"알았어요."

"하늘 天, 따 地, 검을 玄, 누루 黃, 집 宇, 집 宙, 넓을 洪, 거칠 荒이 당신은 무슨 뜻인지 알까요?"

"그거는 모르지요."

"모르기는 해도 지금 말한 내용 잘 설명할 사람 별로 없을 거요. 설명하자면 하늘 天은 펼쳐진 세상을 말함이고, 따 地는 현재 머물러 있는 곳을 말함이고, 검을 玄은 현세를 말함이고, 누루 黃은 내세를 말함이고, 집 宇는 우주공간을 말함이고, 집 宙는 해와 달, 별들을 말함이고, 넓을 洪은 생물들이 살만한 지역임을 말함이고, 거칠 荒은 생물들이 살아가기 매우 어려운 지역임을 말함인 거요."

"그렇다 해도 내가 알아둘 필요까지는 없을 것 같은데요."

"알아둘 필요 없다 해도 손해가 아니면 태어날 손주들에게 써먹어도 되지 않겠어요. 무식한 할머니라는 말 듣지 않으려면 말이요."

"앞으로 태어날 손주들은 제 어미를 닮는다면 홀대는 안 당할 걸로 믿어요."

"암, 믿어야지요. 한자 말 나온 김에 더해볼까요?"

"한자 더 들을 필요도 없을 것 같은데요."

공부 많이 했다는 사람치고 가르치려 든다. 상대가 듣고 싶을지도 모르면서. 그러나 우리 영감은 아무에게나 아니라는데 다행이다.

"사람 人자요."

"사람 人자요? 거기까지는 아닌데….."

"싫어요?"

"아니에요 얘기 해보세요."

"사람 人자는 상형문자로 걷는다는 글잔 거요. 설명이 좀 그렇기는 하나 걷는 동물은 사람밖에 없기 때문이요."

그렇다, 덩치가 사람보다 몇 배 더 큰 소나 말 같은 짐승에게는 걷는다는 말을 안 쓴다. 뛴다거나 간다고 표현한다. 더 말하면 사람 人자를 잘못 해석들 하던데 사람 人자 해석은 필기체가 아니다. 인쇄체다.

"그런 말은 처음 듣는 말이나 범순이 땜에 너무도 심란하네요."

"그렇기는 해도 바쁠수록 돌아가라는 말 못 들었을까요?"

"아이고… 나는 심란해 죽을 판국인데 범순이 아버지는 기분이 나쁘지 않으신가 보다."

"내가 언제 기분이 나쁠 때가 있었던가요."

"영감 기분이 좋은지, 나쁜지는 내가 어떻게 알아요."

"밥을 맛나게 먹으면 기분이 좋은가보다 당신은 그렇게 생각 안 해요?"

"기분이 좋은지 나쁜지 몰라도 가끔은 화도 내고 그래보세요."

한학을 한 사람마다 그럴까 몰라도 우리 남편은 재미가 너무도 없다. 잠자리조차도 애기 심는 것으로 그만이기 때문이다.

"화요?"

"아니요."

"세상에 잘해 주는 사람에게 화내는 사람도 있을까요?"

"그러면 내가 만든 반찬 괜찮다는 거요?"

"괜찮은 게 아니라 맛나요. 고마워요."

"고맙다는 말까지는 좀 그렇네요."

남편은 한학을 했다. 한학을 했다고 성인군자처럼 살 수는 없겠지만 말이다. 그래 생각해 보면 남편은 본성인지는 몰라도 차림새든 혼인하기 전부터 괜찮았다. 동네 어른으로 대접도 해 주고. 그렇다고 해도 열여섯 살밖에 안 된 애기 같은 딸이 말도 안 되게 임신까지라 아버지로서 야단칠 만도 한데 그게 아니라 좋은 쪽으로 생각하잔다.

"고맙다는 말 처음이기는 해도 싫어요?"

"싫지는 않지만…"

"고맙다는 말은 애들에게나 어울리는 말이기는 하지요. 그 래서 생각이지만 우리 범순이는 시부모로부터 칭찬받으며 살 았으면 해요. 아니 칭찬받고 살 거요. 그러니 응원이나 해줍시 다."

"누구 딸인데요."

범순이 엄마 말이다.

"임자 딸은 아니고요? 허허…."

"범순이 어릴 적 얘기지만 제 언니들에게 고래고래 소리를 질러도 영감은 어험! 정도에서 그쳤어요."

"또 영감이다…. 아무튼 그랬을까 모르겠는데 임자는 별 기억을 다 하네요."

"어떤 기억인데 기억 못 해요. 안 그래요?"

"그러니까 범순이가 학교에 들어가기 전이지요?"

"그렇지요."

"범순이가 딸이기는 해도 늘 사랑스러워만 했어요. 그래서 기다리는 아들을 더 낳지 못했어도 맘만은 편했어요."

전날 얘기지만 아들이 없으면 돈 많은 지방 유지일지라도 양반 대접은 못 받았다. 그런 문제 있어 한恨 있는 얘기다. 이젠 전날 얘기지만 여자로 태어난 것이 부모가 되기 전까지는 씻지 못할 죄인으로 한恨이었다. '아버님 날 낳으시고 어머님 날 기르시고' 그런 말은 철저히 무시된 채 말이다.

"우리 범순이가 느닷없는 임신까지이지만 아직 어린이로만 볼 수 있는 나이잖아요."

남편 장기철 씨 말이다.

"어린이로만 볼 수 없다니요?"

"그러니까 몸은 다 컸다는 거지요. 생각해 보면 오냐 오냐만 했던 탓도 있기는 해요."

"그건 사실이에요."

"나는 한학을 하면서부터 해도 남자는 무게감이 좀 있어야 한다고 생각해요. 그러니까 알고 있어도 모르는 척 말이요."

남편 장기철 씨 말이다.

"그러면 범순이가 임신했다는 말 듣고도 큰 문제가 아니라는 거요?"

"문제다 어떻게 안 해요. 하지요. 우리 집은 한학을 한 집이라는 것을 동네 사람들이 알고 있을 텐데요."

"걱정이네요."

묻는 내가 잘못이지요. 그러는 건지 범순이 엄마는 딴청을 부리려는 몸짓이다.

"그렇지만 아버지로서 내색만 안 할 뿐이지요."

"범순이가 엉뚱한 짓을 하고 말았으나 앞으로는 말썽 없이 잘 살겠지요?"

"그러기를 바랄 뿐이지요. 아니, 잘 살 거요. 난 믿어요."

"아버지로서 단속의 말이라도 해주세요."

"단속의 말을 한다고 효과로 나타날까요?"

"그거야 모르지요."

"애들은 말로 가르치는 게 아닌 거요."

"말로가 아니면요?"

"부모는 삶으로 보여주는 거요. 그래서 말인데 또 칭찬 같으나 임자는 그렇게 살고 있어요. 고마워요."

고맙다는 말까지는 가장으로서 당당하지 못한 면도 있다. 그러나 아내는 본성일지 몰라도 내 말에 단 한 차례도 어긋난 눈치조차도 안 보여서다. 그렇기도 하고 어린애 같은 딸의 임신 문제로 걱정하는 아내를 위로하자는 맘으로 하는 말이다.

"난 야단만 친 것 같은데요."

"엄마는 야단도 쳐야지. 칭찬해서야 되겠어요. 안 그래요?"

"그런 말은 무슨 뜻으로 하시는 거요?"

"봅시다. 아버지까지 야단치게 되면 범순이 맘이 어떻겠어
요."

"그거는….'

"짐작이 필요 없이 움츠러들 게 아니요. 움츠러드는 것으로
그만이 아니라 불안으로 이미 임신이 된 태아에게까지 영향을
미칠 것은 짐작이 필요 없어요."

"거기까지요…?"

"임자도 보고 있겠지만 우리 범순이는 씻지 못할 죄인이라는
맘이 가득할 거요. 그래서 우리는 죄스러워하는 범순이 맘을
안정시켜줄 의무도 지고 있어요. 그러니까 부모로서 말이요."

"…."

그렇기는 하지요. 그래도 듣도 보도 못한 느닷없는 일이라
너무도 당황스럽네요. 우리 범순이 임신 문제는 쉬쉬할 문제라
누구에게도 말할 수 없고 말이요. 장범순 엄마는 그런 생각인
지 옷고름을 고쳐 매려고 한다.

"그런 말을 하고 보니 한학을 한 사람으로서 생각나는 게 있
는데 罪란 어떻게 설명되냐면 仁義禮智를 말함이요. 그러니까.
仁은 좋은 관계를 맺으라는 거고, 義는 상대하기 편한 사람으
로 살라는 거고, 禮는 인사성 밝으라는 거고, 智는 말조심하라
는 거요. 이 네 가지를 지키지 못하면 罰을 받아야만 한다는 거
요. 그러면 罰은 또 뭐냐는 건데, 잘못했으니 곤장을 맞아도 싸
다는 말인 거요."

"그런 얘기까지 알아둘 필요는 없어요."

"그런데 범순이가 제 고모 집에 언제부터 가게 된 거요?"

"우리가 이사하고 곧 간 것 같아요."

"그걸 따지자는 아니나 상황대처를 어떻게 하면 할지 임자는 생각해 봤냐는 거요."

"생각 못 해 봤어요."

"범순이는 뜻하지 못한 임신이라 큰 죄인이라는 생각에서 벗어나게 해주는 게 우선이요."

"…."

다른 집 딸내미들은 안 그런데 범순이 너는 별난 애다. 그래, 이젠 소용없게 됐으나 이렇게 될 줄 미리 알았으면 단속이라도 해둘 걸 그랬다.

"하고 싶은 말 다 하는 범순이가 느닷없는 짓 저지르기는 했어도 집안 망칠 정도로 잘못은 아니지 않소."

"집안 망칠 정도의 잘못은 아니어도 이게 뭐요. 말도 안 되게."

"그래요. 임자는 엄마로서 범순이 땜에 당황스럽겠지만 삶을 살다 보면 뜻하지 않은 잘못을 저지르게도 될 거요. 공자님 말이 아니어도 말이요."

"…."

듣도 보도 못한 느닷없는 복잡한 상황에서 공자님 말까지 하세요, 그러는 건지 장범순 엄마는 남편을 빤히 본다.

"그러니까 윤리에 반하는 잘못, 벌을 받아야 할 법률적 잘못, 누구에게도 말하기 어려운 잘못. 이런 잘못 중 우리 범순이는 누구에게도 말하기 어려운 심리적 부담 죄인인 거요. 범순이 그런 부담을 우리가 품어주지 않으면 누가 품어주겠소. 안 그래요."

"그런데 범순이가 말한 그 청년이 사윗감으로는 어때요?"

"사윗감으로야 임자가 더 관심이잖아요. 그러고 보니 임자는 그 애가 그동안 기다린 사윗감인 것 같은데 맞지요?"

"맞고 안 맞고는 얼굴도 아직 못 본 상태고 두고 봐야겠지만 이미 벌어진 일이니 어떻게 하면 해요."

"어떻게 하기는요. 느닷없는 일이기는 하나 범순이가 겁먹지 않게 해주는 게 우선이지요. 아무튼 우리 범순이는 여간 똑똑한 게 아니잖아요, 그러니 시원치 않은 녀석은 아닐 거요. 물론 안 봐서 예단할 수는 없어도요."

장범순 부모는 그런 얘기를 나눌 때 강상민 부모 일행은 손님으로 찾아간다.

"안녕하세요. 혹 장범순 학생 어머님이신가요?"

잘못을 저지른 아들 문제로 찾아간 강진상 씨의 인사다.

"맞기는 합니다만 어떤 분들이신가요…?"

강상민 부모 일행이 무더기라 장범순 엄마는 놀라는 표정으로 묻는다.

"아이고 그러시군요. 그런데 여기서 말고 들어가서 인사드려도 될까요?"

생각지도 못한 느닷없는 일이기는 해도 임신까지 말썽을 일으킨 강상민 부모 일행은 잘못을 빌러 찾아간 입장들인데 어디 시장가는 차림의 복장일 수 있겠는가마는 남자들은 정장에다 넥타이까지이고, 여자들은 화려하지만 않은 깔끔한 옷차림들이다. 사회생활에서 허투루 못할 것이 복장이기도 하지만 그동안 연습이나 한 듯 형제 순서 부동자세다.

"그러서도 되겠지만 누구신지부터나…."

장범순 엄마는 어리둥절하다.

"아예, 알고 계실지 몰라도 저는 강상민 아비이고 제 동생들입니다."

"잠깐만요. 범순이 아버지~ 손님들 오셨어요~ 좀 나와 보세요."

장범순 아버지는 기다리고 있었다는 듯 곧바로 나오고, 찾아간 강상민 부모 일행은 그런 일로 장범순 아버지 표정부터 읽는다.

"아니, 어떻게들 오셨지요?"

혼자도 아니고 자그마치 여섯 명이나 찾아갔으니 장범순 아버지는 놀라지 않을 수 있겠는가마는 황소 눈이다.

"아예, 알고 계실 테지만 따님에게 잘못한 자식의 아비입니다."

"아, 그러세요. 일단은 들어들 오시지요."

장범순 아버지는 찾아온 강상민 부모 일행을 거처방으로 들어오게 하고 사람이 많이 앉을 수 있도록 몇 가지를 더 치운다.

전화기도 없던 시대이기는 하나 생각지도 못하게 무더기로

찾아올 줄 미리 알았다면 덜 미안할 건데 미안하다는 건지 장
기철 씨 내외는 약간의 부산을 떤다.

"감사합니다. 그러면 제 가족을 소개해 드리자면 저는 강상
민 아비 강진상이고 여기는 바로 아래 동생이고 이쪽은 셋째
동생이고, 이쪽은 제 아내이고, 이쪽은 둘째 제수고 막내 제수
입니다."

철없는 자식 잘못에 대해 용서를 빌러 간 입장이지만 강상민
부친은 예절을 최대한 갖추고자 다섯 손가락을 모은 채 한 명
한 명을 소개하고. 아내를 포함한 동생들은 목례를 한다.

"아예 그러시군요. 누추는 하나 편히들 앉으세요."

"예, 감사합니다. 곧 와서 자초지종 말씀드리고 사과를 드려
야 하는 건데 늦었습니다."

잘못을 빌러 가게 된 입장이기는 하나 강상민 부모 가족 일
행은 몸을 최대한 낮추는 모양새다.

"아니에요. 아무튼 이렇게들 안 오셔도 될 건데 오셨네요. 일
단은 잘 오셨습니다. 그러잖아도 곧 오실 것으로 짐작은 하고
있었습니다."

"그러셨군요. 죄송합니다."

강상민 부친 말이고, 그것을 예로 볼 수는 없어도 동생들은
벽에 걸려 있는 예서체 勤儉和順 액자를 본다.

"제 애가 그랬다는 말 늦게 들어서 그렇기는 해도 곧 달려와
야 하는 건데 그렇지 못했습니다. 죄송합니다."

늦게 들었다는 말은 거짓말이나 죄송하다는 말은 거짓말이 아니다. 그렇지만 남의 딸에게 애기를 배게 했으니 미안하다는 말은 당연하지 않겠는가. 물론 진심이지만 말이다.

"죄송이 아니에요. 어디 시켜서 된 일인가요. 말씀드리지만 저는 딸 애비 된 입장에서 놀랍기는 하나 이미 벌어진 일을 되돌릴 수도 없는데 어쩌겠습니까. 그래요, 처음엔 많이도 놀라 제 딸애가 밉기도 했어요."

"당연히 놀라셨겠지요."

"그러나 세상을 살아다가 보면 뜻하지 못한 일도 얼마든지 있지 않겠어요. 그러니 너무 미안해는 마십시오."

"아니에요. 당장 와서 잘못에 대한 사과의 말씀이라도 드려야 하는 건데 이제야 왔습니다. 죄송하게 됐습니다."

"아닙니다. 죄송하다는 말씀은 그만하십시오. 이런 말까지는 아닐지 몰라도 결과는 그럴만한 원인이 있지 않겠습니까. 저는 그렇게 생각합니다."

"그러나 편한 맘 갖자는 말씀으로 알겠습니다."

"그게 아니에요. 제 딸애가 시집보낼 만큼 성장했다는 거지요."

"아, 그러시군요."

"잔소리 같지만 그렇습니다. 그래요 반가워할 일이 아니기는 하나 너무 어려워들 마십시오. 저는 그냥 그렇습니다."

"죄송합니다."

일부러는 아니나 제 자식 놈이 말도 안 되는 일을 저질러 뭐라고 사죄의 말씀을 드려야 할지 모르겠습니다. 강상민 부친은 함께 간 동생들도 고개라도 끄덕이라는 눈치다.

"죄송이라니요. 죄송하실 필요 없어요. 이런 일은 상상도 못 한 느닷없는 일이라 하나 해결책이 없지는 않을 거라는 생각이 들어서입니다."

사실까지 말하기는 아닐지 몰라도 따지고 보면 잘못이 어디 상대 아들만이겠는가. 내 딸 범순이가 더 잘못일 수 있지. 물론 느닷없는 임신이기는 해도 말이다.

"아이고…."

강상민 부친은 너무도 고마운 말이라는 의미의 아이고다.

"이렇게 오셔서 말인데 세상에 이런 일도 있나 싶어 어떻게 해야 할지 생각이 잘 떠오르지 않아 한동안 고민도 했으나 이젠 아니에요."

"…."

이젠 아니라니 다행이나 임신까지라는데 어찌 당황하지 않았겠는가. 잘못이 누구에게 있든.

"그리고 저의 사정을 말씀드리면 평택으로 이사한 지 얼마 안 되기는 해도 아직 누가 누군지 잘 모르고 살아갑니다. 죄송합니다."

장범순 아버지 말이다.

"저는 평택 토박이라고 할까, 그렇습니다만…."

"그러시면 이곳 평택에는 친인척분들이 많으시겠습니다."

"그렇습니다. 그건 그렇고, 사죄드린다는 의미로 별것은 아니나 술안주 감을 좀 가져왔습니다."

강상민 부친은 가져온 보따리를 펴라는 눈치를 준다.

"고맙습니다. 그냥 오셔도 될 건데…."

"별거 아니에요."

술안주 감으로 십여 명분의 광어회. 낙지 큰 걸로 다섯 마리. 그리고 술, 이런 음식들을 막내 제수가 펼치기 시작한다.

"아이고, 뭘 이렇게 많이 가져오셨어요."

장범순 엄마 말이다.

"많이는 아니에요."

"많지요. 아무튼 이렇게 가져오셨으니 상 차릴 건데 어느 한 분 저 좀 도와주실래요?"

장범순 엄마는 강상민 막내 엄마를 데리고 산낙지를 먹기 좋게 토막을 내 양념간장과 함께 내온다.

"아이고… 이게 다 뭐예요."

장범순 아버지 말이다.

"누구든 쉽게 먹을 수 있는 것들만입니다."

"아니에요. 귀한 것들인데요. 생각으로는 떡 본 김에라는 말도 있는데 그렇게 생각하면 혼례식까지 치렀으면 싶기도 합니다. 허허…."

떡 본 김에 말은 지지리도 가난했던 시절 얘기다. 생각해 보면 오늘날은 먹을거리가 넘쳐 나지만, 그리 오래되지 않은 때도 우리는 쌀이 그 무엇보다 중요했다. 그래서 따지고 보면 지금도 밀가루, 옥수수 등 수입 농산물이 없다면 쌀은 그만한 대접일 것이다. 그렇게 대접받아야 할 쌀이 무더기로 수입되는 밀가루 때문에 쌀은 거들떠보려고 하지 않는 추세라 농업인으로만 살아온 입장에서 아쉬움이 크다는 것 같다. 그리도 넘기 힘든 보릿고개를 넘어본 입장들만이 아니어도 말이다.

"뜻하지 못한 느닷없는 일이기는 해도 혼례식만큼은 정식으로 치러줘야겠지요?"

혼례식 얘기는 당연하나 얘기의 끈을 이어 가려는 의도로 하게 되는 말이겠지만 강상민 부친은 동행해준 제수들까지 보면서 말한다.

"정식 혼례식은 당연하지요."

"그렇기도 하겠네요."

"이제야 드는 생각입니다. 창피하달 수도 있는 임신까지나 애들의 잘못만으로 보기는 아닌 것 같습니다. 그러니까 세상이 바뀌고 있다는 증거 말입니다."

"그럴까요?"

강상민 부친 말이다.

"아무튼 혼례식 문제는 며칠 후에 다시 만나 의논하면 어떨까 합니다."

지금의 사실을 누구에게도 알리고 싶지 않은 어린 딸 임신이기는 하나 그렇다고 나중에 후회될 수도 있는 혼례식만은 무시할 수 없다는 의미의 말이다. 그렇다. 혼례식은 부부 된 사실을 모두에게 알리는 아주 귀중하다면 귀중한 행사다. 그러기에 만약 사정이 여의치 못한 이유로든 혼인식을 올리지 못했다면 애들이 성장해서도 혼인식만은 올린다. 그게 지나간 얘기만이 아니지 않은가. 여보! 자기야! 말이다. 장범순 아버지 장기철 씨는 그런 말도 하려다 만다.

"그럴까요?"

"어디까지나 제 생각이나 그렇습니다."

"감사합니다."

"세상을 많이 살지는 않았어도 저도 정상적이지 못한 일들을 여러 차례 봤습니다. 그래서 이 같은 일이 전화위복은 아닐까 그런 생각도 합니다."

"아이고, 그렇게까지….."

강진상 씨는 아들 문제로 삼 형제 내외까지 빌러 왔는데 다행이라는 생각이겠지만 약간의 미소까지 짓는다.

"아니에요. 사실이에요."

"따님을 제 며느리로 삼게 해주시면야 더할 나위 없이 감사한 일이지요."

"감사가 아닙니다. 저도 마찬가지예요."

"아무튼 감사합니다."

아들의 엉뚱한 잘못이라 장범순 부모 맘을 무슨 말로 풀어드릴까, 심히 걱정했는데 따님을 제 며느리가 되게 해주겠다니 얼마나 다행인가. 물론 움직일 수 없는 이미 임신까지라 내 아들 상민이를 사위로 할 수밖에 없기는 해도 말이다. 아무튼 예쁜 며느리 싫어할 시아버지 누구도 없을 것이나 범순이가 며느리로 오게 되면 가정을 환하게 비추어 줄 등불처럼 여기지 않겠을까. 그렇기는 해도 예쁘다는 이유로 며느리를 너무 감싸기라도 하면 아내는 같은 여자로서 질투심이 발동할 수도 있다. 그러나 아내도 장범순이가 좋다고 해서 고부갈등은 없을 것이 아닌가.

경험은 나이를 그만큼 먹은 사람에게 해당이 될 것으로 삶을 살다 보면 뜻하지 못한 어렵고 힘든 일도 있을 것이나 장범순 아버지 장기철 씨 말대로 본인의 귀한 딸을 내 며느리로 삼게 될 일은 이미 정해진 거나 다름없는데 어찌 복이 아닐 수 있겠는가, 강상민 부친은 그런 생각인지 약간의 미소까지다.

"전화위복 말은 듣기 좋으시라고 드린 말이 아닙니다."
"감사합니다."

아내 말이나 제수 말을 들으면 범순이는 금을 주어도 살 수 없는 보석 아닌가. 그래서 자기 딸을 망친 죄인이나 되는 것처럼 여기고 고약한 말 듣지나 않을까. 큰 걱정까지 했는데 뜻하지 않게 무엇과도 바꿀 수 없는 귀한 선물을 받게 되는 기분이다. 그래, 이렇게 찾아오기까지는 둘째 동생이 제안한 일이지만 말이다.

처음에야 방법을 찾을 길이 없어 고민일 때 둘째 동생은 "우리 삼형제가 같이 찾아갑시다." 한 것이 오늘이기는 해도 삼형제가 같이 가자고 말할 때는 어림도 없는 소리 말라고 했다. 그랬지만 동생의 말이 정확해진 것이다. 그래서든 형제의 존재란 설명이 필요 없이 어려움에 있을 때 필요한 존재가 아니겠는가. 그래서 좀 서운한 일이 있어도 형이 동생을, 동생은 형을 위하겠다는 맘이면 좋겠다.

"아무튼 잘해봅시다."

장범순 아버지 장기철 씨 말이다.

"말씀드리기는 좀 그러나 이렇게 오기까지는 너무도 죄송도 해서 많은 고민도 했어요."

"고민까지요?"

"이 같은 일은 상상할 수도 없는 일이라 제 집안이 망할 조짐은 아닌지 엉뚱한 생각도 다 했어요. 솔직히요."

"집안이 망하다니요. 옛것을 버리고 새롭게 하자는 온고지신 溫故知新도 생각해 볼 수 있지만 만 가지 복이 구름처럼 일어난다는 만복운흥(萬福雲興) 이런 사자성어도 있는데요."

평택으로 이사를 하게 된 지 얼마 안 돼 모두가 초면이기는 해도 형제분들을 보니 맘이 놓인다. 내 딸 범순이를 그대들 며느릿감으로 흡족할지가 문제나 딸을 보낼 입장은 사윗감은 어떤 놈인지, 집안 형편은 어떤지 궁금하다. 이를테면 밥은 먹고 살 만큼인지, 집안 평판은 괜찮은지, 꼼꼼히 따져 봐야 할 것은 말할 필요 없다. 시집을 보내야 할 부모로서 말이다. 그게 아니어도 형제들 무더기로 오기는 했으나 딸을 주어도 괜찮겠구나. 그런 맘이 들어 대놓고 맘이 편하다고 말한 것이다. 한학을 한 사람으로 너무 가벼운 말은 아닌지 몰라도.

"그러시면….."

강상민 부친은 다른 말도 듣고 싶다는 태도다.

"더 따질 것 뭐 있겠어요. 사돈을 맺으면 되는 게지요. 안 그래요?"

"아이고….."

"그래요. 생각해 보면 절차상 복잡할 수도 있는 선이니… 궁합이니… 그런 일도 필요 없게 됐는데요."

"그렇기는 하네요."

"당장은 걱정이 돼서 자랑스럽지는 못해도 어쩌겠습니까. 상황이 상황인데. 해석을 복된 일로 해석해야지요."

"그렇게까지 생각해 주시니 감사합니다."

감사하다는 말까지 할 필요는 없을지 몰라도 철모르는 아들이 남의 딸에게 임신시키기까지 잘못을 저질러놨는데. 그래서 안 좋은 소문이라도 나면 집안 망신이지만 범순이를 그동안 봤는데 너무도 예뻐, 욕심이 나더라고 둘째 제수가 말했지 않은가. 그래서 나도 모르게 불쑥 그런 말이 나온 것이다. 그래, 며느릿감이 예쁘다는데 싫어할 부모가 어디 있겠는가. 시어머니는 며느리가 미울 수도 있겠지만 대다수 시아버지는 며느리를 사랑한다지 않은가. 그렇지만 예쁘지 않고는 아닐 것이다. 그래서든 결혼 대상을 소개한다면 여자의 경우 반할 만큼은 아니어도 예뻐야 하고, 남자의 경우 신의 직장에다 돈이 많아야 할 것이다.

그러나 그것은 가난하던 시절 얘기다. 양쪽 연락번호를 주고 만나보라고 했더니 신의 직장이고, 맘씨고 는 뒤에 말해야 할 문제고, 우선 남자로서 키가 170센티도 못 돼 싫다는 것이다. 말하지만 남자든 여자든 키 큰 사람치고 멋은 있을지 몰라도 똑똑한 사람 별로 없다는 것을 알아야 할 것이다. 키 큰 사람이 들으면 한마디 들을지 몰라도.

"감사가 다 뭡니까. 살다 보면 더한 일도 있을 수 있지 않겠어요. 저는 이렇게 된 일에 하늘이 내린 복은 아닐까 그런 생각도 합니다."

"복까지요?"

"그렇지요. 혼인 절차상 복잡한 일일 수도 일이 간편하게 되었으니 말이요."

주고받는 얘기를 듣고만 있던 장범순 엄마 말이다.

"저도 아내와 같은 생각입니다."

"그렇기는 해도 귀한 따님을 제 며느리로 보내주신다면 저로서는 더할 나위 없이 좋지요. 감사합니다."

"감사가 뭡니까. 아니에요. 그건 그렇고 시집을 보내게 될 저로서는 보란 듯이 보내고 싶은데 그렇게 못 할 것 같아 그게 서운하다면 서운할 뿐입니다."

"당연히 서운하시겠지요."

아버지들 대부분은 맏딸 시집보낼 때는 내 몸에서 떨어져 나간다는 생각 때문에 울게 된다고 한다. 그런데 만약 쉽게 볼 수 없는 먼 곳으로 시집을 보내게 된다면 얼마나 서운할까. 말을 하다 보니 그런 생각도 든다.

이런 문제에 있어 젊은이들에게 한마디 한다면 아빠가 좀 아니다 싶어도 아빠는 영원한 아빠라는 것을 기억하라. 그래야 자녀로서 당연한 가치일 것이니….

"제 딸 범순이는 지금이야 언제 아팠느냐는 듯 건강합니다. 그러나 신생아 때로 기억이나 폐렴에 걸려 잃어버리게 될 줄 알았어요. 그랬었다는 생각이 지금 나네요."

"제 애들은 그런 어려움 없이 잘 자라주어 다행이기는 합니다만' 들으면 어려서 심하게 앓았다면 커서부터는 아프지도 않고 더 건강할 수도 있다고들 합니다."

"저도 그런 말을 듣고는 있습니다만 건강해야 할 텐데… 그래지네요."

어려서 심하게 앓은 것은 예방주사를 맞은 거나 같다는 말을 듣기도 한다. 그러니까 면역이 생겼다는 것이다. 꼭 그런지는 몰라도 어려서 아팠다면 조금만 아파도 신경이 쓰여 병원에 가게 되지 않겠는가. 잔병 많은 사람이 장수한다는 말이 그래서 있게 된 말일지 몰라도.

"말씀이 아니어도 당연히 건강해야지요."

"그래요, 건강이나 하라고 빕시다."

"그럽시다. 아무튼 세상을 살아가다 보면 안 좋은 일도 있겠지만 저는 하늘의 도움인지 생각지도 않게 좋은 일로 바뀐 느낌입니다."

강상민 부친 강진상 씨 말이다.

"저도 같은 생각입니다."

범순이 아버지가 한학을 했다는 말을 듣기는 했으나 만나서 얘기를 들으니 넉넉한 분이다. 이렇게 넉넉한 분의 가정에서 자란 딸이니 혼인만 치러주면 걱정이 안 되게 살아갈 것이라는 믿음이다. 부모로서의 최대 소망이 뭐겠는가. 어느 부모든 그럴 것으로 결혼 시켜 주었으면 이제부터는 탈 없이 잘 살아 주는 것이다. 사돈끼리 술잔도 기울이고 여행도 함께했는데 이혼이라는 느닷없는 행동으로 사돈이 아니게 된다면 어떻게 되는가 말한다. 사정이 웬만하면 부모 생각도 좀 하라.

"오늘 얘기는 이만큼만 하고 상민이를 가까운 날에 보내주실래요?"

"예, 그렇게 하겠습니다."

강상민 부친 일행들은 고맙다는 인사를 하고 장범순 엄마 아빠는 그런 일로 걱정할 필요는 없지 않겠느냐는 미소까지이고. 초면이기는 하나 양가는 정겨움의 헤어짐이다.

"학생 이름이 뭐라고?"

장범순 아버지는 묻는다. 이름이야 미리 알고는 있으나.

"제 이름은 강상민입니다."

상민이는 말도 안 될 잘못을 저질렀으니 죄인처럼 무릎을 꿇기도 고개를 들지도 못한 채 대답만 한다. 몽둥이로 두들겨 맞아도 할 말이 없을 짓을 저질렀으니 어찌 그렇지 않겠는가마는.

"강 군은 아직 학생이지?"

"예, 중학생입니다."

"중학생이냐고까지는 묻지 않았는데 아무튼, 그러면 지금 몇 학년?"

"3학년이어요."

대답은 강상민 엄마가 한다.

"강 군에게 묻는 거니 부모님께서는 바쁘시더라도 기다려 주세요."

"아예."

"중학교 3학년이면 아직 미성년 아닌가?"

"……."

강상민은 너무 혼내지 마셔요, 하는 건지 얼어붙은 상태다. 물론 야단맞을 각오는 되어있겠지만 부모가 보기에도 안타깝다.

"그렇게 있지만 말고 고개 들고 나를 좀 봐. 잘못했다고 야단칠 사람인지."

강상민 너는 사회적으로 아직 장가들 나이가 아니다. 그래서 흉의 포화가 쏟아질지도 모르겠다. 아기를 배게 하는 엉뚱한 일을 저질렀으니 말이다. 그렇기는 해도 이미 벌어진 일인데 범순이 아버지로서 어떻게 하겠냐. 사실을 받아들일 수밖에. 그러니 너무 걱정은 말아라. 다른 사람이 보기엔 흉일지 몰라도 앞으로 몇 개월 후면 상민이 너를 부러워할 부모들이 많을 것이다. 그래, 혼례식 날짜는 상민이 네 부모님과 의논이 필요하겠지만 상민이 너는 이제부터는 내 사위로 인정할 거고, 장인으로서 힘이 되게까지도 도와줄 테다. 물론 정신적이지만 말이다.

"……"

제가 고개를 들지 못하는 것은 말씀 안 드려도 다 알고 하시겠지만 범순이에게 애기를 배게 했어요. 생각지도 못한 느닷없는 일기는 해도 죄송해요. 강상민은 누구 앞이라고 감히 고개들 생각이나 하겠는가 싶겠지만 이미 숙인 고개를 못 든다. 친부모 앞에서도 절절맬 상황에서 말이다.

"그렇게만 있지 말고 이리 가까이 와 봐!"

범순이 아버지 장기철 씨는 강상민이를 끌어안는다. 그것도 한참을…. 그리고 눈을 지그시 감는다. 너희의 느닷없는 짓에 칭찬할 수는 없으나 범순이는 나의 막내면서 사랑하는 딸이다. 그런 범순이를 강상민 너는 네 아내로 삼을 거다. 물론 혼인 식이라는 절차가 남아있기는 해도 말이다. 그래, 우리 범순이에게 수태가 된 아기는 몇 달 후면 태어날 거다. 그래서든 상민이 너는 가정적으로 아버지가 될 것이다. 강상민 네가 사회가 인정하는 성년이 되기까지 아직 몇 년 더 남기는 해도 말이다.

그래, 강상민 너는 어른들의 입장을 설명한다 해도 이해가 안 될 것이나 한학을 한 사람들치고 언어도 행위도 흐트러지지 않는다. 그러니까 점잖고자 한다는 말이다. 나는 본시 순한 성격이지만 그렇단다. 아무튼 범순이가 수태라니 강상민 너는 곧 아비라는 이름의 어른이 될 게다. 물론 호칭까지는 아니다 해도.

아무튼 강상민 네 친구들은 어떤 친구들인지 몰라도 아직 소년 수준이지 않겠나. 그렇게 보면 강상민 너는 친구들보다 십여 년이나 더 앞서 어른 대접을 받을 수도 있다. 이 같은 문제에 있어 생각되기는 한학을 한 도덕적 기준에서 탄생시키고 탄생하고는 아니라는 것이다. 그래서든 강상민 네 부모에게 양해를 구하겠으나 최소한 돌 때까지는 외가에 있게 할 거다. 그렇게 되면 강상민 너는 내 사위를 넘어 한식구처럼 될 것이다. 그러니까 내 사위로 확실히 해두기 위함이다. 그렇기도 하고 손주들로 행복해하는 모습도 봐서다. 나이가 많아서의 손주는 삶을 바꿔놓게 될 행복일 것이다. 사랑한다. 장범순 아버지는 짐작이 필요 없이 그런 생각일 것이다. 그래서 말이지만 어른은 상대의 잘못에 대해 그럴 수도 있다는 넉넉한 따뜻함이다. 곧 눈감아주는 일 말이다.

물론 정황상 사위로 맞이해줄 수밖에 없는 강상민과는 다르지만 말이다.

"…"

말도 안 되는 짓 했다고 맞아 죽을 줄 알았는데 그게 아니라 끌어안아 주시기까지라니… 강상민은 운다. 소리를 내면서. 강상민 엄마도 덩달아 운다.

"울기는 왜 울어, 울 것 없어. 처음에야 잘못했다 해도 이제는 아니잖아. 좋은 일이 되고 말았는데."

장범순 아버지 장기철 씨는 강상민 부모를 보면서 말한다.

"감사합니다."

강상민 부모는 고개까지 깊숙이 숙인다.

강상민 부모는 감방 생활에서 특별 사면을 받게 된 기분은 아닐까. 아무튼 강상민 부모는 다른 말도 나올까 봐 조마조마 했는데 그런 표정을 어디로 가버리고 밝은 표정이다. 이런 문제에서 어른들이 그동안 지켜온 전통을 따질 게 아니라 지혜를 발휘하라는 것이다. 누구든 그러리라 싶기는 해도.

"이런 말까지 해도 될지 모르겠으나 세상을 살아가다 보면 나도 모르는 사이 남에게 피해를 주는 일도 있을 겁니다. 다만 아닌 척할 뿐이지요. 그래서 하는 말이지만 상민이 잘못을 칭찬할 수는 없어도 나는 인정해요. 다른 사람은 몰라도요. 그러니 이런 일에 힘들다 맙시다."

"아예."

강상민 부친 말이다. 고개를 깊숙이 숙이면서까지.

"강 군은 이제부터 내 사위다. 앞으로 혼식이 남아 있기는 해도. 그래, 앞으로 건강만 해라!"

예비 장인인 장기철 씨는 어른이기에 다른 말도 하고 싶을 것이다. 그러나 덕담만이다. 말하지만 나이가 많으면 조심해 할 것은 덕담 수준에서 멈추라는 것이다. 대학교수랍시고 어쩌고저쩌고는 자신을 아닌 사람으로 비칠 수도 있기 때문이다. 그러니까 묻는 말도 조심을 기하라는 것이다.

"……."

범순아, 네 아버지로부터 매 맞아 죽는 줄 알았는데 이젠 살

왔다. 나 이제부터는 범순이 네 아버지에게 잘할 거다. 물론 범순이 너한테도 잘할 거지만 말이다. 강상민 표정이 처음과 달리 이젠 살았다는 평안한 표정이다.

"다시 말이지만 강 군은 이제부터 내 사위인 거야. 물론 거쳐야 할 혼인식이 있기는 해도."

세상에 흠 없는 사람은 없을 것인데도 우리는 생김새까지 흠을 보는가 싶어 안타깝다. 그래서 영화배우처럼 생겼다는 말 뒤에는 밉게 생겼다는 말도 숨겨져 있다는 것을 우리는 알아야 할 것이다. 물론 잘생긴 것을 달리 말할 수는 없어도 말이다. 꿈을 가진 사람은 너무도 바빠 남의 흠을 볼 시간이 없다. 말하지만 남의 흠 들추기 좋아하는 사람치고 희망이 없다고 하겠다. 심한 말이지만 남의 흠을 들추기 좋아해서는 세상에 태어나지 말아야 할 존재로까지 인격이다. 직업상 비판도 해야 하는 언론인이면 또 모를까.

누구든 그렇겠지만 본받고 싶은 사람이 있다. 행동이 중요하겠으나 '네 이웃을 네 몸과 같이 사랑하라.' 성경은 말하고 있지 않은가. 이웃 사랑이란 뭔가. 궁극적으로 자신을 위하는 길이지 아니한가. 그러니까 상대에게 잘해 주는 것이 공짜가 아니라는 것이다. 그것이 당대만이 아니라 후손으로까지 이어질 것이고, 살아 볼만한 사회를 만들라는 주장이다. 가정적으로 말썽이라면 말썽을 부린 강상민과 장범순은 혼인 나이가 아닌 미성년자들이다.

그런 미성년들이 임신까지 시켜버렸으니 양쪽 부모들은 난감할 것은 짐작이 필요하겠는가. 그래서 양쪽 집안이 만나 해결점을 찾자고 의논 중이지만 복잡한 생각을 내려놓기만 하면 잘된 일일 수도 있다. 미성년 나이들 행동에다 칭찬할 수는 없겠으나 사회질서를 어지럽게 한 짓도 아니지 않은가. 어디까지나 가정일로 흉이 된다면 한번 웃어버리면 되는 그런 일 말이다.

"상민이가 장가들기는 어리다 할 수는 있겠으나 이미 벌어진 상황에서 어쩌겠습니까. 생각을 바꿔 풀어나가야지요."
장범순 아버지 말씀이다.
"그래야겠지요."
"그러니 힘들다는 맙시다."
"알겠습니다."
강상민 부친은 아내 표정도 보면서다.
"아니, 저는 한시름 놓은 기분입니다."
"아예."
그래, 아예, 라고 응수만이나 우리 상민이를 끌어 앉아주기까지는 범순이 아버지도 괜찮다는 의미의 말일 것으로 그동안 많이 걱정했었는데 다행입니다. 그래요, 앞으로도 예뻐해 주세요. 강상민 부친은 아마 그런 말도 하고 싶을 것이지만 생각에서 멈춘다.
"제가 한시름 놓은 기분이라고 말한 것은 상민 군과 같은 사윗감을 어디서 찾겠습니까. 그래서입니다."

입에 발린 말이 아니다. 형제분들을 봐서도 만족해야 할 것 같아서다.

"아닙니다. 과찬이십니다."

"과찬이 아니에요. 그런데 결혼식 문제는 어떻게 했으면 하십니까?"

장범순 아버지 장기철 씨 말이다.

"말씀해 주십시오. 저는 따를 뿐입니다."

강상민 부친 말이다.

"따를 뿐이라니요. 그건 아니에요. 받아들이는 쪽을 따르는 것이 온당한 일이지요. 아무튼 이미 벌어진 일이니 식은 곧 올려주어야 하지 않을까 해서 드리는 말씀입니다."

"곧이요?"

"그렇지요. 상황을 보니 출산이 멀지 않은 것 같아서입니다."

"그러면 날짜는 생각해 보셨나요?"

"예. 제 아내와 의논해 봤는데 이달 스무날로 하면 어떨까 싶습니다."

"스무날이면 손은 없을 것인지 모르겠네요."

듣고만 있던 강상민 모친 말이다.

"손이요?"

장범순 아버지 말이다.

"손은 무슨 손이요. 그건 아니에요."

강상민 부친은 어려운 상황에서 손損까지 따지게 생겼냐며 아내에게 핀잔을 준다.

"닭장 고치는 것도 무당말 따르는 시대에서 전혀 틀린 말은 아닙니다. 그러나 아이들 혼인에 손이라는 말은 맞지 않습니다."

"아예…"

손 말은 아내의 잘못이나 가만히 듣고만 있자니 강의까지 듣게 한다는 것인지 강상민 부친은 불편한 심기를 드러낸다. 물론 장기철 씨가 알아보지 못할 만큼이지만 말이다.

"그래서 말인데 혼인하게 될 사실을 학교에다도 말해야 하지 않을까 합니다."

장범순 아버지 말씀이다.

"말씀은 이해되나 사실을 말할 수도 없고… 고민입니다."

강상민 부친 말이다.

"그러면 강 군은 학교 문제에 대해 어떤 생각이나?"

"학교 문제요?"

"그렇지, 소문은 너무도 빨라서 흉으로 볼 거고. 말도 없이 그만두기도 그렇잖아."

"잘 모르겠습니다."

학교에 다닐 문제 생각까지는 못 했어요. 그렇기도 하지만 이런 사실을 할아버지도 모르고 계세요. 사실을 아시기라도 하는 날엔 할아버지는 몸져누우실지도 몰라요. '상민이 너는 우리 집 장손이지만 강씨 은열공파 서천 문중 종손이기도 하다. 그런 줄 알고 공부도 많이 해서 앞으로 훌륭한 사람이 되어야만 한다.' 당부 말씀도 하셨어요. 그래서 더 고민이어요. 이렇게 된 상황에서 학교 다니기도 어려울 것 같지만 말이요. 이놈의 기집애가 어쩌자고 애기를 다 배버렸냐… 죽을 맛이다. 강상민은 그런 생각에 빠진 표정이다.

"그래, 말 안 해도 다니던 학교를 그만두어서는 창피한 소문이 금방 퍼질 건데 고민이겠지. 고민이겠지만 어떤 결정이든 결정을 내려야 할 게 아니냐. 그러니까 '나는 아이가 있는 아빠다.' 하고 용감하게 말이다."

"정말 어렵네요."

강상민 부친은 아들 대신 말한다.

"상민 군은 힘들어하는 것 같은데 생각해 보면 크게 잘못을 저지른 것도 아니잖아요."

"아예."

"그래서 말이지만 우리가 너무 심각한 일로 생각지 맙시다."

"감사합니다."

"그래요, 이미 임신이 되었으니 애기는 몇 달 후면 태어나겠지요. 딸로 태어날지 아들로 태어날지는 몰라도요."

"그렇겠지요."

이번에 강상민 모친 말이다.

"그래서 생각인데 느닷없는 일이기는 하나 제 여식의 임신은 건강하다는 증거라 한시름은 놔 집니다."

사실이다. 유전자를 심어준 강상민도 건강하다는 증거이기는 하나 어찌 안심이 안 되겠는가. 시대적이기는 하나 아기를 낳지 못한 이유를 남자가 아닌 여자에게 있다는데 곧 恨이다.

恨이라는 말은 한민족뿐이라는 것 같아서다. 여기다 엉뚱한 말일지 몰라도 대한민국이라는 국호도 恨에서 유래된 것은 혹 아닌지다.

"아예."

"이렇게 된 게 누구의 잘못도 아닙니다. 살다가 보면 예상치 못한 일도 겪게 될 것인데 우리가 겪게 되네요. 암튼 제 딸 애가 임신이라니 어떤 녀석이 태어날지는 몰라도 곧 태어나겠지요. 그러니 걱정은 하지 맙시다. 곧 웃게 될 테니까요."

"순산이나 했으면 좋겠네요."

장범순 엄마 말이다.

"그런데 아까 말씀하시다 만 혼인식은 어떤 식으로 하면 하십니까?"

강상민 부친 말이다.

"잔치답게는 못해도 도둑처럼은 곤란할 테니 용감하게 해버립시다."

"용감하게요?"

장범순 엄마 말이다.

"자랑스럽게는 못해도 그래야 할 게 아니요."

장기철 씨는 아내도 예비 사돈도 번갈아 보면서 말한다.

"그러면 그동안 했던 구식으로요? 아니면 신식으로요?"

장범순 엄마 말이다.

"그거야 시대가 바뀐 대로 하는 게 맞지 않을까 싶네요. 물론 혼자 생각이지만 말이요."

"옳으신 말씀입니다."

듣고만 있던 강상민 모친 말이다.

"그렇다고 결혼식을 창피하다는 생각으로 우물쭈물은 싫습니다. 상민이 모친께서는 어떠실지 몰라도요."

"저도 같은 생각입니다."

우리 동서가 말했듯 바라던 며느릿감인데요. 그런 건지 강상민 학생 모친 얼굴에는 흐뭇한 표정이다. 장범순 엄마도 알아보게.

"느닷없는 일이라 어떻게 할지 몰라 저 혼자 생각을 말씀드렸는데 같은 생각이시라니 다행입니다."

장기철 씨 말이다.

"아닙니다. 저도 그게 옳다고 생각됩니다."

"그러면 당신도 내 제안에 동의하는 거요?"

남편 장기철 씨 말이다.

"동의가 어디 있어요. 그렇게 하면 되지요."

궁합은 맞는지 했던 그동안의 생각은 어디로 가버리고 멋지게도 생긴 사윗감이라 좋기만 하다는 장범순 엄마 표정이다. 이런 일에 누구라고 아니겠는가마는 멋진 사윗감은 어쩌면 남편보다 더 좋을지도 모른다. 씨암탉 잡아준다는 말이 바로 그것으로 씨암탉 말은 내 딸 사랑하라는 의미만이 아니다.

"알겠습니다. 일단 그런 줄 알고 저는 이만 가봐야 할 것 같습니다."

이만 가봐야 할 것 같다는 말은 핑계나 아내가 그만 가자고 눈치를 주기도 해서다.

"바쁘신가요?"

"바쁘지는 않아도 하다 만 일도 있어서요."

"그래요. 힘드시겠지만 느닷없는 일이기는 해도 복된 일로 생각합시다."

"그럽시다."

"그리고 강 군에게 또 잔소리하는데 이런 일은 복으로 생각하고 위축되지 말어. 알겠지?"

그렇다. 중학생이 해야 할 공부는 안 하고 엉뚱한 짓을 해버렸는데 어찌 걱정되지 않겠는가. 그렇지만 따지고 보면 조혼은 이혼이라는 말도 거의 없을뿐더러 밥 벌어 먹고살자는데 있어 누구보다 기를 쓴다. 부모에게 효도도 그렇다. 살아보겠다고 기를 쓰는 자식이라야 부모를 생각한다는 것이다. 효도를 바라지 않는 부모는 아무도 없을 것이나 부모는 자식을 위해 일한다고 보면 된다.

그래서든 부모는 자식 앞길에 신작로를 깔아주고, 그늘이 되어주고, 위기에 처했을 때 피할 수 있도록 피난처가 되어주는 것이다. 인정한다면 자식이 보내준다는 해외여행도 핑계를 대조절이 필요하다고 본다. 개인이 국가재정까지 걱정할 필요까지는 없다 해도 해외여행객이 기하급수로 늘어 한 해에 여행 누적 적자가 무려 수십억 달러나 된다는데 대한민국 혜택을 누리는 국민이면 생각해 볼 일이 아닌가.

그래, 열여섯 살 들 소꿉놀이가 가정에 몰고 올 복잡한 문제까지 될 줄은 누군들 짐작이나 하겠는가마는 강상민과 장범순 부모들은 지혜를 발휘해 전화위복이 되고 있다. 지혜 발휘라는 말은 어울리지 않을 것 같고 선한 맘을 보여준 장범순 아버지 장기철 씨다.

이 같은 일에 어리숙한 부모 밑에서 자란 아이는 잘될 가망성이 높아도 공부를 많이 해 똑똑한 부모 밑에서 자란 아이는 부모를 버리기도 하는 불효자가 된다는 것을 허투루 생각지 말라는 것이다. 그러니까 효자이길 바란다면 효자임을 보여주는 것이라고 하겠다.

아무튼 범순이 아버지는 그렇게 해서 딸이 저지른 잘못의 문제를 복이라는 쪽으로 결정을 내린다. 그러고서 딸을 낳아 키운 엄마로서 맘 편치 못할 것 같은 마누라를 달래기 위해 말을 꺼내기 시작한다.

"여보 내가 가장이란 티를 너무 낸 것 같은데 미안해요."

"그건 아니에요."

"아니면 다행이지만 범순이 문제를 엄마의 생각을 들어보지도 않고 혼자 결정 내린 말을 해버렸네요."

"그건 괜찮은데 궁합은 어떨까요?"

"궁합이요?"

"중학교 3학년이지만 남자로서 키도 그만하면 됐고 잘생기기는 했지만 말이요."

말도 안 되게 임신까지 말썽을 부린 딸 때문에 그동안 고민
했던 장범순 엄마는 맘이 풀려서 그런지, 보이지 않을 만큼의
미소다. 엄마 지금의 미소는 어떤 의미일까? 딸을 가진 엄마로
서 그동안 그려왔던 사윗감이 내 앞으로 다가왔다는 흐뭇함?
아니면 자기도 모르게 강상민에게 맘이 끌려서? '너를 내 사위
로 생각할 테니 상민이 너도 나를 장모로 생각해 달라는 무언
의 미소? 또 아니면 상민이 너 때문에 우리 집안이 우습게 될
수도 있었는데 되레 잘 됐다는 생각에? 아무튼 장범순에게 임
신을 시켰으니 야단칠 만도 하지만 강상민이가 잘도 생긴 것이
이유일 것이다. 사돈이 될 형제들을 보고서도 안심이었을 테고
말이다.

변화된 오늘날이라고 아니겠는가마는 전날의 호남好男 기준
은 훤칠한 키에 잘생기고, 말도 용감하게 잘하고, 글씨도 누구
처럼 잘 쓰면 최고의 신랑감이요, 사윗감이었다. 그런 문제에
있어 생각해 볼 수 있기는 여권신장이다. 산업사회에서 여성도
대통령까지 지내는 마당에 다른 말을 해서야 되겠는가마는 키
가 큰 것은 구조상 남성이 여성 위에 있게 창조되어 있을 뿐이
다. 부부까지를 말하기는 아닐지 몰라도 아내는 남편 품이지만
남편이 아내의 품일 수는 도저히 없지 않겠는가. 그러니까 아
내 체격이 남편 체격보다 더 커도 될지 생각해 볼 일이다. 그러
니까 유전자만 적극적으로 심어주는 메뚜기 같아서는 곤란하

다는 얘기다.

"임자!"

"왜요?"

"강상민이가 사윗감으로는 어때요? 임자 표정은 괜찮아 보이기는 해도요."

"그거야 영감이 괜찮으면 나도 괜찮지요."

말이야 괜찮지요 했으나 강상민은 그동안 그리던 사윗감이라고 해야겠다. 너무도 멋있게 생겼기 때문이다. 그래서 누구든지 일 것으로 사윗감으로는 돈 많은 재벌가보다 잘생겨야 해서다. 일반적일 수 있는 일로 시아버지는 예쁜 며느리가, 장모는 멋지게 생긴 사위라야 하듯.

"괜찮다면 다행이네요. 그런데 범순이 좀 불러주시오."

"왜요?"

"해둘 말이 있어서요."

"야단은 아니시겠지요?"

장범순 엄마는 딸을 보호해 주어야 할 엄마로서 약간의 불안감이 들어서다.

"야단이라니요."

"알았어요."

장범순 엄마는 알았어요, 하고 곧 딸을 부른다.

"범순아!"

"예."

딸 장범순은 엄위하신 아버지 앞이라도 못 할 말 없이 다 했던 그동안의 태도는 어디로 가버리고 위축된 상태에서 아버지 얼굴만 슬쩍 볼뿐 고개를 푹 숙인다.

"범순이 너 이번 일로 아버지는 칭찬할 수는 없어도 위축되거나 하지 말아라. 그래서 말인데 밥도 잘 먹고 잠도 충분히 자거라. 범순이 너는 홀몸이 아니기 때문이다. 아버지가 할 말은 이 말뿐이니 그만 나가봐라!"

소꿉놀이 수준이기는 해도 느닷없는 임신이라 범순이는 그동안 얼마나 불안했겠는가. 이런 불안한 상황에서 부모로서의 따뜻함이 부족해서는 극단적 행동을 취할지도 모른다. 뿐만이 아니다. 태아에게도 안 좋은 영향을 끼친다. 전쟁터에서 겪게 되는 불안과는 전혀 다르게 말이다. 그래서 말이지만 임신부는 뭐니 뭐니 해도 심리적 안정이 먼저다. 안정이 절대로 필요한 임신부가 극도로 불안한 상태에서 출산한 아기가 장애자로 태어나기도 함을 장범순 아버지는 그동안 알고 그랬을까 몰라도 이것이 부모임을 보여준다.

"형님, 좀 늦으신 것 같습니다."

장범순 집에 다녀온 얘기를 듣고자 강상민 둘째 작은아버지가 말했다.

"그래 조금 늦었네."

"늦으신 걸 보니 얘기를 많이 하셨나 봐요."

강상민 작은엄마 말이다. 강상민 작은엄마는 큰 동서에게 이미 말했듯 잘 되었길 바란다. 여자들은 대부분 조카며느리와 다투는 일이 거의 없다. 그래서든 조카며느리를 시댁 누구보다 더 사랑한다.

"간 김에 결혼식 날짜까지 받아 버렸네."

"예? 결혼식 날짜까지요?"

"이미 벌어진 일이고 상황이 급박한데 어쩌겠어. 서둘러야지."

"그래요? 아버지도 모르시는 일인데요."

"아버지 허락 없는 것이 문제라면 문제네."

아버지는 집안 어른이기도 하지만 동네 사람들도 인정하는 지식인이다. 그러니까 아버지는 동네에서 판사 같은 그런 아버지다. 아버지는 부모로서의 부모만이 아니다. 인생으로서의 삶을 가르쳐주시는 어쩌면 인생 멘토 역할도 해주시는 아버지다. 때문일 수야 있겠는가마는 사실을 아버지께 말씀드리기는 너무도 두려웠다.

"사실대로 말씀드리면 이해를 해주시겠지요."

"저쪽에서 하는 말 그렇다고 대답뿐이지만 생각해 보면 다른 방법은 없지 않겠어."

"그렇지요, 다른 방법은 없지요. 잘하셨네요."

"그런데 향교에 가신 아버님은 아직 안 오셨지?"

강상민 할아버지는 아산에 있는 향교에 가셨다. 향교 임원이기도 해서다.

"곧 오시겠지요."

"지금 몇 시야. 오실 시간이 된 거 아니어?"

"그래서 막내 진환이가 마중하러 나갔어요. 형님."

"그래?"

"예."

"그런데 사실을 그대로 말씀드려도 될까?"

"어렵지만 사실대로 말씀드려야지요."

"그렇기는 해도…"

"이 여학생이 아버님 손주며느리 감입니다! 인사를 시켜드리면 어떨까 해요. 범순이는 워낙 예뻐 좋아하실지도 모르잖아요. 물론 제 생각이지만 형님."

장범순 여학생을 여간 예뻐하는 게 아닌 강상민 작은엄마 말이다.

"그런 방법도 생각해 볼 수도 있겠으나 너무도 어렵네요."

"어려워도 아버님은 좋아하실 수도 있어요. 아주버님."

"상민이는 우리 문중 종손이기도 해서 유명대학도 나와 훌륭한 사람이 되라고까지 하신 아버님인데…."

강진상 씨는 고민이다.

"그러면 제 생각도 한번 말해볼까요?"

강상민 막내 엄마 말이다.

"무슨 좋은 생각?"

맏동서 강상민 엄마 말이다.

"무슨 대단한 좋은 생각이라기보다… (중략) … 이렇게 말씀 드리면 해서요. 물론 말씀드리기 곤란한 부분은 빼고요. 그러니까 친정 할아버지 얘긴데요. 손주며느리가 너무도 예뻐 자랑하고 싶어 그러셨는지 그동안 없었던 맏아들인 오빠 결혼식 날짜까지도 다 챙겨 동네 분들을 부르곤 하셨어요. 그래서 모르긴 해도 아버님도 친정 할아버지처럼 좋아하지 않으실까 싶어서요."

"괜찮은 생각이기는 하나…."

강상민 부친 말이다.

"…."

아내 말을 듣고만 있던 강상민 막내 삼촌은 여자가 너무 똑똑 내서는 안 되는데… 그러는 건지 아내 보기를 곱지 않은 눈으로 봐두었다가 집에 돌아가 말을 꺼내기 시작한다.

'밥때가 됐는데 밥 먹자고' '밥 먹은 지 몇 시간이 됐다고 벌써 배고파?' '배고프지는 않지만 때가 됐으면 먹어야지' 강진환은 하고 싶었던 말을 솔직하게 해도 될지 아내 눈치를 살핀다. 남편들은 느낄 것으로 마누라는 겉만 순할 뿐이다. 여자들 무기는 확실한 문고리다. '당신은 조심스럽지 못한 게 흠이어' '그래? 조심스럽지 못하다면 다른 건 괜찮고?' '이봐, 우리가 제일 막내잖아 그래서이지' '나도 그걸 알아, 알지만 느닷없는 일이 발생한 상황에서 해결점을 찾아야 할 게 아니어. 그렇기도 하지만 형님들보다 철이 좀 부족한 막내가 해야 할 말인 거여'

'아니 철이 좀 부족한 막내? 말은 된다. 그래도 그렇지 형들, 형수들 눈치가 보여 당신 말 가로막을 수도 없어 혼났어.' '자기 내가 누군지나 알아?' '그거야 얌전해야 할 여자이지 전투쟁이 가 되는 태도여서는 곤란하잖아?' '무슨 소리야 전투쟁이라 니. 말도 안 되게. 이래 봐도 나는 돈이 없어 출마까지 못 했어도 시 의원이 되고 싶었어. 이제야 하는 말이지만' '진짜?' '진짜여' '진짜라고 믿자. 시 의원에 당선이 되기라도 했으면 이 강진환은 쳐다보지도 않을 뻔했잖아.' '시 의원 당선이 뭐 별건가.' '별거 아니라고?' '다른 사람은 몰라도 나는 눈높이를 그런 식으로 둘 수는 없어' '아이고 말 말걸. 아무튼 우리는 남들에게 없는 특별궁합인가 보다' '뭐 특별궁합? 그래 궁합 얘기가 나와서 말인데 부부궁합은 남편으로서 어리숙하다면 마누라는 좀 나대는 게 맞는 거 아녀?' '뭐?' '이런 말 하기는 좀 그렇기는 해도' '나대다니, 말도 안 되는 소리를 하고 있네.' '말이 안 되기는 말이 되지. 자기는 집안 막내로 아버님 사랑만 받고 자랐다고 했잖아. 그러니까 콩나물처럼' '그게 잘못이라고?' '잘못이라기보다 좀 그렇다는 거지' '나는 막내이기도 하지만 아버지가 너무도 좋았어. 물론 지금도 좋지만' '그건 나도 인정해. 당신 마누라는 그런 자기의 성격을 맞추기 위해 노력 중임을 알아야 해' '아이고… 거기까지…?' '거기까지가 아니어. 아직은 아니나 반찬도 맛나게 만들어 줄 거여. 기대해도 돼' '이 반찬도 맛나기만 하다.' '맛나다는 말 입에 발린 말 아니고?' '서툰 솜씨이지만 맛나게 먹어주어 고마운데, 마누라는 남편을 위해 차린 밥상에서 살찐다는 말도 있어.' '뭐? 남편을 위한 밥상에서 살쪄? 그런 말은 명심보감 말 같다.' '그런 말 명심보감에는 없어? 비슷한 말이라도 말이여' '그런 말은 남자들이 해야 할 말이 아니잖어. 여자들이 할 말이지' '알아두어야 할 중요한 말인데 남자 여자가 어디 있어. 아무튼 지금 한 말 명심보감 말로 들렸다면 앞으로 마누라에게 잘해' '잘하라고? 세상 남편들 나보다 더 잘하는 남편 있으면 나와 보라고 해' '말하지만 자기 마누라 이만하면 괜찮지?' '괜찮기는 한데 대문 열어주는 것도 싫다 말면 해' '뭐…?' '아니야.'

짐작이지만 남편 강진환은 형들. 형수들 앞에서 말을 썩썩 해버린 아내를 못마땅하게 여기고 있다가 집에 돌아와 한마디 던진 것이 그것이다.

"아버지 지금 오세요?"

향교에 다녀오시는 아버지를 막내 진환이가 멀리까지 나가 마중하면서 하는 말이다. 강진환은 막내아들이라는 이유이겠지만 귀여움을 형들보다 더 많이 받고 자랐다. 아버지가 아산 소재 향교에 가실 때마다 따라다닌 기억이 있다. 그런 기억 때문에 아버지는 몇 시쯤에 오실 거라는 생각에 먼발치까지 나가 기다리고 있다가 마중하는 것이지만 말이다.

"그래. 이제 온다. 마중 안 와도 될 건데 멀리까지 나왔냐."

막내는 연애로 맺어지기는 했지만 장가를 보내게 된 바람에 한집에 살지는 않아도 진환이는 이름 부르기도 아까운 막내다. 밖에 나갈 일이 있을 때마다 지팡이가 되어주던 그런 막내. 내 인생에서 더 없는 존재인 막내.

"가방은 이리 주세요."

"그래."

"아버지는 향교 중책도 맡고 계시는데 버겁지는 않으세요?"

"버거울 거야 뭐 있겠냐. 이름만 올려놓았을 뿐이다."

말이야 이름만 올려놨다고 쉽게 말했지만 모임 성격 직책이란 결코 가벼울 수 있겠는가. 그러나 어른이라는 이유로 임명된 입장인데 말이다.

"그래도 아버지는 지금까지라서요."

"좀 앉았다 가자."

평택은 행정 운영하는 시로써 부족한 재정으로 보기는 어렵겠으나 등받이도 없는 벤치가 놓여있다. 세 사람이 자리할 정도의 벤치이지만 말이다.

"예, 그런데 이 벤치는 새것으로 보이네요."

"그래, 여름까지 없었던 벤치인데 우리를 위해 만들었는지도 모르겠다. 고맙다. 그래, 직원이 옆에라도 있으면 고맙다고 하겠지만."

"아버지는 좋은 쪽으로만 생각하시네요."

"좋은 쪽으로?"

"아버지는 늘 그러시지만…."

"그런 생각은 막내 너 때문은 아닐까 한다."

강진환 부친은 막내 네가 있다는 것이 얼마나 다행인지 모른 다는 의미의 말씀일 것이다.

"아이고…."

"아니고가 아니야. 아버지는 진짜다."

벼 수확이 이미 끝나버린 평택의 들녘. 풍년임을 말했던 그 동안의 들녘. 정돈이 아직이라 드문드문하기는 하나 오래전부터의 가로수들, 농우들 고삐도 붙잡곤 했던 가로수들, 그런 가로수들도 사계절을 지키는 바람에 여름에서 자랑하던 잎들은 몇 잎만 아슬아슬하게 매달려 있다. 물론 늦게 피어난 잎들이겠지만 말이다. 아무튼 향교에 다녀오는 중이다. 향교 중책이라기보다. 거의 형식이지만 그렇다. 그래, 기록된 문헌으로야 향교는 조선 시대 지방에 있던 문묘(文廟)와 그에 속한 관립(官立) 학교라고 한다. 중앙의 사부학당과 같은 역할을 하였으며, 조선 중기 이후 서원(書院)이 발달하자 그동안의 기능이 약화되었다고는 하지만 말이다.

"향교에 오시는 분들 젊은 층들도 있어요?"

"젊은 층은 없어."

"그래요?"

나는 삼 형제 중 막내다. 그러면 아버지는 나를 언제부터 막내라고 하셨을까? 아주 어려서부터 데리고 다니신 기억이기 때문이다. 물론 세 살 터울인 형들을 보면 나는 작은형과 네 살 터울이라 엄마가 아기를 더 낳을 수 없겠다는 생각이었지만 말이다. 아무튼 나는 동생이 없기에 아버지를 독차지한 셈이다. 때문이라고 할까 아버지가 출입하실 기미만 보여도 아버지 눈앞에서 얼쩡거렸다.

아버지는 말동무로든 지팡이처럼 의접倚接 삼아 데리고 다니는 것을 당연으로 하셨다. 아버지는 그리하셨기에 얼쩡거리지 않아도 될 것이지만 그랬던 기억이다. 맛있는 것을 얻어먹을 수도 있어서이기도 했다. 합석한 어른들은 귀엽다는 맘이겠지만 많이 먹으라고 손수 집어주기도 했다. 그래서 아버지 따라다니는 것을 좋아했고, 아버지도 어디든 늘 막내인 나를 데리고 다니셨던 기억이다.

지금이야 분가했기에 독립생활이지만 어릴 적 아버지는 절대적 수호자요 곧 하늘이었다. 멀리까지 나와 아버지를 마중하는 것도 그런 이유이기도 하지만 말이다. 누구든지 아버지에게 있어 막내아들은 더 없는 소중함이고, 막내아들에게 있어 아버지는 높은 산성일 것이지만 말이다. 그래서 부자 관계는 가르치고 배우는 사회적 관계가 아니라 존경과 사랑의 관계다.

부모로서 命이 다해 눈을 감아도 막내아들이 옆에 있는지 확인이 바로 그것이다.

그래서든 막내야! 아버지! 세상에 이보다 더한 행복의 단어가 세상에는 있을까 싶다. 낳았고, 낳음을 받게 된 부자의 관계, 피로 연결된 부자라는 관계, 이런 절대적 부자 관계를 어떻게 설명해야 할지 몰라도 막내 강진환은 아버지를 보며 미소 짓고, 아버지는 미소 짓는 막내아들 모습에서 뿌듯한 감정을 드러내기까지다. 가을 추수가 이미 끝나버린 늦가을이라 시원할 수는 없겠으나 좀 쌀쌀하다는 느낌의 바람 앞에서.

"변한 시대와 맞지는 않겠으나 젊은 층은 없어."
"제가 아버지를 따라다닐 때만 해도 아니었는데요."
"그런데 진환이 너 갑자기 웬일이냐?"
"웬일이 아니라 아버지 뵙고 싶어서요."
"뭐? 애비가 보고 싶어서라고…?"
"아버지는 저를 안 보고 싶으셨어요?"
"그거야 막내 네가 어떻게 살고 있는지 궁금은 하지."
"그 이상은 아니고요?"
"그 이상도 되기는 하지."

막내 말이 아니어도 생각해 보면 이미 떠나버린 네 엄마도 없이 장가를 보내려니 미안도 하고 가슴이 먹먹해지기도 했다. 막내 너도 인정할 테지만 네 엄마 심성은 여간 좋은 게 아니었다. 지금이야 네 맏형이 엄마 대신 챙겨주기는 해도 엄마는 의관이든 나들이 준비를 미리 해두었다가 챙겨주곤 했다. 신발조차도 나들이 신발로 따로 사주었고, 용돈도 미리 준비해 내주면서 적지는 않은지 묻곤 했다. 네 엄마는 그랬다. 그랬는데 느닷없이 떠나버리게 된 바람에 초라하기 그지없다. 초라한 것은 지금도 아니라고 못하겠지만 그때는 아무 가치도 없는 남자라는 이유의 체통을 살리려 아닌 척했을 뿐이었다. 벼 등 가을 열매가 풍년임을 말했던 그동안의 평택 들녘, 그런 들녘이 이젠 텅 빈 들녘이 되고 말았구나. 강상민 할아버지는 그런 맘인지 담배를 피워 물기 위해 라이터를 꺼내신다.

"아버지, 저는 걱정 안 하셔도 돼요."

"걱정은 안 한다만 막내 너는 대학 갈 능력이 되는 데도 포기한 것은 왜였지?"

"대학을 포기한 이유 말씀드린 것 같은데요."

"말은 했다. 자세히 말은 안 했잖아."

"제가 고등학교 2학년 때 애들로부터의 얘긴데요. 자기 인척되신 분이 잘나가던 대형회사 이사까지 지냈나 봐요. 그러나 수출길이 막히다시피 하는 바람에 그분은 구조조정에 해당이 되었나 봐요. 그렇다고 아무것도 않고 놀 수는 없어 돈으로 할 수 있는 업이 무엇인가는 찾다가 요식업을 시작한 거예요. 좀 크게 하려다 보니 빚까지 내서요. 그러나 부도는 기다리고 있었는지 1년도 못 버티고 결국은 아파트 경비직으로 근무 중이라고 하데요. 그 말을 들으니 나이 먹어서까지 일할 수 있는 기술자가 돼야겠다고 맘먹은 것이 지금이어요. 아버지, 안사람도 싫지 않다는 태도고요. 그래서 맘에 안정도 되고 재미도 있어요. 아버지."

"그러면 대학을 포기한 게 다행일 수도 있다는 거네."

"다행은 아니나 검정고시 제도가 있게 될 거라고 하네요."

"학력 문제는 그렇게 해결하겠다는 거냐?"

"살아가는 데 학력이 중요하지는 않지만 기다리는 중이에요.

아버지."

"그렇구먼."

"아버지도 인정하시겠지만 대학도 우선 밥 벌어먹자는 데 있 잖아요."

"막내 네 말 인정하겠다마는 밥벌이라는 말은 좀 그렇다."

"그렇기는 하지요. 그래서 우선이라는 말을 한 거예요. 아버 지."

"그건 그렇고 상민이가 벌썬가 싶게 중학생이다."

"그래요, 벌썬가 싶네요. 제가 장가들 때만 해도 초등학생이 었는데요."

"그래서 말인데 상민이가 네 조카이지만 우리 집안 장손이면 서 문중으로도 종손이니 그런 줄 알아라."

"알고 있어요. 때문에 작은형도 와있어요. 아버지."

"아니, 상민이 때문에 모두들 모였다고?…"

"예, 아버지."

"그러면 상민에게 무슨 잘못이라도 있다는 거냐?"

상민이 할아버지는 좀 놀라는 표정을 지으면서 하시는 말씀 이다. 그렇다 손주는 무엇과도 바꿀 수 없는 어쩌면 절대적 존 재다. 절대 존재 이유가 무엇인지 심리학에서 말하고 있는지 몰라도 할아버지와 손주, 손주와 할아버지 아무리 들어도 싫증 이 없는 관계. 이것을 부모들은 몰라서는 곤란하다. 사회생활 에서 괜찮은 인물이기를 바란다면 말이다.

"걱정할 일은 아니어요. 아버지."

"우리 상민이에게 걱정할 일이 아니면…?"

"상민이 얘기는 형이 말씀드릴 거요. 그렇게 걱정하실 일은 아니어요. 아버지."

"걱정할 일이 아니면 다행이지만…."

"염려 마세요. 아버지"

"알았다, 그만 일어나자!"

막내 너는 그동안 우리 집 귀염둥이이었다. 지금이야 장가들어 분가는 했으나. 그래, 말 안 해도 잘할 거지만 아직 세상을 살아가는 방법을 배워야 할 게다. 아까 말한 걸로 봐서는 걱정 안 해도 잘도 살 거지만 말이다. 아무튼 멀리까지 마중해주어 고맙다.

"아버지 오셨어요!"

막내 진환이가 큰 소리로 말하니 손주 상민이만 말고 며느리들까지 우르르 인사한다.

"아니, 웬일들이냐? 막내(며느리) 너도 와있고?"

"그냥 왔어요. 아버님."

"그냥 왔다고…?"

"예."

"막내, 네 얼굴을 보니 그냥 온 게 아닌디? 아무튼 반갑다. 아무튼 들어들 가자!"

"아니, 자리를 펼 거냐?"

"그러면 자리 펴지 말까요?"

맏아들 강진상은 아버지 표정을 보면서 말한다.

"아니다. 그냥 펴라!"

향교에 다녀오다 막내아들 진환이로부터 듣게 된 손주 상민이 얘기가 너무도 궁금하다. 그래서 곧 알아볼까 하다 생각을 바꿔 하는 말이다. 그래, 내가 누군가. 강상민 할아버지이기도 하지만 집안일에 있어 결정을 내려야 될 어른 입장이지 않은가.

"어험, 밖에들 있냐?"

막내 진환이로부터 들은 일이 좋은 일인지, 나쁜 일인지 자식들 얘기를 들어 봐야겠지만 손주 상민이 얘기를 막내가 말하려다 만 것이 너무도 궁금하다. 예상치 못한 뜬금없는 일이나 이렇게들 모인 것은 손주 상민이 문제로 내 말을 듣고자 하는 것은 아닌가. 그렇다면 무슨 얘긴지는 몰라도 얘기를 듣고 아니면 아니라고 대답을 해주어야 할 집안 어른 입장이다. 그래서 먼 길 다녀오느라 피곤하다는 핑계로 나 몰라라 하고 편하게 누워만 있을 수는 없다. 조직 생활에서 중책을 맡았다면 맡게 된 짐도 그만큼 무겁듯 상민이 할아버지도 집안 어른으로 다르지 않다는 것인지 맏아들이 펴 놓은 자리에 눕게 된 반 시간도 못 되게 일어나서다.

"예, 저 여기 있어요. 아버지."

"그래? 그러면 물 한 잔 가져다줄래?"

"예, 알겠습니다."

물은 막내며느리가 잽싸게 떠 드린다. 그것도 단풍잎 하나가
예쁘게 그려진 쟁반에다 올려서.

"아이고, 시원하다."

그래, 막내며느리는 지네들끼리 연애해서 결혼했다. 그러기
에 누구든지라 할 수 있는 궁합이고 집안 가풍이 없다. 그러나
막내며느리는 시집의 가풍을 따르려 애쓰는 것 같아 시아비로
서 고맙다.

여자로서 가풍이라는 문제에 있어 누가 내게 다가와 묻기라
도 한다면 결혼은 그동안의 자유를 내려놓는 것이라고 말하겠
다. 그러니까 사회생활에서 자유는 혼자일 때만이다. 결혼을
싫어하는 맘은 아니겠지만 결혼은 젊음의 낭만을 잡아먹는 물
귀신이나 다름 아니다. 진심이면 자식을 많이 둔 사람들에게
물어보라. 자식 많이 둔 것을 후회하느냐고 말이다.

"아버지 저도 들어갈까요?"

막내 강진환 말이다.

"그래, 들어들 와라!"

삼 형제들은 서열대로 아버지 눈치를 보며 무릎을 꿇는다.

"무릎들은 왜 꿇어. 죄인들처럼."

강상민 할아버지는 있을 수 없는 행동들에 놀라는 표정을 지
으시며 하시는 말씀이다.

"아니, 그게…."

맏아들 강진상은 상민이 문제이기는 해도 죄인이라는 것인

지 말도 얼버무린다.

"너희들은 누구도 아닌 내 아들들이다. 그러니 편히들 얘기 해라."

"알겠습니다. 아버님."

맏이 강진상 말이다.

"그리고, 너희들만 말고 애미들도 다 들어오게 해라!"

"제수들도요?"

맏이 강진상 말이다.

"그래. 네 제수들도 불러라."

시아버지 말씀을 귀담아듣고 있던 옆방 며느리들도 참석하 게 된다.

"어서들 와라. 그런데 상민이는 집에 없냐?"

"상민이는 제 집에 있어요."

둘째 강진명 말이다.

"그래…?"

"그런데 상민이도 부를까요?"

"아니다. 상민이는 그냥 두어라. 오늘은 상민이 땜에 모인 것 같은데 무슨 일인지부터 말해 봐라."

그래, 상민이 구구한 얘기까지 듣지 않아도 걱정이 될 만한 일인 것만은 틀림없다. 그러나 표정들이 밝은 걸 보니 할아버 지로서 집안 어른으로서 판단기준만 세워주면 될 게 아닌가.

"예, 저희가 이렇게 모인 것은 아버님께 긴히 드릴 말씀이 있 어서입니다."

맏이 강진상 말이다.

"아니, 긴히…?"

그러면 막내가 말한 대로 상민이에게 무슨 일이 있다는 건가?

"다름이 아니라 말씀을 드리면 상민이가 여학생을 너무 좋아하는 것 같아서요."

"남학생이 여학생을 좋아하는 거야 당연한데 너희들은 그리도 심각하냐."

"아버님은 그렇게 생각하세요?"

촐싹댄다 말까지는 무리가 있으나 형제들만 모인 자리에서 자기 생각을 스스럼없이 펼치기도 했던 막내며느리 말이다.

"내가 나이는 먹었어도 전날 노인은 아니다. 오해는 말아라."

"그러신 점은 저희도 잘 알고 있어요."

"알면 됐지, 더 말할 필요 있겠냐."

"사실은 너무 좋아하다 보면 사고를 치게 될지도 몰라서요."

둘째 강진명 말이다.

"사고를 치게 될지도 모르다니…."

"그러니까, 사고 치기 전 조혼을 시키면 어떨까 해서요. 아버님."

맏이 강진상은 있어진 사실에 대해 설명까지는 너무도 어렵다는 표정까지다. 이것이 집안 어른에게 대하는 언어 태도겠지만 그렇다.

"조혼? 우리 상민이가 이제 중학생이잖아."

"그렇기는 하지요. 아버님."

"그래, 우리 상민이가 여학생을 너무도 좋아한다면 정혼을 해두면 어떨까 싶다. 물론 여학생 부모 생각이 같을지 몰라도."

"정혼이요?"

이번에는 둘째 강진명 말이다.

"그래, 정혼."

"오늘날은 전날 시대가 아니어서 정혼이라는 말도 없는데요."

"그렇기는 하지, 그런데 상민이가 좋아한다는 여학생은 어느 집안의 여식인지다."

그래, 상민이는 얼마 전까지도 손 붙들고 싶어 하던 사랑하는 손준데 지금은 여학생을 좋아할 만큼 커버렸냐. 아무튼 손주야! 사랑한다.

"그 여학생은 예산댁 친정 조카딸이래요."

둘째 강진명 말이다.

"예쁘기도 하고?"

"예쁘지요."

"보기는 했고?"

"아니요, 말만 들었어요. 그런데 손주며느리는 예뻐야겠지요? 아버님."

둘째 며느리다.

"예쁜 거야 당연하지. 우리 상민이가 어떤 녀석인데…."

"아버님 말씀대로 예뻐요."

"그러면 둘째 너는 그 여학생을 본 거 아냐."

"보기는요. 못 봤어요. 그런데 집사람은 너무도 예쁘다고 아예 집에 데려다 옥수수를 삶아주기도 했나 봐요."

"작은애, 너 진짜냐?"

"예, 아버님."

진짜예요. 시아버지를 똑바로 보기는 며느리로서 아니라는 생각이겠지만 슬쩍 보면서 말한다.

"둘째 네 말 들으니 예쁘기는 한가 본데 예쁜 것만으로 혼인은 곤란하다. 알겠냐."

"그건 저희도 알지요."

"곤란하다는 말은 다른 데 있는 게 아니다. 상민이가 우리 집 장손이지만 문중으로도 종손이다. 무슨 말인지 알겠냐."

"그러니까 아버님 말씀은 예쁘기도 해야겠지만 가풍도 좋아야 한다는 말씀 아니세요?"

얘기만 들어야 할 둘째 며느리이지만 얘기 상황만 듣고 있기에는 이미 혼인식 날짜까지 잡았다면 무슨 말이 필요하겠는가 싶어 불쑥 튀어나온 말이다.

"가풍은 집안을 살리느냐 그렇지 못하느냐에 있는 것이다."

현대에서는 아닐지 몰라도 며느리 가풍은 집안을 흥하게 하느냐 그렇지 못하느냐 절대 기준이 될 수도 있다. 자식 성장은 아버지보다 엄마 태도를 보면서 자란다고 보면 될 게다. 그러니까 아버지는 등을 보여주고 엄마는 미소를 보여주는 것이다.

"그래서 사실대로 말씀드리면 어느 집안의 여식인지도 알아

봤어요."

이번엔 맏이 강진상 말이다.

"아니, 가풍도 봤다고?"

"예, 아버지."

"그러니까 너희들은 애비 몰래 조사까지도 했다는 거 아니야."

"그건 아니에요. 아버지."

"아니기는 뭐가 아니야, 지금 말하는 게 그렇잖아."

"아버지 몰래가 아니라 어쩌다 보니 그렇게 되고 말았어요. 아버님 죄송해요."

"죄송까지는 아니어도 듣기에 좀 그렇다."

강상민 할아버지는 서운하다는 표정을 자식들이 알아보게 지으면서다.

"말씀드리면 그 여학생은 집안에서 막내고 부모는 한학을 한 분이어요."

"한학을 한 분이라고…?"

그래, 한학을 했다면 가풍이 무엇인지도 알고 있을 테다. 강상민 할아버지는 서운하다는 표정을 평상표정으로 고치신다.

"예, 아버지. 그러니까 손자며느리 데려올 입장에서 생활 형편이야 좋고 안 좋고는 상관이 없겠지만 돈 꾸러 다닐 정도는 아닌 것 같습니다."

"그래? 그런데 한학을 한 사람의 딸일지라도 한 가지만 볼 수 없는 게 혼인이다."

한 가지만 볼 수는 없다는 것은 혼인할 손자며느리에 있어 이것저것 다 따질 수는 없겠으나 유전적 병력은 괜찮은지는 봐야 해서다. 설명이 필요하겠지만 유전적 병력은 당대로 그만이 아니다. 최소한 손주들까지다. 시집가고 장가드는 데 그걸 다 따져서는 총각 신세로 처녀 신세로 살 수밖에 없겠으나 여자의 유전은 남자의 유전보다 더 강하다는 것이다.

"그렇기는 하지요."
둘째 강진명이가 형 대신 말한다.
"아버지 죄송해요. 그러나 어떤 집안의 여식인지 알 만큼 안 후에 말씀드려야 할 것 같아 이제 해요."
사실대로 다 말할 수도 없어 이만큼이어요. 강상민 부친은 동석한 동생들 제수들을 보면서 하는 말이다.
"알았다. 더 할 말 없을 것 같고 나가서들 일 봐라."
"그런데 아버지 결혼식은 이번 겨울방학 때 하면 어떨까요?"
둘째 강진명 말이다.
"결혼식을 이번 겨울방학 때?"
"예."
"이것아. 그런 말은 네가 할 말이 아니잖아. 당사자 애비인 네 형이 말해야지."
"그렇기는 해도 저도 상민이 삼촌이어요. 아버지."
"삼촌?"
"예, 삼촌이요."

"그렇기는 하지."

"그래서 상민이가 그냥 조카가 아니어요. 아버지."

사실대로 솔직하게 말씀드릴 수는 없어도 상민이가 엉뚱한 짓을 해버렸어요. 사실을 아버지가 아시는 날엔 놀라 넘어질지도 몰라 아직도 감추고 있어요. 그러니까 상민이는 곧 아버지가 되게 생겼다는 거요. 그렇다는 것을 저도 누구도 아닌 형수가 말해서 알게 되었어요. 그래서 막내 진환이까지도 와 있는 거예요. 그러니까 이미 임신해버린 애기 낳기 전에 결혼식을 올려주자는 거예요. 말을 들으면 산달이 얼마 안 남았는가 봐요. 이런 중차대한 문제라 형이 말하기 곤란한 부분을 동생인 제가 말씀드리는 거예요.

그러니 노하지는 마세요. 아버지, 아버지 생각이 아니어도 상민이는 우리 집안 기둥이 되어야 할 인물이어요. 집안 기둥이 될 인물 배필은 어떤 여자라야 할지 저희도 알고 있어요. 꼭 그래서만 아니라. 안사람은 그 여학생에게 정신이 다 빼앗겼다고 할까 아무튼 그래요. 들일을 해야만 해서 어서 가자고 말하면 먼저 가라고 하고 따라올 생각을 안 할 정도예요. 그 여학생 이름이 장범순이라고 해요. 아내는 장범순이가 너무도 예쁘다는 생각이겠지만 집으로 데려다 옥수수도 삶아주기도 했나 봐요. 일단은 그래요.

아버지 말씀대로 당사자가 아닌 삼촌 입장뿐이나 조카를 위한 변명을 해줄 필요가 있어서다.

내 생각을 아버지께 다 말씀드릴 수는 없어도 조카 상민에게 학비도 대주고. 용돈도 주고, 형편이 되면 빛나라고 자동차도 사주고 싶은 장조카다. 삼촌이 주는 것은 큰 것일지라도 부담이 없다. 감사할 뿐이다. 조카는 그런 감사를 맘속에 간직했다가 훗날 효도용으로 써먹을 것은 짐작이 필요없다.

말하지만 이런 진리 앞에다 나름의 종교를 말하고 철학을 말한다면 바보임을 자인하는 꼴이라고 감히 말하고 싶다. 여기다 한마디 더 보탠다면 공부할 여건이 괜찮아서든 대학교수가 되고 또는 성직자가 된들 조카를 위하지도 않고 거룩한 단위에 선 성직자를 누가 존경할 것이며, 대학교수를 누가 박수하겠는가.

"너희들이 상민이 땜에 모인 것은 자랑할 만하다."

"상민이가 내 조카라 그런지 힘이 돼요. 아버지."

"당연히 힘이 되어야지."

이렇게 모인 너희들 아비로서 듣기 좋은 말이다. 이것이 나이를 먹어서의 보람이기도 할 게다.

"어디 저희만 그러겠어요. 다른 사람도 그렇겠지요."

"암, 누구든 그래야지."

"저는 상민이가 있다는 게 든든해요. 아버지."

"그런데 둘째 너는 상민이를 감싸는 말투다."

"감싸는 게 아니어요. 그러나 감싸기도 해야 한다고 봐요. 아버지."

"그래?"

그래, 둘째 네 말이 아니어도 너희들은 피로 연결된 삼촌과 조카다. 손주 상민이 일로 모이기는 했으나 아들 셋이 가시버시로 모인 것만으로도 흐뭇하다. 이미 떠나버린 아내를 생각해본들 소용이 있겠는가마는. 니네들 엄마와 함께라면 얼마나 좋겠냐. 그래, 세월은 빨라서 그렇겠지만 너희들이 커 갈 때가 엊그제 같다는 생각이다. 아무튼 니네들 엄마는 암이라는 병을 이기지 못하고 끝내 떠나버리고 만 것이 많이도 서운하다. 그렇지만 할멈만 없을 뿐 호강이다.

　"아버지 앞에서 말을 너무 썩썩 해서 죄송해요. 아버지."

　"그건 아니다."

　"감사합니다. 아버지."

　"부모 앞에서 감사 말은 아니다."

　"예, 알겠습니다."

　"그건 그렇고 둘째네 댁이 그 여학생을 많이 예뻐한다고?"

　"그런데 솔직히 말씀드려도 될까요?"

　"솔직히…?"

　"그러니까. 상민이 혼인식 날짜를 받아버렸어요. 아버지"

　"뭐? 혼인 날짜를 받았다고?"

　"예, 진짜 말들은 안 하고 있어 답답해서 드리는 말씀이어요. 아버지."

　둘째 강진명 말이다.

　"그러면 날짜는…?"

　"그러니까 이달 스무날이어요. 아버님."

이번엔 맏이 강진상 말이다.

"이달 스무날이면 임박했는데 그만큼 급하다는 거 아니냐?"

"그렇지요. 급할 수도 있어요. 아버지."

"아니에요, 그 문제는 제가 말씀드릴게요. 임신이 되었다는 놀랄 소식을 듣고 가만히 있을 수가 없었어요. 그래서 저희 삼 형제가 찾아갔어요. 찾아갔는데 여학생 부모는 상민이를 봤으면 해요. 어찌 아니겠는가 싶어 다음날 데리고 갔어요. 데리고 갔는데 반가워서는 아니겠지만 상민이를 끌어안기까지 해요. 그러더니 늘 만나기도 어려우니 만난 김에 혼인식 날짜도 이달 스무날로 하자고 하는 거요. 그래서 대뜸 그럽시다. 대답해 버린 것이 그만⋯."

"그래⋯?"

그렇구먼, 너희들이 모인 이유가 거기에 있구먼. 집안일이면 무슨 일이든 당연히 알게 해야 할 어른에게 쉬쉬했다는 것이 서운하기는 하다. 서운해도 사실을 인정할 수밖에 더 있겠는가. 집안이 잘못될 일도 아닌데 말이다. 강상민 할아버지는 그런 생각인지 눈을 지그시 감는다.

"죄송해요. 아버님."

"아니야."

"이렇게까지 된 것이 자랑일 수는 없으나 지금의 사정이어요. 아버지."

둘째 강진명 말이다.

"그래 알았다."

"상민이가 좋아하는 여학생은 학교에서도 인기라는 것 같아요. 말을 들으면요."

이번엔 둘째 며느리 말이다.

"그러니까 예쁘다는 인기?"

"예, 아버님."

"그런 말은 누가 해주고?"

상민이 요 녀석이 그 여학생에게 정신을 완전히 빼앗겼구면. 그래. 예쁜 것은 예쁜 것이지.

"그래서 생활 형편이 부자이고 군수 집안 정도 되는 사람이면 예쁜 여학생을 보고만 안 있겠다는 생각이어요. 아버지."

둘째 강진명 말이다.

"이미 말해서 인정하겠다만 이 애비를 어떻게 해서든 이해시키려 하는구나. 너희들 말하는 걸 보니."

"그게 아니어요. 아버지."

"아니기는 뭘 아니어, 사실이 훤히 보이는구면."

"말씀드리지만 다음 일은 아버지가 허락하셔야 진행하든지 할 것 같아 둘째인 제가 끼어드는 거예요. 아버지."

"알았다."

"그렇게 해도 돼요?"

"그리고 상민이도 집에 있냐?"

"집에 없어요."

"집에 없으면 상민이 어디 있는 거야?"

"제 집에 있을 건데 데려올까요?"

"데려와라."

"예, 아버지."

이번엔 맏이 강진상 말이다.

손주 상민이는 작은엄마가 데려오고, 강상민은 할아버지를 슬쩍 보고, 무릎을 꿇는다.

"상민아!"

"예, 할아버지."

"상민이 너 안 바쁘냐?"

"…."

"잘못했어요. 그렇지만 일부러는 아니에요. 할아버지, 용서해주세요."

"무릎까지 꿇으라고 네 엄마가 가르친 거냐?"

"아니요."

말은 아니요 했지만 상민이 엄마도 주눅이 잔뜩 든 상태다. 어찌 그렇지 않겠는가. 엉뚱한 짓까지인 사실이 들통이라도 나는 날엔 시아버지께서는 넘어질지도 모른다. 아니길 바라지만 손주 상민이 땜에 넘어지기라도 하시는 날엔 집안이 시끄러울 것은 불을 보듯 하다. 이 녀석이 어쩌다 그런 짓을 다 했을까? 느닷없는 일이기는 해도 사실을 계속 감출 수도 없고 고민이다. 상민이 엄마는 그런 생각에 갇혀 있지 않을까. 그래, 부모는 자식에 대해 고민만 하다가 떠나라고 창조된 건 혹 아닐까? 상상의 비약일지 몰라도 말이다.

"어허, 상민이에게 물었다."

"…."

그래요, 상민이가 벌인 짓은 말도 안 될 짓이지요, 그것도 우리 집은 양반집이라는 말도 듣는 그런 집안인데요. 그렇기는 해도 상황이 상황인데 어쩌겠어요. 그래서 대신 대답인 거예요. 그러니 너무 나무라지는 마세요. 강상민 엄마는 몸을 고쳐 앉기까지다. 그래서든 시아버지는 누군가. 살아계실 때 잘 모셔야 할 것은 물론이지만 돌아가서도 모실 각오여야 할 집안 어른이 아닌가. 이어지고 이어질 후생들을 위해서도 말이다.

"그런데 상민이 너 그 여학생을 좋아하는 것 같은데 같은 학교 학생이냐?"

"아니에요."

아니에요. 말을 상민이 엄마가 대신 한다.

"상민이한테 물었는데 애미가 또 대답이냐."

"아니에요. 아버님."

"그 애는 여자중학교에 다녀요. 할아버지."

엄마는 대답을 대신 한다고 할아버지한테 혼쭐나서다.

"상민이 너는 누가 봐도 너무도 멋진 녀석이다. 그래서 말인데 여학생이 너를 좋아하지 않는다면 바보 여학생이지. 그래, 그 여학생과 복숭아밭에도 같이 온 것 같은데 사실이냐?"

손주 강상민은 고개만 끄덕인다. 고개를 숙인 채.

"고개 들고 말해. 할아버지 앞에서 고개는 왜 숙여!"

"…."

용서해주세요. 할아버지! 강상민은 긴장감이 좀 풀리는지 옆에서 지켜보는 엄마를 슬쩍 본다. 상민이 엄마는 며느리로서 시아버지 표정을 슬쩍 보고 말이다.

"상민이 네 동생이 몇 명인 줄 아나?"

"동생들이요?"

"그러니까 네 사촌 동생들까지."

"여섯이어요."

"몇 명을 묻는 게 아니다. 그리고 여학생 이름이 뭐냐?"

"범순이어요."

"성은 없고?"

"성은 장가예요."

느닷없는 엉뚱한 짓으로 고개조차 들지 못하는 손주 대신 며느리가 또 말해버린다.

"어허, 또 또…."

"예, 할아버지."

"예쁘기는 얼마나 예쁘고?"

"…."

무척 예쁘기는 해요.

"그래, 그 여학생을 할아버지에게 보여줄 수 있겠냐?"

그 여학생을 할아버지에게도 보여줄 수 있겠냐는 말씀은 여학생에게 임신을 시키고 말았다는 이유로 궁지에 내몰린 손주를 보호해 주어야겠다는 맘으로 하시는 말씀이다. 손주를 보호해 주어야겠다는 할아버지 맘이 아니어도 조부모는 손주 앞길에 신작로를 깔아주고 그늘이 되어주고 피난처도 되어 주어야 할 것은 두말이 필요하겠는가. 아무튼 상민이 네 삼촌들은 물론이고 네 작은엄마들도 모이게 된 것은 상민이 너 때문일 것으로 짐작이야 했었다. 사실까지는 말할 필요가 없겠지만 상민이 네 막내삼촌의 말을 듣고 우리 집에 무슨 일이 벌어졌구나. 할아버지는 그런 생각을 했었다. 그러니까 상민이 네가 여학생을 좋아한 것으로 그만이 아니게 된 일 말이다. 변화된 오늘의 사회가 서양문물로 채워지기 전 얼마 전까지만 해도 남녀칠세부동석을 절대로 했다. 남녀칠세부동석이란 뭔가? 세상을 많이 살아본 사람들은 알까 몰라도 부계父系사회에서 혈통이 혼합되어서는 삶의 질서가 무너질 수도 있다는… 이를테면 동양철학이라고 해도 될지 모르겠다만 그렇단다.

그러나 씨족을 무시해도 되는 현대임을 이 할아버지도 잘 안다. 그래서 생각이지만 상민이 네가 좋아하는 여학생과 손도 잡았을 테고, 결국은 임신까지일 것이다. 아무튼 상민이 네 씨(유전자)가 장범순 배 속에서 탈 없이 자랄 게다. 물론 말만 듣고 있지만 말이다. 그래, 이제부터는 할아버지! 하면서 손을 붙들 나이가 아니나 할아버지로서 조금은 서운한 감은 있다. 서운한 감이기는 하나 할아버지가 바라기는 상민이 너는 우리 집안 기둥임을 기억하고 살면 한다.

자랑일 수는 없어도 생각해보면 어쩌다 보니 향교에 관여까지다. 향교가 어떻게 있게 된 것인지 젊은이들은 관심도 없을 것이냐. 공자는 많은 사람이 인정하듯 인간의 윤리 도덕을 매우 중시했던 것이 오늘날 유교다. 그러니까 신처럼 모실 종교가 아니라는 것이다.

그래서든 공자가 누구인지 살펴보면 노나라에 모처럼 평화가 찾아왔으나 그리 오래가지는 못했다. 노나라 군주가 승리감에 젖어 나랏일을 돌보지 않는다. 노나라 군주는 향락에 빠져 지냈지. 이를 걱정하던 공자는 하루가 멀다 하고 노나라 군주를 찾았다. 그러나 공자로부터 얻을 만한 그 무엇도 없다는 생각으로 노나라 군주는 매우 귀찮아하며 공자를 만나 주지 않았다.

때문이었음인지 공자는 군주가 자신의 역할을 다하지 않는 땅에서는 더 펼칠 수 없겠구나 싶은 나머지 관직을 내려놓고 노나라 땅을 떠나기로 마음먹었다. 공자는 제자들과 함께 위나라, 조나라, 송나라, 정나라, 진나라, 초나라 등을 돌며 나라를 다스리는 바른 방법을 널리 알리기 위해 노력했다.
당시의 중국은 역사상 가장 혼란스러운 시기라 각 나라의 군주들은 서로 다른 나라를 차지하기 위해 끊임없이 전쟁을 일으켰다. 그러다 보니 공자가 주장하는 '仁'과 '禮'를 실천할 나라는 어디에도 없었다.

공자는 그러기를 여러 해 동안 방랑 생활을 마치고 노나라로 돌아왔지. 이때 공자 나이는 일흔에 가까웠지. 하지만 그동안의 시간이 헛된 것은 아니었지. 그 사이 공자의 제자들이 각국 군주들에게 등용됐던 거지.

처음 제자를 받아들이기로 했을 때 공자는 생각했지. 자신이 정치에 참여할 수 없더라도 제자들이 자신을 대신해 바른 정치를 펼칠 거라고 말이야. 그래서인지 공자는 노나라로 돌아와서 제자들을 더욱 체계적으로 가르치기 시작했어.

하지만 공자는 자신의 삶이 얼마 남지 않았다는 것을 느꼈어.

그래서든 남녀칠세부동석이란 말도 공자가 만들어 낸 것으로 보면 될 게다. 그것이 잘못이라고 말할 수는 없어도 굳이 따지자면 가정윤리도 매우 중요한 거야. 설명까지 하자면 가정윤리라는 분위기 사회에서 남녀칠세부동석이 무시된다면 가정 질서는 어떻게 되겠느냐는 것이다.

"상민아!"

"예, 할아버지."

"네가 좋아하는 여학생, 할아버지에게도 좀 보여줄 수 있겠냐? 얼마나 예쁜지 한번 보고 싶어서다."

"여학생을요?"

손주 강상민은 엄마의 눈치를 보면서 말한다.

"당연히 보여드려야지요."

강상민 엄마 말이다.

"오늘은 어려울 테니 내일이라도 말이다. 여기 와 있다면 또 모를까."

"우리 집에는 없어요. 내일 데리고 올게요."

그렇게 해서 손주 강상민은 장범순을 데려다 할아버지에게 보여드린다.

"여학생 이름이 뭐라고?"

"장범순이에요."

"이름이 장범순?"

엉성하지만 인사를 받고 되묻는 말씀이다. 물론 임신이 된 상태라는 말을 들었으니 그런 면도 보고 말이다.

"예."

"그러면 아버지 존함은 누구시고?"

"우리 아버지 존함이요?"

존함이라는 말은 처음 듣는 말이라 그러겠지만 장범순은 어리둥절해 한다.

"그러니까, 아버지 이름 말이야."

강상민 엄마가 대신 말한다.

"장기철 씨에요."

"그리고 한 가지 더 묻겠는데 장범순 학생은 우리 상민이 좋아는 할까?"

"그건 잘 몰라요."

장범순은 대답을 또박또박도 한다.

"그래, 며칠 후면 우리 상민이와 혼인하게 될 건데 그때부터 이 할아버지 손자며느리가 되는 거야. 알겠나?"

"네. 할아버지"

"그러면 이만 나가 봐라!"

부잣집 며느리처럼 이기를 기대까지는 못 했어도 오동통도 해서 맏손주며느리 감으로는 됐다. 맘 씀씀이까지는 몰라도. 혼인 날짜까지 받아버렸다는데 어찌 아니라 할 수 있겠냐마는 그렇다. 그래, 손자며느리 미워할 사람 누구도 없을 것으로 사실을 알게 된 갑장들은 부럽기도 할 것이다. 범순이 네가 복숭아밭까지 따라온 걸 알기까지는 복숭아 사러 온 아이들에게 몇 명이냐고 물으니 일곱 명이라고 하더니 어떤 여자아이가 상민이 오빠 말고 또 있어요. 그래서 알게 된 거다. 그렇지만 범순이 네가 내 손자며느리까지 될 줄 생각이나 했겠냐. 아무튼 우리 상민이와 연을 맺으면 애기도 남들처럼 펑펑 낳고 행복하게 잘 살아라. 할아버지가 심어 놓은 복숭아도 맘껏 따 먹으면서.

현대사회에서야 그럴 수는 없겠으나 철저한 가부장 시대에서 여자로 태어났다면 부모는 길쌈은 물론, 된장 고추장도 맛깔나게 담글 수 있도록 방법 등을 가르쳤다. 그런 가르침이 물론 어린이 놀이 자체이기도 했지만 말이다.

"알겠습니다. 아버님 쉬세요."

손자며느리가 될 아이를 데리고 온 맏며느리 말이다.

"그리고 애비 좀 보자고 해라."

강상민 할아버지는 담배 재떨이를 끌어당기면서 하시는 말씀이다.

"아버지 저 부르셨어요?"

아버지 눈에 안 보였을 뿐 방 안 얘기가 어떻게 진행되는지 말이 강진상은 귀를 열어놓고 있었다.

"그런데 생각을 해보니 저쪽 사람도 봐야 하지 않겠니."

상견례라 말할 수는 없겠으나 혼인식장에서 만나보기 전 미리 만나보는 것이 면구스럽지 않을 것이기 때문이다.

"그러면 저쪽에다 말할게요."

"그러되 저쪽이 번거롭지 않게 하고…."

"예."

그렇게 해서 상견례 자리로 볼 수 있는 강상민 집안 어른들과 장범순 집안 어른들 만남이 이루어진다.

"안녕하세요. 처음 뵙습니다."

만남의 얘기 운을 강상민 할아버지가 먼저 뗀다.

"아예, 처음 뵙습니다."

"얘기를 들으셨는지 몰라도 저는 강상민 할아비입니다. 그래서 우리 상민이가 장범순을 좋아한다는 말을 듣고 조금은 놀랐습니다. 놀라기는 수태까지라고 해서요."

"아예, 당연히 놀라셨을 겁니다. 그리고 인사를 먼저 드려야 하는 건데 늦었습니다. 죄송하고 저는 장기철입니다."

장범순 아버지는 나이 차이 예절을 무시했나 싶은지 어색해하는 표정을 지으며 하는 말이다.

"처음엔 놀랐으나 지금은 아닙니다."

"감사합니다."

"감사라니요. 그런 말씀은 우리가 먼저 해야 할 말입니다."

"아닙니다. 그리고 저는 이곳으로 이사온 지가 얼마 안 되어서 대면이 거의 없다시피 합니다. 죄송합니다."

"아니에요, 예산댁이 따님 고모라지요?"

"예 그렇습니다. 이사를 오게 된 이유도 그렇구요."

"이런 얘기는 처음이시겠지만 제 자부는 따님을 여간 좋아한 게 아니었다네요."

"그런 말씀은 처음이기는 해도 감사합니다."

"저는 강상민 할애비로서 손주 며느릿감이 어떻게 생겼나? 싶어서 얼굴을 봤고 말도 걸어봤습니다."

"아, 그러셨군요."

"그래서 말이지만 따님을 보고부터는 생각지도 못한 복이라는 생각입니다."

듣기 좋으라고 말한 게 아니다. 며느리들도 좋아하는 것 같아서다.

"그동안 그리던 사윗감이었다고 해야 할까, 저는 끌어안아 주었습니다."

"그러셨다는 얘기 들었습니다. 감사합니다."

범순이 배 속에는 내 증손주가 자라고 있는 걸 보면서 어찌 내칠 수도 없지만 남의 자식을 끌어안아 주었다는 것은 고마운 일이다.

"아니에요. 당연한 일인데요. 아무튼 알고 계시겠지만 혼례식 날짜를 이달 스무날로 정하자고 했습니다. 날짜를 급하게 잡은 것은 곧 있을 것 같은 출산 때문이에요."

혼인 전 출산을 하게 되면 두고두고 말이 될 것은 짐작이 필요하겠는가. 그렇기도 하고 곧 태어날 아이에게 씻기 어려운 치명상을 안겨주는 일이 되기 때문이다. 그것은 친자식이 아닐 것이라는 헛소문까지다. 그러니까 태어난 아이가 친부모를 빼닮지 않았다면 엉뚱한 상상도 할 것이다.

"제가 만나자고 한 것은 다른 뜻이 있어서가 아닙니다. 태어날 아이가 심부름으로든 친가와 외가에 갔다 할 정도로 클 때까지는 외가에서 성장하도록 하면 어떨까 해서 드리는 말씀입니다."

"그래요?"

"그리고 그동안 본 일로 데릴사위입니다."

"데릴사위요…?"

데릴사위라는 말을 왜 꺼내실까? 장범순 부모는 고개를 갸우뚱한다. 자리를 같이한 강상민 부모도 알아보게

"데릴사위란 다른 면도 있겠으나 시집이라는 이유로 살붙이를 보내는 것은 당하지 않아야 할 심한 고문과 같아 행해지는 것이 데릴사위로 봅니다."

"그래요?"

그렇기는 해도 제 딸은 여러 녀석들 중 막내라 아닙니다. 장기철 씨는 그런 맘이겠지만 강상민 할아버지 말을 귓등으로 듣는 태도다.

"이런 말은 누구에게도 안 했습니다."

"무슨 말씀인지 알겠습니다. 그러나 저는 아이를 시집보내야 될 입장입니다."

"시집을 보내야 될 입장이라고 하신 말씀은 이해가 됩니다만 그러나 양보가 저의 맘을 편하게 할 것 같습니다."

"아이고, 그렇게까지는⋯."

"여러 차례 보아온 일이지만 그리도 슬피 우는 신부를 보면서 너무도 안타까웠습니다. 때문은 아니나 데릴사위를 생각했어요."

"아예."

"제가 말 안 해도 잘 아시겠지만 장가들다가 무슨 말입니까. 어른이 되기 위한 절차 행위이지요. 안 그래요?"

"그렇지요."

"애기가 말문이 터질 때까지만 말이요."

여자들은 한恨을 안고 태어났다고 해야 할까. 여자로 태어난 것이 죄가 아님에도 홀대를 그리도 받았다. 남존여비 시대에서의 한. 죽어야만 지워졌다던 한. 자식을 낳지 못한 것은 남편의 씨가 없음에도 그 잘못은 여자에게 다 씌워졌는가 하면 며느리는 귀머거리 삼 년, 장님 삼 년, 벙어리 삼 년이라는 말을 지키기도 했던 것 같다.

민족의 노래라고 할 수도 있는 아리랑도 여자들의 한에서 만들어진 노래는 아닐까. 그걸 구성지게 부를 수 있는 여자들이기 때문이다. 한이라는 문제에 있어 비단 한민족만이 아니었나보다. 중국 여성들도 발이 크지 못하도록 했음을 보면 말이다. 물론 일부러 족쇄라는 말이 그래서 나온 말이지 않을까.

부모에게 딸은 가치 없는 존재로 길고양이처럼은 아니어도 내버리다시피 했음을 알 수 있다. 물론 모두는 아니나 여자아이는 걷는 보폭도 발끝을 벗어나서는 안 된다고 한 것 같다. 그러니까 여자가 다리를 쩍쩍 벌려서는 남자들 성적 심리를 자극할 수도 있다. 곧 남녀칠세부동석 말이다. 그런 엉터리를 고치기는 선교사들이 가르쳐 준 고무줄놀이 덕분이지만 말이다.

아무튼 어린아이라는 티만 벗어나도 부모는 시집보낼 생각이었다. 이런 문제에 있어 아직도 일본군위안부다. 일본군위안부 얘기는 한민족 정서에 안 맞는 얘기가 될 것 같아 조심스럽기는 하나 일본이 한민족 여성들을 위안부로까지 모집할 필요가 있었을까. 이유는 한민족은 이미 일본 국민이 되었기 때문이고 일본 사람들이 여성 대접을 더 잘 해주었다는 소문 때문이다. 선한 맘일 수는 없겠으나 일본인들은 간척지를 만들었고, 결코 일회용일 수 없는 제철소 등 공장을 세웠다. 때문으로 말하기는 아닐지 몰라도 일본을 향해 욕을 퍼부어도 사실만은 인정하라는 것이다.

그러니까 일본군위안부로 끌려갈 위험성 때문에 시집보냈다는 말은 전혀 맞지 않는 얘기다. 문둥이가 사람 잡아먹는다는 무시무시한 소문을 터뜨리듯 해서다. 한민족 여성들이 일본에 건너가 매춘을 했다는 말도, 일본군에게 당했다는 말도 억지말이다. 그것은 개인 일탈 행위로 봐야지 일본 정부 정책이 아니기 때문이다.

시대적이기는 하나 일본은 세계정복야욕의 꿈을 품고 군함을 만들고 총을 만들 때 우리 한민족 정치인들은 장난감 같은 활이나 만들어 궁사 대회니, 뭐니, 말이다. 아는 사람만 알까? 일본에 진출한 한민족인구는 무려 2백만 명이 넘었단다. 한민족인구가 2천만이 조금 넘는 상황에서 말이다. (삼천만이 하나로 3.1절 노래가 참고다.)

어느 국가든 악덕(惡德) 심성들은 있기 마련, 세월이 그만큼 흐르기도 했고 경제적으로 일본을 부러워할 필요가 없다면 침략당했다는 억울함은 내려놓는 게 맞지 않겠는가. 말하지만 세계열강들과 어깨를 나란히 해야 할 대한민국 국민으로서 말이다.

침략 당했다는 억울함만 붙들고 욕이나 해대서야 국가적으로 무슨 보탬이 되겠는가. '홀로 아리랑' 노래도 그만 불러라.
독도는 국제법상 우리 대한민국 영토라고 주장하기가 어려워
민간인을 보호한다는 명분을 내세워 경비대를 세웠을 뿐이다.
그런 상황에 놓인 독도를 두고 '홀로 아리랑' 노래도 세계인들
웃음거리뿐이다.

"말씀은 감사합니다만 저는 아무래도….''
"그렇게 아시고 혼례식이나 잘 치러줍시다."
우리 상민이는 세상 무엇과도 바꿀 수 없는 귀한 손주이기
때문입니다. 강상민 할아버지는 그런 말까지 하려다 만다.
"그러면 혼례식은 어떻게 할까요?"
"혼례식이요?"
"그러니까 신식으로 해야 할지 말입니다."
"혼례식 문제는 우리 애들과 의논하세요. 저는 먼저 가겠습
니다."
길 가던 사람을 불러 선술 한잔했다는 기억 때문이겠지만 강
상민 할아버지는 의논하라면서 곧 나간다.

상도(尚道)를 지킨 상인

*

　　강상민과 장범순은 그렇게 해서 부부가 되었고, 평화시장 점
원으로부터 열일곱 점포까지 소유한 부자인 셈이다. 재정적으
로 그만한 대접도 받고. 다 지난 일로 봐야겠지만 미성년들이
애기를 낳았으니 그동안 학교를 어떻게 다닐 수 있었겠는가.
창피해서도 못 다니지. "상민이 너는 우리 집 장손이면서 문중
종손이기도 하다. 그러니 공부도 열심히 해서 훌륭한 사람이
되어라." 그러신 할아버지 말씀을 이행치 못하고 장삿길로 들
어서게 되었으나 후회는 없다.
　　누군들 내일 일을 미리 알겠는가마는 분명한 것은 삶의 가치
는 먼저 부모로부터다. 따뜻하게 품어주신 장인어른, 눈감아주
신 할아버지, 애들에게도 전수할 생각이다.

　　"할아버지, 저 대학교수가 될 것 같아요."
　　강상민 장남 강인철은 외할아버지에게 자랑하고 싶어서다.

"아니, 대학교수가 될 것 같다고…?"

"예, 할아버지."

"그래, 대학교수면 좋지."

네 엄마가 갓 열여섯 살 나이에 임신해서 할아버지는 얼마나 걱정했는지 모른다. 그때는 그랬지만 지금은 얼마나 좋냐. 자랑스럽다. 네 아버지 친구들은 이제야 초등학생 정도인데 말이다.

"할아버지, 교수가 되면 학교에 한 번 오세요."

"그래, 고맙다. 그런데 인철이 너는 친가보다 외가에서 자랐다고 해야 할 것 같은데 어려서 기억나냐?"

"어릴 적 기억이요?"

"그러니까 할머니! 저 맘까지도 외갓집이 아니어요. 그래서 날마다는 못 와도 자주 올 거니 맛난 거나 만들어주세요. 했다는데 인철이 너는 그런 기억이 나냐는 거야?"

"아니에요. 그거는 할아버지가 지어내신 말씀이어요."

"없는 말 어떻게 지어내냐. 남 앞이면 또 몰라도. 암튼 너희들이 있어 주어 할아버지는 삶의 보람을 느낀다."

인철이 네가 임신이 되었을 때는 할아버지는 느닷없는 일이라 많이 당황했다. 네 엄마를 시집보내기는 아직 중학생이기 때문이기도 해서다. 그래서 인철이 네 친가도 어쩔 줄 몰라 잘못을 빌고자 대가족까지 찾아오기도 했지만 말이다. 어떻든 인철이 네가 두 살 땐지 세 살 땐지 그런 기억까지는 희미하나 밖에 데리고 나가기라도 하면 동네 사람들은 할아버지를 얼마나 부러워들 했는지 모른다.

"감사합니다. 할아버지."

"그런데 할아버지가 잔소리 한번 해도 괜찮겠냐?"

"말씀하십시오. 저는 누구도 아닌 할아버지 손자예요."

"그래, 현대와 맞지 않을 수도 있는 얘기나 어느 책에서 본 내용이다."

내 아들 명수야! 아버지가 이렇게 된 것이 너로서는 상상할 수도 없는 일이라 두렵기도 할 것이다. 그래, 너는 군대만 갔다 왔을 뿐 아직 장가도 들지 않은 소년이었다. 물론 아버지가 보기엔.

그렇지만 아버지가 바라던 교단에 설 날만 기다리고 있었는데 너는 아버지가 날벼락을 만난 것이다. 아버지가 이렇게까지 되어버린 바람에 명수 너랑 그동안 다니던 목욕탕도 옛말이 되었고, 대화조차도 할 수 없게 되어버렸다.

사랑이 무엇인지 실감하기는 명수 너로부터였는데 많이도 아쉽다. 부모로서 네가 자립할 때까지는 도와주고 축하해 주어야겠다는 생각을 아버지는 가지고 있었지만 이렇게 되고 보니 아무것도 아니라 미안도 하다. 아버지가 이렇게 떠나게 되리라고 누군들 생각이나 했겠느냐만 그렇다.

명수 네가 육군 장교일 때다. 부모는 자식을 군대 보내기 싫어 별 꼼수를 다 부린다는 얘기가 나와 내 아들은 장교라고 부대원들에게 자랑도 했다. 자식 자랑은 남 앞에서 아닌데도 말이다.

어찌 됐든 며칠 후면 제대를 하게 될 거고, 제대하자마자 교사로 발령이 나겠지 했다. 그래, 교사가 되면 학생들로부터 받는 인사겠지만 한명수 선생님이라는 대접도 받을 게 아니냐. 그런 생각에 아버지로서 뿌듯한 감정을 감추지 못했다. 그러니까 내 아들이 곧 선생님이 될 것이라는 행복감 말이다. 그랬지만 아니게도 선생님이 될 네 모습도 못 보게 돼 많이도 아쉽다.

아버지와 아들, 아들과 아버지, 천륜적 관계, 아버지는 자랑하고, 아들은 감사하고, 이런 관계이기를 누군들 바라지 않겠냐마는 명수 너와 나는 그런 관계라는 실질적 연이 끊어지고 말았구나. 그동안은 내 아들이 선생님으로 교단에 서 있게 되리라 희망만이었는데 말이다.

그래, 지금은 선생님이 되었을 테니 하늘나라에서라도 축하해야겠다. 그러나 아버지가 부탁한다면 이제부터 학생들이 인정하는 훌륭한 선생님이 되어라. 훌륭한 선생님이기까지는 일반적 생각을 뛰어넘어야 하겠지만 말이다.

들은 얘기를 한다면 선생님이 꿈이었고, 선생님이 되었고,

교단에 서기까지 된 어느 초임 선생님이다. 초등학생인 자기 아이를 특별히 잘 가르쳐 달라는 촌지가 괴롭히더라는 거야. 어떤 학부모는 촌지까지는 형편이 못 돼 음료수를 사 오기도 했단다. 그래서 초임 선생님은 학생 수와 맞춰 부족하다 싶으면 몇 개 더 사 오라고 하기도 했단다. 그랬으나 촌지에 대해 생각 없이 받게 되면 학생을 가르치는 선생님이 아니라 돈 버는 월급쟁이라는 무서운 생각이 다 들더라는 거야.

학부로부터 받은 촌지는 누구도 모르게 주는 돈이다. 그러기에 받아도 탈이 없을 것이나 "너는 무슨 일이 있어도 학생들에게 날개를 달아 주어야 할 선생님이다. 그런 줄 알고 가르쳐라." 누군가는 그러는 것 같더라는 거야. 그래서 받아둔 촌지를 학생들 앞에다 내놓고, "학생 여러분, 학생 이름을 밝힐 수는 없어도 이 돈을 어느 학생 어머니께서 주시기에 싫다 못 하고 받았습니다. 그렇지만 이 돈을 선생님이 쓸 수는 없잖아요. 그래서 반장에게 줄 테니 어떻게 쓸 건지는 학생 여러분들이 의논해서 쓰고. 어디다 썼다고 나중에 선생님께 알려주면 해요. 알겠지요?"

그러시는 선생님 말씀을 듣게 된 학생들은 황소 눈으로 보고 있기에 우리 반 학생들 복 많이 받아라! 초임 선생님은 이렇게만 말했다는 거야. 그 후로도 얼마간 촌지가 주어져 아니라고 하기보다는 고맙게 받아 학생들에게 처음처럼 넘겨주었는데 그 돈을 과자를 사 먹거나 그럴 수는 없어 좋은 일에 썼다고 해서 칭찬을 해주었다는 거야.

그렇기는 했어도 다른 선생님들에게는 아니기에 초임 선생님 자신 입장을 곤란하게 했다는 거야. 그래서 그 초임 선생님은 다른 선생님들로부터 왕따 당할 수도 있었으나 기어코 이겨냈다는 거야. 그것이 꼭 옳다고 볼 수는 없어도 촌지가 등장하기 전까지는 선생님 대접이었으나 지금은 교사라고 한다. 물론 선생님 면전에서까지 할 수는 없어도. 아무튼 선생님과 교사. 교사와 선생님, 이 언어 차이를 너는 어떻게 생각할지 몰라도 선생님 자격 기준을 말하고 있다고 생각된다.

그래, 돈 벌고 싶으면 장사를 하고. 대접받고 싶으면 선생님이 되라고 누구는 그런 말도 하는 것 같다. 그래서든 명수 너는 선생님 체질이 아닐까 한다. 맞으면 앞으로 대접받는 선생님이 되어라. 어찌 말처럼 쉽겠냐마는 "너희들은 자랑스러운 사람이 되어라." 그런 정도의 말만 해주어라. 초등학생이기는 해도 지나칠 정도로 영특해서 선생님의 속맘까지 거울 보듯 할 것이기 때문이다.

선생님이라고 해서 항상 따듯할 수는 없을 것이지만 말을 너무 안 들어 벌을 줄 생각이면 학생들 앞에 세워놓고 노래를 부르게 하면 어떨까도 싶다. "앞으로 말 잘 안 듣고 떠들 거면 홍길동 학생처럼 노래를 시킬 거니 노래하고 싶으면 선생님을 힘들게 해라." 이렇게만 말이다. 명수 너야 잘할 줄로 믿는다.
선생님 얘기를 하다 보니 전날에 들었던 얘기가 떠오른다.

오래전 영화 얘기다. 교직 생활을 끝낸 와룡 선생님은 서울로
올라간 제자들을 만나게 된다. 와룡 선생님이 서울에 오셨다
는 말을 듣고 찾아온 제자들을 보니 그동안 말썽꾸러기 학생
들만이 아닌가. 공부를 잘했던 제자들은 단 한 명도 없고….

이건 어디까지만 얘기일 뿐이나 선생님과 제자. 제자와 선생
님. 선생님은 밥 벌어먹자는 노동자가 아님을 심각하게 고민
해라. 그러니까 전국교직원노동조합에 가입은 말라는 것이다.

선생님이라는 직은 고귀한 직이기 때문이다. 이 말에 설명까
지 필요하겠냐마는 대통령에게는 님 자를 안 붙여도 교사들에
게는 선생님이라는 님 자가 반드시다.

그러함에도 스스로 노동자라고 해서야 되겠냐.

그리고 명수가 네 성격과 같아 매제가 될지는 모르겠으나 가
족이 하나 생기는 것이 아니냐. 함께 걸어야 친구. 매제라는 친
구는 내 얘기를 다 털어놔도 싫다 않을 친구 말이다. 하는 일에
따라 시간이 문제지 맘이면 먼 길도 힘겹지 않을 친구. 명수 네
가 그렇게만 해주면 엄마 맘도 편하게 해주는 일이다. 이런 생
각까지는 승합차에다 캐리어를 실기도 하던 이웃 가정의 모습
을 보고서다.

그래, 처남 매제만이겠냐마는 아버지는 매제가 없어 동서끼

리만 모임이었다. 어쨌든 젊어서도 그렇지만 늙어서는 더 할 수 없는 친구일 수밖에 없는 매제와 처남이다. 그런 점도 참고로 해라. 부모에게 최고의 효를 묻는다면 아들들과 딸들이 오순도순 살아가는 것이다.

이런 얘기까지 하는 건 대학교수가 될 거라고 해서니 오해는 말 거라."

"아니에요. 명심하겠습니다."

"잔소리 같다만 인철이 너는 아직 사회초년생이다."

"사회에 초년생도 못 돼요. 할아버지."

"그렇기는 하다. 그래서 명심까지는 아닌 것 같고 참고로 하면 한다."

"예, 할아버지."

강상민 장인 장기철 씨는 막내 손주를 군대 보낸 다음해에 세상을 떠났다.

그렇게 떠나신 장인에게 그동안 심려를 끼쳐드렸는데 그런 심려를 복으로 바꿔주신 장인 장모님 덕에 오늘이라 하겠다. 그렇지만 그분들은 이미 세상을 떠나셨고 세월은 그만큼 흘렀다. 그렇기는 해도 강상민은 장인 장모 산소를 자주 찾게 된다.

"장인 장모님께서는 하는 수 없이 무덤으로 계시지만 자주 찾아뵈야 할 건데 바쁘다는 핑계로 그렇지 못해 죄송스럽네."

강상민은 아내 장범순을 보면서다.

"그런 말 할 거면 큰절도 하면서 해봐."

"큰절도 좋지."

"큰절은 말로만 아니잖아."

"큰절까지 안 해도 인정하실 거여."

결과적으로야 누구도 부러운 삶을 살아가지만 애기가 애기를 배게까지 말썽부렸을 때 장인 장모님은 많이도 힘들어하셨을 거다.

장인 장모님은 망우리 공동묘지에 계신다. 그래, 장인 장모님 산소를 자주 찾는 것은 칭찬받을 만한 일로 후손들도 본받을 것이다. 분명. 그러나 아닐 수도 있는 현대에서의 장묘문화는 수목장까지다. 수목장이란 뭔가? 듣기조차 고약한 말이나 버린다는 의미 더 상은 아니다. 그래서든 기독교적으로 산소를 소홀히 하려는 경향이 있어 아니라는 생각이 든다. 흙으로 돌아간다는 이유일지 몰라도.

"말로만 말고 표시라도 해야 하는 거 아녀?"

"그렇기는 한데 표시를 한다면 어떻게?"

"친정아버지께서 자기를 꼭 껴안아 주셨다면서."

"그때는 눈물 났지."

"눈물까지 났으면 감사의 기억을 되살려 이 장범순 누나 손이라도 한번 붙들고 말이여."

"뭐, 누나…?"

"그러면 누나 아닌가?"

"동갑끼리는 아닌 건데⋯."

"나이는 같아도 생일이 내가 다섯 달이나 먼저잖아."

"허허⋯."

"허허가 아니잖아."

"그래서 내 손을 당신 맘대로 붙들고 풀밭으로 간 건가?"

모두는 아닐 것이나 남녀 간 만남은 여자가 먼저라고 보면
된다.

"내가?"

"난 죽는 줄 알았구먼."

"좋은 것은 아니고?⋯"

"좋고 안 좋고 그때는 아무것도 안 보였어."

"아무것도 안 보인다고 얘기까지 만들어 버리면 어떻게 해"

"당신 애기 밭이 그만큼 좋은 탓이지 내가 만든 건가. 안 그
래?"

"애기 밭?⋯"

그건 진짜다. 한 녀석도 실패가 없었을뿐더러 산파도 필요
없이 힘 한번 쓴 것으로 그만이었다.

"우리 엄마는 아들이 흔한가 보다 용산 댁 며느리도 아들 낳
았다고 자랑자랑 하던디. 그런 말 당신도 들었겠지?"

"듣기는 했지."

"듣기는 했지. 말은 무슨 말이야?"

"무슨 바쁜 일이 있어서인지 애기만 받고 금방 밖으로 나가

셔서 좀 서운해지더라."

남편 강상민 말이다.

"서운했다고?"

"그렇지만 아들 낳았다고 어머님은 좋아하셨는데 서운하다만 했어."

"우리 애들은 감기도 있었는가 싶게 잘도 커 주었잖아."

"우리 인철이가 난 자랑이야."

"자-식 머리는 내 머리 닮아 가지고."

남편 강상민 말이다.

"자기 머리가 좋다고?"

"그러면 안 좋아? 고등학교에 들어가면 학생회장이 되려고도 했어. 당신 땜에 무산이 되고 말았지만."

"아이고….."

"그러니까 당신을 만나지 않았으면 장사꾼이 되지도 않았을 거여."

"그러면 장사꾼이 된 것은 내 탓?"

"장사꾼 된 것이 당신 탓일 수 있겠어? 그건 말도 안 되고. 얘기를 하면 할아버지께서 '너는 공부를 열심히 해서 훌륭한 사람이 되어야 한다.'고 하셨어. 그것도 정색하시면서."

"훌륭한 사람이 되는 말씀은 법관이 되라는 말씀 아닌가?"

"법관…?"

"훌륭하다는 말은 법관을 말하기도 해서"

"훌륭한 사람이 되라는 말씀은 그런 뜻으로 하셨겠지. 그러나 장사꾼이 됐잖아."

세상이 바뀐 오늘날도 법관을 우러러보려고들 한다. 당시를 살아본 사람들은 검사의 위력이 얼마나 대단했는지 알 것이다. 감방에 들어가도 하루도 안 되어서 나온다. 그것만은 아닐 것이나 검사는 이십 대 초반이어도 영감이다.

"법관이 되었으면 나는 아닐 텐데 억울하다는 생각은 안 들어?"
"무슨 소리야. 당신이 좋은데."
"그 말은 진짜로 안 들린다."
아내 장범순 말이다.
"사실을 말하는데 진짜로 안 들리다니. 어떻든 인철이 녀석이 태어났기에 우리가 이만큼인 거야. 당신도 인정할 테지만 말이여."
"우리 아들들은 자랑이기는 해."
"아들 자랑…?"
"아들자랑 남들 앞에서야 못하겠지만 그래."
"당시는 아찔했어."
"나도 마찬가지였어."
"느닷없는 임신이라는 말에 나는 이제 맞아 죽었구나. 했는데 장인어른은 '강 군은 오늘부터 내 사위인 거야.'라고 말씀해주셔서 나는 울어버렸어. 그랬다는 말 당신도 들어 알고 있겠지만 말이어."

"우리 아버지는 원래 화내시는 분이 아니시어."

기억이지만 맘에 안 들 때마다 나는 소리를 고래고래 질렀
다. 그랬지만 아버지는 그러지 말라고도 안 하셨다.

"이젠 추억이랄까 전날 얘기를 하고 있으나. 생각해보면 임
신을 시켰으나 걱정할 거 없다는 의미로 끌어안아 주시기까지
하셨잖아. 그러나 우리 아버지는 부화는 내신 것 같아."

"그래?"

결혼까지는 아직인 나이들이 결혼이라는 절차를 무시하고
낳은 장남 인철이로부터 수길, 민자, 소영, 호철 이렇게 다섯
을 두었다. 이렇게 다섯이나 둔 것이 누구에게는 많을지 몰라
도 몇 놈 더 있으면 좋을 뻔했다. 아무튼 남편 강상민에게 있어
가는 세월은 이미 쏘아진 화살 같다는 생각인지 아내 장범순을
보며 빙긋 웃는다. 아내 장범순도 알아볼 만큼.

"이 강 사장은 장범순 여사가 아니었으면 장사꾼이 아니었을
지 모르는데."

사실까지 말할 수 없어도 할아버지께서는 내가 아들 손주로
태어난 것이 좋기도 하셨지만 높은 공부도 해 강씨 문중을 움
직이는 사람이 돼야 한다고 당부 말씀도 하셨다. 그래서 장손
이라는 생각만은 지니고 있었으나 끝까지 지킬 수는 없어 엉뚱
한 벌였고, 조혼할 수밖에 없었고. 결국은 장사꾼까지 되었지
만 말이다.

"강 사장? 그러면 나는 장 회장?"

"장 회장이라니 뭔 소리어 장 여사이지."

"장 여사든 아무튼 지금이야 할머니라 아닐지 몰라도 그때는 내가 괜찮아 보였을까?"

"괜찮아 보인 게 아니라 그냥이여."

"그냥이라는 말은 예쁘지 않다는 건데…."

"예쁘기까지는 기억에 없고. 밉게 보이지는 않았어."

"말은 솔직히 해."

"솔직이여."

"나 장사하느라 안 꾸며 그렇지 꾸미면 지금도 괜찮지 않아?"

"그러면 예쁜 귀걸이도 좀 해봐."

"귀걸이?"

"그래, 귀걸이."

"아이고…"

"그렇지 않아도 말할까 했었는데 이제야 말하네."

"귀걸이 생각도 안 한 건 아니어."

"그래?"

"그렇지만 돈을 좀 벌더니 멋 부린다. 상인들은 그런 눈으로 볼 것 같아서."

"아닌 줄 알았는데 그런 깊은 생각도 있었네."

남편 강상민은 깊은 생각도 있었네, 하고는 실수라는 눈으로 아내 표정을 본다.

"여보~"

"아니어. 실수…."

아니나 다를까 이미 토해낸 말을 어쩌지 못하고 실수라는 말로 강상민은 얼버무린다.

"진짜가 아니면 다행이지만 깊은 생각이라는 말은 서운하다."

아내 장범순은 그동안 없던 화를 버럭 내다 사과한다. 남편 얼굴을 빤히 보면서. 이것도 나이 탓은 아닐까. 이를테면 이젠 남편이 없어도 살아갈 수 있다는 아내들 내면 말이다. 부부는 일심동체라고도 한다. 일심동체라는 말은 세상 떠날 때까지는 무슨 일이 있어도 함께하겠다는 부부로서의 의무감 말일 것이지만 말이다. 어떻든 나는 어쩌다 보니 남편 강상민을 보자마자 좋아졌고, 생각지 못하게 임신이 되어버린 바람에 결혼할 수밖에 없었다. 보물 같은 다섯 아들딸까지 두고 평화시장 점포를 독차지할 정도로 삶을 누리고 있지만 말이다. 이렇게까지는 남편 덕이라 아니하겠는가. 그런 말을 대놓고 말하기는 좀 그렇지만 말이다. 그래서 조금은 아닐지라도 남편에게 화를 내서는 안 된다. 아내 장범순은 그것을 잘 알면서도 허물없다는 핑계로 좀 쏘아붙인 것이 미안인지, 평상시 표정으로 돌아온다.

다른 사람들도 인정하리라 싶지만 내 남편은 남자다운 멋진 면도 있고 맘씨도 그만이다. 물건을 팔 때도 손님 요구를 거절하는 일이 별로 없다. 그렇게 장사하다 보니 소매상들은 더 많아지고 피복 도매상으로서는 큰돈이라면 큰돈까지 만지게 된 것이다. 피복 소매상들은 대체적으로 젊은 여성들이다. 그런 여성들이 아주 멀리서까지 찾아온다. 그래, 하던 장사를 그만 할 특별 사정이 없는 한 한번 단골이면 영원한 단골이다. 계산이 맞지 않으면 모를까 상거래상 거래처를 바꿀 필요는 없다 하겠다. 그렇기도 하지만 데이트라도 하고 싶은 남편 때문이라고 아니할 수 있겠는가. 남자로서 멋있게 생겼다면 다른 여자에게 빼앗길 위험도 있지만 말이다. 지금이야 그동안의 점포를 다른 사람들에게 세 내준 형편이지만 옷가게 시작 몇 년까지도 내 남편에 대해 신경이 많이 쓰였다. 다른 아내들도 그럴까 몰라도 물건을 사러 오는 여자들과 눈이라도 맞지 않을까 해서였다.

그러니까 물건을 고른다는 핑계로 내 남편에게 옷이라도 스칠까봐. 남편이야 그러는 내 맘을 모르고 장사에만 열중이었을 테지만 의부증일지 몰라도 그때는 그랬다. 나이가 되었으니 이제는 말해도 탈이 없겠지만 말이다.

모르는 여자들은 없을 것이나 영화배우로 최고로 달린다면 한번 품어보는 것이 로망으로 했다는 말도 들어서다.

"그때 일이 민망하기는 해도 생각해보면 당신은 나를 어떻게 해보겠다는 맘은 언제부터였어?"

남편 강상민 말이다.

"그런 말은 내가 할 말인데…."

"힘들기는 했어도 우리 전날로 돌아갈 수는 없을까?"

"그러니까 나이 땜에?"

"그러면 당신은 아닌 거야?"

"억울하진 않아도 이제야 생각이지만 생각을 해보면 우리가 돈만 버느라 나이 먹는 줄도 모르고 산 것 같네."

지금이야 자랑도 하고 싶으나 장삿길에 들어서기까지는 미성년일 때부터다. 지금이야 떠나서서 안 계시지만 아버지 친구 분이 다리를 놔주었던 장사다. 물론 아버지가 부탁한 일이기는 해도 '상민이 너 점원 생활 탈 없이 할 수 있겠냐? 잘못하면 심한 지청구도 듣게 될 건데' 기억도 남아 있다.

"다 지난 일이나 우리는 괜찮게 살아온 거네. 물론 장사에만 매달렸지만."

"그렇기는 하네."

"그나저나 한번 그랬다고 덜컥 임신까지냐. 결과적으로는 괜찮게 된 일이기는 해도 말이어."

"우리 아들 사랑한다."

녀석이 대학교수까지라니. 자랑도 하고 싶다. 임신은 남자의 씨로부터일지라도 임신 조짐을 왜 느끼지 못했을까. 임신이라는 신호인 입덧도 없었으니 말이다. 아내 장범순은 그런 생각에 젖어 있을까. 흐뭇한 표정이다.

"임신인 것이 부모님조차도 걱정이었는데 애기를 낳고부터는 그런 걱정은 다 풀린 거잖아."

"복덩이가 태어났다고 자랑까지 하시는 바람에 내가 이 애기 엄마요. 그런 맘이었지."

"우리 아버지도 좋아하셨지만 장인 어른은 얼마나 좋으신지 멀리 가는 게 아니면 늘 데리고 다니셨잖아."

"그것도 색동옷 입혀서?"

"색동옷은 우리 어머니가 첫 손주라 귀엽다고 만들어 입히신 것 같은데."

그렇다. 장모님이 키워주시기는 인철이만이 아니라 애기 모두를 키워주신 것이다. 그렇게는 학교 다니다 말고 애기를 낳아버렸으니 학교는 그것으로 끝이 되고 장사를 하게 된 이유이기는 해도 말이다. 학교를 그만두게 되었다고 빈둥빈둥 놀 수는 없어 평화시장에서 장사하는 아버지 지인을 통해 옷가게 점원으로 취직을 했다. 취직이 어렵지 않게 된 것은 우리 둘 다 손님을 끌 만한 점원으로 봐 그랬지 싶기도 하다. 평화시장 내에서는 인기가 있었기 때문이다.

"그런데 색동옷이 어떤 의미를 담고 있는지 알아?"

아내 장범순 말이다.

"당신은 알고?"

"나도 모르지, 모르는데 색동옷에 대해 아버지가 엄마한테 애기하시더라고. 옆방에서 들으니."

"옆방? 어느 옆방?"

"어느 방이겠어. 장가라는 형식을 취하고 나서 첫날밤 치렀던 방이지."

"당신도 좋으라고는 아니고?"

"아이고…."

"아이고는 무슨 아이고야. 사실이잖아."

"당신은 좋아했는지 몰라도 나는 그렇지 않았어."

"좋아하고도 아니라고 하면 어떻게 해."

"그렇게는 장가라는 이유 땜에 어쩔 수 없었는데."

"어쩔 수 없어서라니… 그건 말도 안 된다."

"아니야, 진짜야. 없는 말 아니어."

"그렇다 치고 색동옷 얘긴데 절간 중 애기인지를 알고자 머리를 쓴 것이 색동옷이라고 아버지가 그러시더라고."

"장인어른은 그렇다는 것을 어떻게 아셨을까?"

"우리 아버지는 한학을 하셨잖아."

"한학이 모든 것을 알 수는 없는데."

"그거야 그렇지. 아무튼 아시게 된 거겠지."

"그러니까 절간에서는 백일기도라는 엉터리 명분을 내세워 애기를 배게 한 건데 따지고 보면 잘한 거잖아."

"그러니까 칭찬…?"

"칭찬까지는 아니어도 어른들이 아이들에게나 써먹는 말인데 한다."

"잠자리 사실을 볼 수도 없는 둘만의 비밀이잖아."

"그래, 그런 일도 잘못이라 할 수는 없겠지만 여자에게만 있게 되는 恨이라는 시대적 정황상이겠지."

옛날에는 예쁜 여자가 내 앞에 누워있을지라도 수도만 해야 될 수도생활이다 그렇기는 해도 어쩌지 못하고 씨를 심어주어 낳게 된 아이를 일반 아이들과 구별하기 위하여 입혔다고 말하는 것 같다. 그것은 아마도 조선시대의 숭유억불정책(崇儒抑佛政策)에서 비롯된 풍습이었으리라 생각된다. 절간 스님들이 행한 일로 장가를 간 남자이기는 하나 애기 씨가 없어 아기를 낳지 못하게 되자 마침내는 여자들이 쌀 한두 말을 머리에 이고 수십 리 길을 걸어 산속에 있는 절간에 들어가 스님께 도움을 청했는데 스님은 다짜고짜 일 천배를 시킨 것이다. 그런 탓에 여자는 힘이 다 빠져 녹초된 상태에서 잠이 들었을 때 스님은 실례를 좀 하겠습니다. 한 것이 임신이 된 것이다.

여자는 그런 줄도 모르고 다음 날 내려오는데 주지 스님 말씀 '아이를 낳으면 색동옷 입히시오.' 한 것이 색동옷의 유래라는 말도 있다. 그러니까 나중에 시주하러 동네에 내려갔을 때 자기의 핏줄이 얼마나 있는지 확인하려고 한 것이다. 사실일 것으로 보기는 무리이겠으나 그랬을 가능성만은 매우 높다. 그것은 백일기도는 남자는 하지 않고 여자들만 했기 때문이다. 이것을 스님들 잘못이라고 말할 수는 도저히 없다. 남편이지만 애기 씨가 없다면 남편이겠는가. 때문에 애기를 낳을 수 없음에도 그 책임은 아내가 다 져야 해서다.

애기를 못 낳게 되면 가치 없는 여자일 수밖에 없다. 애기를 못 낳지 못하는 것은 남편 탓이지만 그것은 무시당한 채 쫓김을 당한다. 남편으로부터 내쫓김은 당했으나 그래도 죽을 수는 없어 먹고는 살아야 해서 주막집 여자로까지 전락하게 된다. 그러니까 임자 없는 여자라고 뭇 남성들로부터 짓밟힘을 당하게 된다는 것이다. 그런 애처로운 아녀자를 스님은 구해준 일로 비난이 아니라 표창할 일이지 않은가. 이 같은 문제에 있어 따지고 보면 누구의 씨냐는 그리 중요하지 않다. 어떤 인물로 키우느냐가 중요하지. 우리는 한을 말한다. 한恨은 '내 잘못이 아닌데 억울하다.'는 의미로 이런 억울함은 앞에서 말한 아녀자들의 억울함이다. 그러면 아녀자란 또 어떤 의미의 말인가. 아녀자란 인간으로 무가치한 사람이라는 뜻이다. 물론 전날에서도 불쌍해 보이는 여자에게나 해당이 되는 저급한 말이기는 해도

"우리 아버지는 진짜 어르신이었어."
"그래, 장인어른이 계셔서 우리가 있다고 나는 생각해."
장인어른, 장인어른께서는 말썽부린 이 강상민을 보자고 하신다 해서 아버지 어머니랑 찾아가 무릎을 꿇었을 때입니다. '고개 숙이지 말고 고개 들어 봐. 상민이에게 야단만 칠지 말이야' 그러시면서 꼭 껴안아 주신 일 어찌 잊겠습니까. 어제 일처럼 기억하는데요. 장인어른께서 그렇게 해주신 바람에 저는 잘 살아보겠다는 용기가 생겨 지금은 부자까지는 아니어도 다른 사람이 부러워할 만큼 재산도 모으고 살아갑니다. 물론 애들도 그만하면 잘하고 있고요. 생각해 보면 중매가 필요 없었고, 봐

야만 했던 궁합도, 결혼식 날짜 길일인지도 다 무시할 수밖에 없었지만 말입니다. 애들은 고맙게도 서로 챙기며 잘들 살아갑니다. 장인 장모님이 묘지에 계시지 않고 살아계신다면 얼마나 좋아하실까 싶습니다. '그래, 그때는 당황했고 난감했었다.' 그러시면서 증 손주들을 안아 주시기까지요.

"그래서 말인데 우리 큰맘 한번 써도 될까?"
아내 장범순 말이다.
"큰맘⋯?"
"아니, 우리가 돈 더 벌지 않아도 애들 시집 장가도 다 보낼 정도가 됐잖아. 그래서지."
"그렇기는 하지."
"그래선데 우리가 받는 점포 월세를 좀 낮춰주면 어떨까 해서."
"좋은 제안이다."
"좋은 제안이면 언제쯤?"
"그거야 날짜를 미룰 필요 있겠어. 생각이 난 김에 다음 주에."

월세를 낮추자는 제안은 아내가 했으나 강상민은 점포를 내준 입장에서 점포 세입자를 모두 불러 모은다.

갑작스레 모이시라고 해서 우선 미안한 말씀부터 드립니다.

다름이 아니라 지금 내고 계시는 점포 월세를 조금 낮춰드릴까 합니다. 큰돈은 아니나 저는 밥은 먹을 만큼 돈을 벌었다고 할까, 그래서입니다. 돈을 벌면 자신만을 위해 써서는 안 된다고 장인어른이 하신 말씀이 생각나서이기도 해서입니다. 아무튼 좀 늦은 감이나 일괄적으로 일백만 원씩을 낮춰드리는 것입니다. 그러니까 당장 이달부터입니다. 생각해보면 말할 것 없이 평화시장 여러분들이 저를 키워주신 것입니다. 그러니 점포를 늘리고 싶으나 돈이 부족하시면 말씀하십시오. 많이는 어려울 것 같고 1억 원까지는 빌려드릴 수 있습니다. 물론 무이자는 아니나 은행 이자보다 낮게요. 이렇게는 아내가 제안한 일이기도 해서입니다. 모두 부자들 되십시오. 그리고 정성으로 만든 음식이라야 할 건데 그렇지 못함을 이해하시고 맛나게나 드십시오. 감사합니다.

"말은 잘했는데 마누라 칭찬 말까지는 하지 말지 그랬어."
"당신이 제안한 거잖아."
"그렇기는 해도 민망하잖아."
아내 장범순은 점포 상인들 저녁까지 사주고 나서 하는 말이다.
"그래, 우리가 그동안 돈만 버느라 옆 사람도 안 본 것 같다."
"돈을 벌려면 옆 사람도 안 보는 게 정답 아니야?"
"그렇기는 해도…."
"그렇기는 해도 아니라 세월이 많이 간 게 아쉽다."

남편 강상민 말이다.

"젊음이 가버려서?"

"아니야. 그런데 당신은 생일이 늦은 남편이라고 생각하는 건가?"

"아니, 지금 무슨 말 하고 싶어 엉뚱한 말을 꺼내는 거여?"

"아니어. 그냥이어."

"아니라고 하고 싶은 말이 있으면 해봐."

"그러니까 앞으로 여성시대는 올까?"

"그거야 알 수는 없으나 점포 세 문제를 과감히 제안한 당신을 보면 여성시대인 것 같은데."

"그건 내 안이고, 발표는 누가 했지?"

그래, 남편으로부터 시달림을 받는다면 그런 생각을 할 수도 있겠지. 그러나 나는 가정경제권을 쥐고 있다고 해야 할까. 어림없는 생각이지만 그렇다.

"이게 부부라는 짝꿍 아니야?"

"그렇기는 해도 엉뚱한 생각일지 몰라도 남자는 높임을 받아야 하고 여자는 하대를 받게 되는지여."

"그런 말은 나를 위하자는 말인 건가?"

"그거는 아니고, 아들 달라는 기도는 있어도 딸 달라는 기도는 없어서지."

"그런 것은 궁금하지도 않고, 그랬느냐고 묻지를 않아 모르기는 해도 우리 친정아버지도 내가 아들이기를 바라셨을 거야."

"처남들이 없어서?"

"그걸 말해 뭘 해."

"이제야 생각이나 외손주이기는 해도 장인어른은 아들 손주라 좋아하셨을 거야."

"그러셨을까?"

"아들 손주는 어디 할아버지들만 좋아하는 게 아니잖아. 할머니들도 마찬가지지."

"지금까지를 보면 언제부터일까?"

"궁금하기는 한데 그렇다고 누워만 계시는 장인어른에게 물어볼 수도 없고…."

"아버지, 사위가 말하는 궁금증입니다."

"아이고…."

"아이고는 무슨 아이고 여."

생각을 해 보면 그것은 당신 생각만이 아닐 거여. 한참 후에서야 느껴지기는 했으나 바라던 아들은 못 낳고 딸만 낳으신 엄마와 아버지 표정을 보곤 했다. 당연히 있어야 할 아들이 없다는 이유인지 웃음이 없어 보이는 친구 아버지 어머니를 봐서다. 이런 문제에 있어 어느 민족이든 아들이라는 가치는 높이 평가나 딸이라는 가치는 낮게 평가다. 그 이유는 뭘까를 보면 무거운 짐 나를 노동력? 아니면 성경에서 말하는 창조론? 그래, 언제부터인지 몰라도 여자혈통을 고수하는 유대민족도 있기는 하다.

"근데 애기 낳기는 여잔데 대접 평가는 남자일까?"

"그러니까 여자로 사는 게 억울하다는 건가?"

"억울하다는 게 아니라 여자가 남자보다 수고가 많은데도 대접은 아니어서지."

"나는 그렇게 생각 안 하는데."

"남자는 나 몰라라 하고 도망가버리면 그만일 수 있겠지만 여자는 어림도 없잖어."

"논리를 너무 멀리까지도 편다. 어떻든 말이 되네. 떼버리면 몰라도 몸에 지니고 있을 수밖에 없어서."

"억울한 게 다 말하자면 한도 끝도 없겠지만 말이 나와서 생각이지만 남자는 큰소리쳐도 되고 여자의 목소리는 울을 넘으면 안 되는 거 말이어."

"우리 집은 안 그런데…."

사실이다. 나는 남편이기는 해도 어려서부터 순종적이었다. 엄한 가정에서 성장은 아니었으나 아버지는 할아버지에게 하신 효孝를 보고 자랐기 때문일 것으로 보인다. 그러니까 세상 거친 풍파도 겪지 못했다는 것이다. 오늘날이야 아니나 얼마 전까지만 해도 착한 것이 미덕이었다. 이런 문제에 있어 부모들에게 말해둔다. 착함과 선善함을 혼동하지 말라는 것이다. 말하지만 착함에서는 발전이 없다. 엄마 젖 오래 물고 있는 건 주로 늦둥이들이다. '엄마로서 미안하다만 군대는 네가 가는 것이지 엄마가 군대에 가는 게 아니다. 잘 다녀와라.' 그리만 하면 아들로서 남자로서 용기백배일 듯하다.

군대는 남자로 키우는 용광로다. 인간을 동물들과 비교할 수는 없어도 인간도 잡아먹고 잡아먹히는 동물과 같다. 아니할 수 있겠는가. 그래서든 남자는 여자와 달리 용감성이 필요하다. 그러나 용감성은 생각으로 주어지는 게 아니다. 견디기 힘든 고난에서 나온다. 그래서 휘몰아치는 눈보라를 맞아보게도 하라는 것이다. 선진국부모들마다는 아닐 것이나 생각이 깬(지혜) 부모들은 자식들에게 고생을 일부러 시키기도 한다지 않은가.

그래서 말이지만 늘그막에 힘들게 살기 싫으면 용감한 아들로 키워내라. 그게 만고의 진리다. 삶에서 성공이란 뭔지 아마 모르는 사람 없을 것이나 생사를 걸다시피 많은 것을 쏟아부은 결과물이다. 성공 결과물 뒤에는 누가 있겠는가. 성공으로 이끈 선한 사람도 있겠으나 근본은 당연히 부모다. 그러니 응원만 해주어라. 그래서든 착각하지 마라. 얼마든지 그만일 수 있는 효(孝)는 자식의 몫이고 도리(道理)는 부모의 절대적 의무다. 그런 절대적 의무를 부모로서 지키지 못했다면 미안하다는 생각이라도 가져라. 설명까지 필요하겠는가마는 인간세계에서 부모는 어디까지나 보호자일 뿐이다. 남편 강상민은 그런 생각도 했을까 몰라도 그동안 없던 표정을 짓는다. 물론 멍청이가 아닌 아내도 모르게.

"아니라는 말은 마누라가 큰소리친다는 건가?"
"듣고 보니 틀린 말은 아니네. 그래도 애들로부터 대접은 엄마가 더 받잖아."

"대접은 엄마가 더?"

"엉뚱한 말로 들었다면 아들이라는 녀석들은 바쁘다는 핑계를 댈 테니 딸들이나 불러. 점심이나 먹게."

"지네들도 바쁠 텐데…."

"그러면 시간이 되면 보자고 하던지."

"그러고 싶기는 한데 애들한테 전화하기도 여간 부담스러운 게 아니네."

"당당한 엄마인데도?"

"당당하다니 그건 말도 안 된다."

"말이 안 되다니. 말이 되지."

남편 강상민은 다른 말까지 해서는 곤란하다는 표정까지 짓는다.

"부탁을 들어준 것 뿐이기는 하지. 애들이 들으면 서운해할지 몰라도 정성으로 키워낸 엄마라도 그러네. 지네는 아닐지 몰라도."

사실이다. 쉽게 말해도 될 자식들이지만 기다리지 않은 전화는 모두가 귀찮은 전화다. 그것을 엄마 장범순도 잘 안다.

"아이고…. 슬프다."

"슬프다가 아니여, 사실이여."

"마누라가 슬퍼지면 안 되는데 야단이네."

"야단?"

"다른 사람도 아닌 어디까지나 내 아낸데…. 허허…….'"

남편 강상민은 아내 장범순을 달래보려고 한다.

"뭐, 내 것?"

"틀린 말은 아니잖아."

"그래 틀린 말은 아니기는 하지. 암튼 내 것이고, 네 것이고 우리는 다섯 남매를 두었잖아, 자랑도 하고 싶은….."

부모로서의 자식은 어떤 존재인가. 설명까지 필요 없이 보물 그 자체다. 그러나 아들은 없고 딸들만이면 힘이 없다. 그것을 안다. 그래, 어떤 사람은 아들 같은 사위라고 자랑해도 말이다. 아무튼 남편으로서 부족하다 해도 남편을 위해야 할 나는 강상 민의 마누라다. 그렇지만 무슨 일에든 기죽을 필요도 없이 살 아간다.

"그래, 우리가 그렇게 살아오면서 옆 사람 쳐다보기는 했을 까?"

"왜, 누구 도울 맘이 있다는 건가?"

아내 장범순 말이다.

"우리는 돈 버는 데만 살아온 것 같아서."

"그렇기는 하네."

"생각해보니 애들은 신경 안 쓰게 잘도 커 주어 고마운데 말 이여."

"이젠 애들에게 한마디 해줄 나이인데, 생각을 해봐."

자식들이 사회생활 잘잘못은 부모의 책임일 수 있다. 그래서 부모는 잘해보라는 용기를 불어넣어 주는 것이다. 그러니까 부 모는 돈을 물려줄 생각부터 버리라는 것이다. 그런 정도의 상식들은 다 가지고 있을 테지만 생각처럼 안 되는 것이 자식들에게 물려줄 재산일 것이다. '너희들과 나는 혈육 관계이지 물질적 관계가 아니니 그런 줄 알아야겠다. 장사를 할 거면 부모를 생각하지 말고 해라. 그래야 장사에 성공할 수 있기 때문이다.' 대기업을 물려줄 큰일 말고는 부모들은 진리로 알면 한다. 단호하게 말이다. 그렇지 않고 부모 돈으로 사업을 해서는 많이 버텨봐야 삼 년이란다. 부모 재산만 없애는 게 아니라 개인 신상문제까지다. 이 강상민은 기필코다.

"자기 지금 무슨 생각을 했어?"

"장인 장모님 산소에 왔는데 다른 생각을 했겠어. 세상 물정 모를 때이기는 해도 두 분을 힘들게 했던 일이 생각나서."

"그래?"

"그때 난 말이야. 당신 아버지가 몽둥이를 들고 계시지나 않을까 해서 다리가 후들후들 떨리더라고."

"당신 아버지?"

"내가 왜 이러냐. 실수⋯."

"실수?"

"그래, 실수."

"실수라고 했으니 오늘은 봐준다. 오늘만이다!"

"아이고⋯."

"어떻든 그래서 고개도 들지 못한 건가?"

아내 장범순은 남편 표정을 보면서다.

"그랬는데 고개를 들라고 하시더니 나를 껴안으시는 거야."

"울더라고 하던데. 그래서 운 건가?"

"그때 내 나이가 몇 살 때이지?"

"너무 어린놈이 일을 저질러서?"

"어린놈…?"

"어린놈이라는 말은 잘못했다. 미안해."

엉뚱한 일 저지르기는 당신과 쌍방이지만 사회통념상 나는 여자라 피해자로 봤을 테지만 남편은 남자라 가해자로 봤을 테다. 그래서 본인도 인정 안 할 수 없는 일인데 어찌겠는가. 가정에서는 부모님이 하시는 일 눈여겨보지도 않았을 갓 여섯 살밖에 안 된 어린놈이 말도 안 되게 애기 배는 잘못을 저질렀으니 말이다. 삼강오륜을 가르치지 않는 오늘날이기는 해도 남자로서 임신인 것을 알게 되면 낙태 비용까지 주어 낙태를 시키라고 할 것이나 그렇게 할 사정이 못 된다면 애기를 낳아 고아원으로 보내졌을 아찔한 생각이지만 그렇게 해서 남의 집으로 보내진 아이들은 어른이 되고 시집 장가도 들어 자식을 낳고 손주들도 두고 종국에는 할아버지 할머니가 될 것이다. 가문의 혈통을 따질 수도 없는….

"생각이지만 우리 아버지는 많이도 걱정하셨을 거여."

"걱정하시는 표정 보기는 했고?"

"내가 생각을 해 봐도 너무도 무서운 일인데 아버지 표정까지 볼 수 있겠어."

"우리 아버지도 놀라셨을 거야."

"그런데 야단맞지는 않았어?"

아내 장범순 말이다.

"야단…?"

"그래."

"우리 아버지는 당신도 인정하겠지만 본시 호남 성격이잖아. 그런데 왜?"

"나야 예쁘잖아. 그래서지."

"고운 게 아니라 예쁘다고?"

"고운 거, 자기는 인정하는 건가?"

"자기라는 말은 애기가 없을 때 써먹는 말이잖어. 그래서 말인데 호칭을 강 사장이라고 하면 좋겠다. 님 자를 붙이기까지는 아니어도. 암튼 인정 못 할 이유는 없지만 곱다는 말 본인이 하는 건 좀 이상하다."

"인정한다는 말 진짜지?"

"진짜지? 말 묻는 건 아니다."

"그런 말 딴 데서 하겠어. 우리끼리라 하는 거지."

"우리끼리?"

남편 강상민 말이다.

"그러니까 우리가 평화시장에서 5남매까지 낳고 남부럽지 않은 삶이나 아직도 그냥 살아간다는데 미안도 해져."

"그러면 괜찮은 생각이라도 했다는 건가?"

"괜찮은 생각이라기보다. 점포세를 낮춰주었으니 점심도 만들어주면 해서이지. 물론 날마다는 못해도."

"괜찮은 생각이나 음식솜씨는 있고?"

장사만도 바쁜데 음식솜씨까지는 어려울 것 같아서다.

"음식솜씨야 배우면 되는 거지."

"우리가 반찬 만들어 먹을 시간도 없었는데 이젠 기대해도 될까?"

"미안하네. 하늘 같은 남편 씨를."

"젊어서야 없어 못 먹지만 나이 먹어서는 입이 까다로워진다고 하더라고."

"그러니까 지금 말이 반찬 맛이 없다는 거 아녀?"

"알았어. 한번 만들어 볼 테니 맛나게나 먹어줘."

"그거야 두말하면 입 아프지. 문제는 맛이야."

"맛있게는 재료가 아닐까?"

"재료보다 간이지."

"사실은 재료보다 간 맞추는 게 어려울 것 같기는 하다."

가정 행복에 있어 입맛만이 아니다. 음식은 아내가 만들고 숟가락은 남편이 놓고, 아이들은 우르르 달려오고 생각만 해도 얼마나 행복한가. 아내들은 다른 말할지 몰라도 가정의 행복은 아내가 정성스럽게 만들어주는 음식으로부터이다. 한 상에 둘러앉은 가족이 무슨 얘기를 나누게 되겠는가. 밥숟가락은 아버지가 먼저 드는 등 가정의 질서도 이루어지게 될 게 아닌가. 고고한 철학자의 말보다 훨씬 높은.

"우리가 언제부터 평화시장 상인이지?"

남편 강상민 말이다.

"그거야 우리 인철이가 태어나고 곧바로잖어. 그건 왜?"

"그러면 반세기가 넘은 거네?"

"반세기…?"

"아이고. 반세기라… 평화시장 상인은 점원으로부터고 엊그제 같은데…."

"서글퍼?"

"서글픈 게 아니라 인생무상이라는 거지."

인생무상이라는 말은 돈 버는 데만 열중했을 뿐 가치 없이 살았다는 허무의 토로다. 그려. 어느 누군들 삶을 가치 있게 살았겠는가마는 진정한 의미에서 고맙다고 말하는 사람이 없거나 많이 부족하다면 인생을 허투루 산 것이라고 해야 하지 않겠나. 돈 많은 사람을 두고 하는 말이지만 말이다. 부모로서 물려줄 것이 있다면 물질이 아니라는 말 책으로는 수도 없이 듣게 된다. 그러나 안타깝기는 가르치려 드는 사람만인가 싶다. 곧 불교에서는 자비라는 말을, 기독교에서는 사랑이라는 말을 가장 많이 하고 절대적이기도 한다. 그러나 그런 말은 생각해볼 필요가 있다. 상대가 인정해주지 않으면 되레 피해가 되는 말이기 때문이다. 표현까지는 아니어도 고맙다는 생각.

"이젠 장사에서 손을 뗐으니 '어서 오세요!' 그런 말이 필요 없게 되었지만 생각해보니 그동안 선한 척 많이 했네."

아내 장범순 말이다.

"말이 나와서 말인데 상대가 고맙게 여기지 않은 선한 척은

지옥 감 아니어?"

"지옥 감이라는 말은 너무 나간 말이다."

"그렇기는 하네."

"철학 공부는 안 했으나 모든 생물마다는 이기심으로 뭉쳐져 있는 것 같아."

"그것은 나도 인정해. 우리 애들만 잘되라고 했으니 말이어."

"아니, 우리 애들만 잘되라고 했다고?"

"결과적으로 그랬다는 거여. 빌었다는 게 아니라."

"아무튼 애들은 탈 없이 커 주었고 걱정 안 할 만큼이니 이젠 나이 먹은 값도 해야 할 게 아니어."

"나이 먹은 값이란 게 뭔데?"

"그런 얘기는 집에 가서 하게 자리 걷어."

강상민은 앉았던 자리만 아니라 근방에 버려진 것들을 죄다 줍는다. 남자는 단정 해야 한다는 것을 할아버지 때부터 습관이겠지만

재일교포 여성과의 러브레터

*

"이 블라우스가 맘에 드는데 비싸지요?"

예쁜 재일교포 여성의 말이다.

"안 비싸요. 그런데 혹 일본 분…?"

"아니, 제가 한국인으로 안 보이세요?"

"그러면 제 직감이 맞는 건가요?"

"잘 보셨어요. 한국인이 아니에요."

"그러시면….."

"예, 재일교포예요."

"그러시군요. 아이고. 몰라뵀습니다. 아무튼 반갑습니다."

강수철은 여간 예쁘지 않다는 맘의 말이다.

"그런데, 너무도 멋지신데 저에 대해 궁금한 게 있으시면 뭐든지 말씀하세요."

"아니에요."

"그러면 명함 있으세요?"

"제 명함이요?"

"예."

"저는 보시다시피 누구라고 알릴만한 일이 없어 명함은 없는데 미안합니다."

"명함 없으시면 이건 제 명함이어요."

"아이고…. 감사합니다."

재일교포 여성으로부터 받게 된 명함은 배우지 않은 일본글자다. (おさないみえこ)

"일본글자라 아실지 모르겠습니다."

"일본 글을 못 배웠어요. 그런데 말씀을 들으니 일본에 사시기는 해도 한국 이름은 있지요?"

"한국 이름은 주순희이어요."

"아, 그러시군요. 알겠습니다."

강수철은 명함을 한참 보더니 보인 지갑에다 곱게 둔다.

"이 블라우스 좋은데 싸 주세요."

강수철은 재일교포 여성이 싸달라는 블라우스를 직업적 솜씨에다 정성을 더해 싸준다.

"그리고 또 와도 돼요?"

멋진 남성 앞에서 왜 아니겠는가마는 재일교포 주순희는 강수철이가 너무도 멋지다.

"당연하지요. 또 오시면야 환영이지요."

"명함이 없으시다니 전화번호 한번 적어주시겠어요? 물론 주소도요."

"아예, 잠시만이요."

서울 종로구 종로 266. 동대문종합시장 내 강수철은 동양섬유 의류부자재레이스 2272-○○○○ 글씨체도 남자답게 써서 오사나이미에코에게 내민다.

"아이고 감사합니다. 바쁘신데 별거 다 부탁해서 미안합니다."

"아니에요. 찾아주셔서 감사할 뿐입니다."

"감사는 제가 해야지요."

재일교포 오사나이 미에코와 평화시장 의류상가 점원일 수도 있는 강수철은 상거래상 일상적 얘기가 있고 이 주가 못 되어 편지가 오가기 시작한다. 눈이 맞은 청춘남녀의 전형적이라고 해도 되겠지만.

강수철 씨 잘 계시지요? 평화시장 구경에서 우연이라고 할 수는 있겠으나 강수철씨는 제 맘을 편지까지 띄우게 됩니다. 그런데 정성스럽게 싸주신 블라우스 잘 입고 있어요. 블라우스를 입은 모습을 보여드리지 못해 아쉽기는 해도 어울리는지 친구들이 어디서 구했냐고 묻네요, 그래서 한국 평화시장에서 구했다고 자랑도 해요. 아무튼 잘 입을게요. 고마워요. 그러나 고맙다는 맘이 현실이 돼야 한다는 맘은 절실해요. 그래요, 저의 형편을 조금 말한다면 재일교포 3.5세대라고 할까 아무튼 그렇고, 할아버지는 태평양전쟁 얼마 전부터 사시게 되었고,

생계상 식당업에서 요식업까지입니다. 물론 저는 손주일 뿐이지만 말이요. 부모님 얘기에 의하면 일본 거주 초창기는 많이도 어려웠다고 합니다. 말도 통하지 않고 생활문화도 달라서요. 편지이기는 해도 실례가 될지 몰라도 강철수씨 나이는 어느 만큼인가요. 제 나이는 내년이면 부모님이 결혼을 원하시는 스물네 살이어요. 오늘은 이만큼만 인사드릴게요.

오사나이 미에코

아이고, 생각지 못한 편지를 받았네요. 주신 편지 때문에 밤잠도 설쳤어요. 물론 주소를 물으셨기에 혹시나 기다려지기는 했지만. 아무튼 블라우스 잘 입으신다니 피복 점포운영자로서 기분이 여간 좋습니다. 그래요, 저는 5남매 중 둘째이고, 제 나이는 오사나이 미에코보다 한 살 더 많아요. 형은 스물셋에 결혼을 해 딸 둘을 두었어요. 그래서 부모님은 장가를 얼른 들었으면 하시는가 봐요. 장가를 부모님 생각에 맞춰드린다는 건 말도 안 되나 부모님 생각을 무시해서는 안 되겠지요. 한국 남자로서의 군 복무도 마쳤어요. 그러니까 해외 나가도 된다는 거지요. 그건 그렇고 점포 실질적 운영은 부모님이고 저는 점원이라고 해야 할지 일단은 그런 사정이어요. 엉뚱한 말 같지만 오사나이 미에코 같이 예쁜 여성이 나타나면 장가를 가야지요. 그래서 부모님은 걸어가는 예쁜 여성을 관심 두고 보실 것은 여쭤보지 않아도 분명해요. 군대를 갔다 온 다음 장가 들게 하고 분가를 시키는 게 한국 가정 문화예요. 그래서든 부모님은 제가 살아갈 집도 마련해 놨어요. 장가가기까지는 해도 점포관리를 잘해야 해서 돈 쓸 곳은 없으나 그런 용돈은 부모님 허락 없이 쓰기는 해요. 장가들게 되면 제 몫도 주시겠지요. 제 얘기를 오사나이 미에코에게 다 말하기는 창피하나 저는 형처럼 공부를 잘못해 유명대학을 못 다녔어요. 그렇기는 해도 어디까지나 아들인데요. 공부가 장래를 보장하지는 않겠지만 그래요. 저는 오사나이 미에코가 좋아요.

강수철

저도 강수철씨가 좋아요. 그래서 문장력은 부족하나 편지를 띄워드린 건데 답장을 주셨네요. 고마워요. 저는 강수철씨를 보고부터는 거울도 봐요. 강수철씨에게 어울릴 얼굴인지요. '오사나이 미에코 너, 한국에 다녀오더니 전날과 다른데 애인이라도 있는 거야' 우리 어머니는 그러셔요. 편지를 띄웠다는 사실까지 말 안 했어도 알아들으실 만큼은 말했어요. 한국남성을 좋아하게 됐다고요. 친인척은 아니나 건너 마을부부는 한국남성과 맞나게 살아요. 우리처럼 서로 좋아해서 결혼했는지 몰라도요. 어울리지 않은 엉뚱한 말이나 일본 여성들은 이혼이라는 무기가 없어요. 없다기보다 드물어요.

오사나이 미에코

아이고, 편지를 또 주셨네요. 고마워요. 우리가 이런 편지만 주고받을 게 아니라 한 테이블에 앉아 차라도 마시는 기회가 곧 있으면 좋겠네요. 그런데 저는 일본을 너무도 몰라요. 미안한 말이나 우리 대한민국이 일본식민지였다는 말만 들었을 뿐인데 이런 문제에 있어 일본인들 감정은 어떤지 궁금해지네요. 그러니까 공부를 못한 일본문화에요. 오사나이 미에코님께서는 한국문화를 아시는지 몰라도요.

강수철

 다른 물음도 많을 텐데 아무튼 저도 잘 모르는 일본문화를 물으셨네요. 그런 물음은 당연하지요. 그러나 저는 대학을 나왔고 연애할 나이이기는 해도 사회초년생입니다. 그래서 일본문화를 여기에서 말하기는 어려울 테니 일본문화는 오셔서 체험하시는 것이 좋을 듯합니다. 아무튼 제가 배운대로 조금만 얘기한다면 당연할지 몰라도 일본 남성들은 외국 여성을 받아들이지 않으려는 문화인가 싶습니다. 물론 저개발국 여성들이기는 하지만 말이요. 저개발국이라는 말은 잘못이나 마땅한 말이 떠오르지 않아 한 말이니 오해는 마십시오. 그리고 제 생각이지만 일본인들은 섬나라에 갇혀 있다는 느낌입니다. 결국은 항복이라는 백기를 들고 말았으나 세계전쟁을 일으킨 이유도 거기에 있다고 저는 생각해요.

오사나이 미에코

 그렇군요. 일본 남성들은 그렇지만 한국 남성들은 저개발국 여성들을 아내로 삼는 경우가 적지 않습니다. 그러니까 생활 형편이 안 좋아서든 장가시기를 놓친 농촌 남성들이라는데 안타까움이라면 안타까움입니다. 그런 안타까움에서 다행이라고 할까. 기대되는 아들을 낳아 좋아했지만 운명의 장난인지 몰라도 사랑하는 아들을 데려 가버린 바람에 결국은 자살이라는 극단적 선택을 하고 말았다는 말도 듣습니다. 그래서 국가적으로도 부자가 되고자 몸부림이 아닐까 합니다. 그런 몸부림이 인간의 삶을 좌우해서는 안 될 것이나 그렇습니다. 아무튼 오사나이 미에코 나 저나 러브레터를 주고받는 신세대입니다. 여기서 한 가지 궁금한 것은 한글을 예쁘게도 잘 쓰셨는데 한글을 배울 수 있는 일본학교 제도입니다.

강수철

아니에요. 한글을 예쁘게 쓰기는요. 그 정도는 누구든 쓸 거요. 아무튼 칭찬해주시니 고마워요. 그래요, 일본교육제도는 민주적이라고 할까 자유입니다. 그래서 한글을 배우기는 조총련 학교가 있어요. 한글을 꼭 배우고 싶어는 아니나 아버지께서 보내준 학교가 바로 조총련 학교에요. 얘기만 듣고 있지만 그래요. 그리고 할아버지 고향은 북한에서도 개성이라고 하시네요. 그래요, 삶에서 고향이 그리도 중요한지는 몰라도 자주는 아니나 할아버지께서는 고향 얘기를 하셨고, 눈물도 흘리셨다는 것 같네요. 개방된 일본정치 환경에서 조상들이 묻혀있기도 한 고향에 못 갈 이유는 없으시겠으나 오래전부터 벌여 놓은 요식업 때문에 맘만 인 것 같습니다. 저의 가정사까지 말해도 될지 몰라도 우리 아버지 한 분이어요. 아버지 위로 고모가 세 분이 계시기는 해도요.

오사나이 미에코

그러시군요. 오사나이 미에코씨 고모가 세분이면 고모부도 당연히 세분이실 건데 고모부님들끼리 한국 사위들처럼 정치 얘기도 하는지요? 그렇게 말하기는 이상한 생각일지 몰라도 사위가 많은 집안 사위가 되었으면 해서요. 가정에서 사위위치는 밥값이나 낼 위치이기는 해도요.

강수철

아이고, 제가 형제 중 몇째라고 말 안 했군요. 미안하지만 저는 삼남매 중 혼자만 딸입니다. 그래서 강수철씨가 사위이실 경우 정치 얘기할 대상이 집안에서는 없을 건데 그런 점에서는 안심하셔도 될 겁니다. 들은 얘기지만 한국 남자들은 정치 얘기를 대단한 지식이나 되는 듯한지요? 물론 무슨 말이든 말을 자주 해야 한다고 생각하지만요.

오사나이 미에코

그래요. 삶에서 말은 아주 귀중하지요. 그래서 가치가 없는 말이기는 해도 저 말 잘해요. 평화시장에서 보셨겠지만 듣기 좋게 말은 못 해도요. 손님으로부터 듣게 된 얘기이지만 행복하려면 언어 소통 부부가 되어야 한다고 하데요. 그러니까 세상을 배우기는 학교 공부가 아니라는 것이지요. 그러나 배워야 할 것이 너무도 많아요. 그런 점에서 한국 연예인들은 일본 무대에 진출하지만 한국 무대에서는 일본 연예인들 활동은 안 하는 것 같아 궁금해요. 한국은 자랑스럽지 못하게 노벨상이 하나도 없어요. 그런데 일본은 노벨상을 28개나 수상했다고 되어있네요. 선진국들과 어깨를 나란히 하고 싶은 한국 사람으로서 부럽네요.

강수철

한국도 노벨상이 주어질 날이 곧 올 것으로 믿어요. 강수철 씨가 선두에 서면 말이요. 그래요. 일본이 노벨상이 많은 것은 조상이 심어놓은 전문성을 오래토록 지닌 이유라고 저는 생각해요. 한국인로서 자존심 상할 일이겠지만 서울에 도서관이 몇 개뿐일 때 도쿄는 오백여 개나 있었다고 하데요. 그게 사실로 여겨지기는 일본 여성들 핸드백은 책이 들어있어야 한다는 것이 일본문화이어요. 그런데 한국 여성들 핸드백은 화장도구 시시콜콜한 수다만 들어있다고 비하 말을 해요. 강수철 씨를 좋아하는 맘 상하게요. 강수철 씨도 인정하겠지만 학교라는 스펙은 발전을 가져다 줄 수 없는 가치 없는 것들로 보면 됩니다. 그렇게 말하기는 하버드대학교 출신이니, 도쿄 대학 출신이니, 서울 대학 출신이니 그런 명칭이 자기 발전에 무슨 가치가 있겠어요. 필요가 있다면 취직이력서나 필요할 뿐이지요. 개인적으로 자랑이겠지만 반대로 바보라는 의미기도 하는 국가가 매겨주는 표시일 뿐입니다. 그러나 책은 세상 경험이 아니요. 간접경험 말이요. 그런데 한국인들에게 눌리는 게 있는데 연예계 활동이요. 시대가 바뀐 현대에서의 발전은 지식만으로는 부족할 건데 말이에요.

오사나이 미에코

오사나이 미에코 인정합니다. 그런데 저는 여자분들을 고객으로만 보았습니다. 그동안 그러다 오사나이 미에코를 고객이상으로 보게 된 것은 왜일까요. 궁금하나 해답이 나오질 않아요. 이런 문제에 있어 교육과목으로 선택해도 괜찮을 것 같다는 생각이 드네요. 나이로는 아직이나 곧 성장하게 될 거고. 성장하게 되면 남녀 간 짝을 이루어지게 될 거고, 짝이 이루어지게 되면 아기자기한 삶도 꾸려갈 거에요. 그건 그렇고 일본은 사회를 부드럽게 할 수 있는 연예계가 한국에서는 못 봤는데 왜일까 싶습니다. 옛적 얘기나 연예인은 남을 즐겁게 해야하는 쟁이라는데 부모들은 싫어했답니다. 그러니까 양반들 노리개로 살아갈 거냐고요.

강수철

아니 연예계를 노리개 수준으로 볼 수야 있겠어요? 그런 말도 안 돼요. 한국 연예인들은 일본에서 활발하게 활동하는데도 일본 연예인들이 한국에서는 없다면 다른 이유 있겠어요. 가치가 없어서이겠지요. 그러니까 재미 말이요. 아닐 것이나 우리 일본은 돈 많이 벌자는 데만 신경 썼나 싶어요. 물론 엉터리 생각일 수도 있지만 말이요. 그리고 한국인들은 피해의식이 너무도 강하지 않은가 싶어요. 그러니까 듣기도 거북한 쪽발이 말들을 서슴없이 해요. 그래요, 그동안 피해 본 과거를 잊을 수는 없겠지만 말이에요. 아무튼 일본과 한국이 좋은 관계로 회복되는 날이 곧 오면 좋겠습니다. 당장 말이에요.

오사나이 미에코

그래요, 한일관계 회복은 당연합니다. 그러나 오사나이 미에코는 어떻게 생각하실지 몰라도 먼저가 개인적 만남이지 않겠나 싶습니다. 그런 문제에 있어 일본은 이웃 국가이기도 하네요. 멀리 있는 자식들보다 더 나을 수도 있는 일본 말이요. 그런데 일본 분들 성씨가 너무도 궁금해요. 얘기를 들으면 한국 성씨는 3백여 정도라는 것 같은데 일본인들 성씨는 자그마치 십만 성씨 정도라고 하는 것 같아서요.

강수철

일본인들 성씨가 많은 이유요? 전혀 예상치 못한 질문입니다. 그렇기는 하나 대답하고 싶은 기분 좋은 질문입니다. 저는 한국에 뿌리를 둔 입장에서 이름만 오사나이 미에코 에요. 그러니까. 일본사람들은 성씨 개념이 없다고 봐도 될 거에요.
종교개념도 그래요 심지어 살아있는 사람을 신처럼 여기기도 하는데 그렇게 보면 일본은 한국인으로서는 상상할 수도 없는 문화에요. 일본문화에서 불교가 자리하고 있지만 개인 종교가 많아요. 때문인지 사회적으로는 자유가 지나칠 정도예요. 일본이라는 설명이 필요하겠지만 일본 역사 공부가 적어 구전으로 듣기만 했으나 일본이 되기까지 4백여 군주들을 하나로 뭉친 것이 일본이라고 해요. 일장기가 말해주듯 말이요. 그것도 있고 우리 일본정치문화는 천황폐하를 신처럼 모시는 군주제도예요. 어쩌면 웃기는 군주제도이기는 해도 반대하는 단체도 없어요.

오사나이 미에코

일본에 대해 궁금한 것 중 일본이 인정하는 신이 무려 6천여 개의 신을 모시는 국가라고도 하는 것 같은데 어떤 게 맞는 거고, 신 숭배자는 여성이 많은가요? 남성들이 많은가요. 무신론자라 종교에 대해 별 관심은 없으나 신부가 시집갈 때 그동안 키우던 강아지를 버릴 수가 없다고 해서 아니라고 말하자니 뒤돌아설지 몰라 걱정을 한다는 말이 들려서요. 물론 오사나이 미에코를 두고 하는 말은 아니지만요.

장수철

아이고. 너무 깊이도 궁금해하신다. 저는 수많은 신 중 어느 신도 섬기지 않아요. 그래요, 일본에는 불당이 많아요. 많으나 젊은이들은 종교에 관심을 두지 않아요. 그것은 현실주의라고 할까. 그러니까 여성으로서 노출해서는 안 될 민망한 모습도 스스럼없이 드러내기도 해요. 그게 괜찮다는 게 아니나 일본은 성 개방 수준이어요. 수철 씨는 놀라실지 몰라도요. 일본문화는 그런 정도라는 것이라고 말할 수 있어요.

오사나이 미에코

그렇군요. 오늘의 중국도 그런 행태의 국가인가 싶습니다. 그러나 인간에게 있어 중요한 것이 뭐냐고 묻는다면 저도 오사나이 미에코와 같은 자유자라고 말할 거예요. 그런 점에서 일본이 자유롭기까지는 이런저런 요인이 있을 것이나 한국인들에게 인간 대접으로일 것으로 고맙다는 생각입니다. 물론 중간에 침략이라는 오점을 주기는 했어도요. 이런 말은 자유라는 의미에서 개인 생각이라는 점 전제해야 할 것 같습니다. 그건 그렇고 도쿄대학 설립 연도가 백오십여 년 가까이 된다고 해서 놀랐습니다. 도쿄대학 설립 시기는 아니게도 이씨조선이라는 이름으로 왕정 정치를 하고 있을 때입니다. 왕정 정치를 못마땅하게 여긴 세력이 나타나기는 했어도요. 그런 점에서 오사나이 미에코와 저는 전혀 새로운 시대를 살아가고 있습니다. 앞으로도 파이팅입니다.

강수철

당연히 파이팅이지요. 곧 또 만나길 바라면서 궁금한 것이 있는데 그것은 강 씨의 조상이 강감찬인가입니다. 전철역 이름이 낙성대역이라고 되어있기에 낙성대라는 이름이 뭔지 여간 궁금해 소개받은 서울대학 교수께 물으니 강감찬 설명을 해서요. 그래서 강수철 씨 조상은 혹 아닐까 했어요. 이런 물음은 결례가 아니기를 바라면서요.

오사나이 미에코

한국 역사적으로 당연히 유명하신 강감찬 얘기는 청년뿐인 저 같은 입장에게 상관이 될지 몰라도 강감찬은 이미 천 년 전 인물입니다. 그런 점으로 보면 오사나이 미에코와 저는 시대적으로 새로운 삶을 살아가야 합니다. 여기서 궁금한 것은 일본발전 원천이 어디에 있는지입니다. 보도를 보면 외국 문물을 거부감 없이 받아들인 이유도 있고 그만큼 공부도 했겠지만 말이요. 단 그것만이 아닐 것으로 보는데 그것은 무엇이 있을까요?

강수철

예, 일본의 발전을 말한다면 피해 국가들에게는 미안하나 세계전쟁을 치른 이유가 크다고 봅니다. 그렇게 보기는 세계전쟁을 일으킨 독일처럼. 그러니까 앞으로 나아가려면 고난이라는 면도 맛보는 것입니다. 다시 말해 험준한 산을 넘는 연습이라고 할까. 풍부한 역사 공부를 못한 입장에서 다른 나라 얘기를 꺼내기는 조심스럽지만 인도를 보면 영국으로부터 독립했다는 인식뿐입니다. 그러니까 전쟁 경험이 없어 전쟁을 모릅니다. 전쟁을 모른다는 것은 새로움도 모른다는 의미가 되는데 그것이 발전의 걸림돌이라고 봅니다. 개인이든 국가이든 말입니다. 너무 나간 말을 했다면 편안한 맘 쪽으로 이해하세요.

오사나이 미에코

너무 나간 말이라니요. 아니에요. 아무튼 그런 말은 제 생각과 같습니다. 그러나 한국인으로서 불편한 면이 없지는 않습니다. 그런 사소한 얘기는 다음에 만나서 하면 되고 일본 국적 취득하기는 복잡한지요. 물론 한국 국적을 취득하려는 분들 요건과 크게 다르지는 않겠지만 말이요. 제가 무슨 말을 하고 있는지 이해되시겠지만.

강수철

이해라니요. 아니에요. 제가 기다렸던 얘깁니다. 그리고 일본 국적에 대해서는 자유가 허락된 국가마다 남성으로서 병역을 필해야 하고 범죄사실이 없어야 합니다. 일단은 일본으로 오시는 것이 먼저입니다. 다음 문제는 제가 알아서 할 겁니다. 일본에 오실 시간이나 알려 주세요. 강수철씨 얼굴을 보는 데 시간이 중요할 수는 없을 것이나 미용실도 가야하고, 여행 일정도 잡아야 해서요.

오사나이 미에코

아들을 향한 절대적 엄마

*

　　장범순 작은아들 강수철은 이 같은 내용의 러브레터를 일주
일이 멀다 하게 주고받다가 결국은 일본으로 건너가 버린다.
그러니까 옷가게 고객으로 와준 재일교포 여성인 오사나이 미
에코에게 빼앗겼다고 할까 그런데 엄마에게 있어 강수철은 누
군가. 둘째 아들이라 아들이기를 학수고대하는 엄마들처럼은
아니나 동네에서 부러움의 대상으로 성장해준 아들이다. 강수
철이가 태어나기는 조기 결혼 시대에서도 시집갈 나이가 아직
인 열아홉 살 말이다. 강수철에게 있어 엄마는 장사라는 이유
이기는 하나 외할머니 둘째 손주로 성장했다. 때문인지 뜨거운
정은 엄마보다도 외할머니라고 해도 될 것 같다. 그렇더라도
외할머니는 안 계시기에 재일교포 여성과의 교제 문제는 엄마
에게 말해야 할 것은 당연하다. 당연하다 해도 펼쳐진 현실 상
황을 어쩌겠는가. 그래서든 강수철은 일본 사람으로 살아간다.

엄마 장범순은 그런 이유로든 이미 일본 사람이 되어버린 둘째 아들 수철이가 눈에 밟혀 아들 목소리만이라도 듣고 싶어 전화기 버튼을 누른다.

따르릉 따르릉 따르릉….
"아니, 어디로 전환거여. 이젠 잘 시간이구먼."
남편 강상민 씨가 투덜대는 말이다.
"머시머시"
"수철이냐. 엄마다."
사랑하는 자식이 멀리서 사는 것을 좋아할 어느 부모도 없을 것이나 엄마 장범순은 아들 소리만이라도 반갑다.
"응, 엄마."
"거기 일본시간은 지금 몇 시냐? 그리고 날씨는…."
"그런 거 왜 물어?"
"전화 받기 어려운 바쁜 시간은 아닌가 싶어서야."
"바쁜 시간은 아니지만 아무 때고 전화해도 상관없는데 엄마는 그런다."
부모와 자식이 비록 멀리 떨어져 살아도 전화만은 가까이 사는 거나 진배없이 감이 좋다.
"그렇기는 하지."
"그런데 왜?"
"왜라니…. 전화 받는 태도가 그게 뭐냐. 수철이 너 내 아들 맞기는 하냐?"

내 아들이 맞냐고 볼멘소리를 했지만 듣고 싶은 아들 목소리다. 인간관계에서의 엄마와 아들, 아들과 엄마. 배 아파 낳았고, 아들로 태어났다는 혈육 관계만일 수는 도저히 없다. 전화 받는 아들 생각은 아닐지 몰라도 수철이 너는 아직도 엄마 젖에 물려 져 있다. 아들들아! 지금 무슨 말을 하고 있는지 아느냐.

제발 튼실한 아들 하나 달라고 정화수 떠 놓고 달님께 그리도 빌던 엄마들 맘 말이다.

"그런 정도 가지고 엄마는 골낸다."

"골 안 내게 생겼냐. 내 아들 얼굴 보고 싶어도 못 보는데."

"작은아들 얼굴 봐서 어디다 써먹게."

"야~!"

"아니야. 아니야 실수."

"아이고…. 내 아들이 맞는지 모르겠다."

"엄마 아들 맞아. 틀림없어."

"내 아들이 맞으면 다행이지만 너 늘 바쁘냐?"

"늘 바쁘냐고? 엄마 목소리가 잘 안 들리는데 수화기 가까이 대고 말해."

"수철이 네 목소리 나는 잘만 들린다."

"이제 됐어."

"됐으면 늘 바쁘냐?"

"그거야 늘 바쁘지. 늘 바빠야지."

엄마도 장사를 그렇게 해서 오늘이잖아. 암튼 우리 엄마가 왜 전화를 거시는 걸까? 한번 왔다 가라는 건 아닌가? 엄마 목소리로 봐서는 급한 일을 아닌 것 같은데 말이다. 그래, 작은 아들이라 같이 살고 싶어 전화는 아닐 것이지만 목소리 듣고 싶어서만은 아닐 것이다. 그렇다면 엄마는 낳지 않는 손주 때문인 건가? 그것도 아니면 무슨 말 하려고 할까? 평화시장에서 그대로 살 건데 이상한 여자가 접근하게 된 바람에 일본에까지 와서 사는데 그것이 맘에 좀 걸리고, 아내가 애기 낳을 생각을 않으니 자식으로서 할 말이 없기는 하다. 여자는 애기 낳은 기계가 아니라는 태도인 아내를 몰아세울 수도 없고, 야단이다. 남의 아이를 보면 침을 삼키지만 그렇다고 자식 두는 문제로 이혼할 수도 없고. 고민이다.

"그래, 늘 바빠야지."

"장사란 한가해서는 안 되잖아. 말 안 해도 엄마는 잘 알겠지만."

"그렇기는 하지. 그런데 다다음 주 18일이 엄마 아빠 결혼 53주년이다. 수철이 너는 알까?"

"벌써 53주년?"

"벌써가 뭐야. 수철이 니 말 태도를 보니 모르고 있었구나."

"모르고 있다는 말 사실이라 미안은 한데 안사람 생일도 잊고 살아가. 허허."

"그러면 네 생일은 기억하고?"

"그거야 주민등록상에 있잖아."

"수철이 너 이번에도 효도 한번 해라!"

"효도…?"

"그래, 효도."

"어떻게 해 드리는 것이 효돈데?"

"야, 효도 말을 꼭 해야 하냐? 엄마 일본에 와. 구경시켜 줄 게, 그러면 되는 게지."

"아이고…."

"아이고는 무슨 아이고냐."

"엄마 미안해. 그런 간단한 생각도 못 해서."

"둘째 네 신세를 지는 것 같아 미안하다만 엄마는 엉뚱한 말을 다 한다."

작은아들 강수철은 두 살 터울로 큰아들 강인철은 혼인하자마자 태어났고 작은아들은 큰아들 젖 떼기 전 임신을 하게 된 바람에 열아홉 살 때 태어난 것이다. 그래서 강수철이가 태어났을 때는 온 동네가 떠들썩했다. 그것은 강상민 친구들은 장가는커녕 어린이 수준이었기 때문이다. 장가갈 나이의 친구들보다 십 년이 넘은 차이로 두 아들을 두었다는 것이 후손을 기대하는 부모들은 남편 강상민이가 부러움의 대상이었다. 그렇게 보면 현대인들이야 아닐지 몰라도 자식은 일찍 두는 게 맞다고 하겠다.

"엄마 결혼기념일까지는 기억 못 해도 이 작은아들 효도야 당연히 해야지."

"엄마로서 효도 말은 아닌지 모르겠다."

아무리 부모이지만 효도 말은 엎드려 절 받는 것 같아 괜한 말을 했나 싶다.

"그러잖아도 집사람이 말하더라고"

"잘 안 들린다. 다시 말해라."

잘 안 들리기는… 잘만 들리지. 그 말을 다시 듣고 싶어서 이지.

"그러니까 한 달간이라도 모시고 싶다는 거지."

작은아들 강수철은 꾸며낸 말이다.

"고맙다. 그러면 언제쯤 가면 되겠냐?"

"결혼식기념일 전날 오실 수 있겠어?"

"잠깐, 네 아버지에게 물어보고. 강 사장님 괜찮지요?"

"괜찮고 안 괜찮고가 어디 있어. 그냥이지."

남편 강상민씨는 나는 따라갈 사람으로 알라는 그런 태도다.

"일단은 그날 오시는 것으로 할게 엄마."

"알았다. 바쁠 텐데 전화 너무 긴 것 같다. 전화 끊는다."

엄마 장범순은 그렇게 해서 남편 강상민과 일본행 비행기를 탔고, 비행기는 현해탄 위를 날고 있다. 현해탄으로 이름 붙여진 역사적 사실까지 말할 필요 있겠는가마는 우리 민족으로서는 슬픈 기억이기도 한 현해탄이다 (일본말로는 겐카이) 일본 침략 때문에 수많은 사람이 이 현해탄을 건넜을 것이다. 물론 그때는 비행기가 아닌 배로 갔겠지만 말이다. 그래, 현해탄을 건너기까지의 사연들을 일일이 거론할 수는 없겠으나 일본군 징용으로 또는 밥 벌어먹기 위해서다. (일본이 패망하기 전까지 조선 인구 3천만 명도 못 된 인구 중 2백여만 명)

"우리가 이렇게 가기는 해도 손주들이 있어 달려와야 할 건데…."

남편 강상민은 혼잣말처럼 한다.

"할아버지! 하고 달려오면 맘이 어떨까?"

"할머니는 아니고?"

"그거야 마찬가지이지."

"그런데 애기를 낳고 싶어도 나이 땜에 이제는 낳지 못하겠지?"

남편 강상민 말이다.

"애기를 낳을 수도 있지, 왜 못 낳겠어?"

"사십 대 후반이라면서."

"사십 대 후반이라도 건강 조건에 따라 다르기는 해도 며느리가 아니면 아닌 거지"

"그나저나 손주들이 있어서 마중 나오면 얼마나 좋을까."

"요것들이 현재만 생각해서는 안 될 건데…."

아내, 장범순 말이다.

"누구는 쉰둥이도 두었다는 것 같은데."

"쉰둥이라는 말은 마흔이 넘은 나이를 말하는 거지, 쉰이 다 돼서라는 말인가 뭐."

"그러면 우리는 잘한 건가?"

"지금 생각해보면 잘한 일이지. 그렇지만 그땐 나는 죽는 줄 알았어."

"나도 마찬가지였어."

남편 강상민 말이다.

"애기를 배 버린 나보다는 덜했을 텐데 아니었다는 건가?"

"나도 죽었다 했지. 맘 편했겠어."

"그런 얘기는 처음 하지만 그때는 나도 혼났어."

"그런데 나를 멋진 분으로 본 건가?"

"아니, 멋진 분?"

"사실대로 말하자면 내 허락도 없이 손을 덥석 잡았잖아. 그래서지."

"손잡아주길 바라지는 않았고?"

"아니야."

"아니기는 뭐가 아니여."

"다 지난 얘기지만 우리가 전날로 되돌릴 수는 없을까?"

남편 강상민 말이다.

"전날이 그리워?"

"그립다기보다 누구든 그렇겠지만 늙어가는 게 싫어서지."

"그래, 늙어가는 것을 좋아할 사람 누구도 없겠지."

"지금 몇 시야, 한 시간이 넘었잖아. 그런데 일본 영토가 아직도 안 보인다."

아내 장범순 말이다.

"우리가 현해탄 위를 날고 있다."

"자기 나보고 하는 말이여?"

"아니 할아버지도 현해탄을 건너셨다는 거여. 일본군 징용으로."

"그러면 끌려가신 건가?"

"우리 입장은 끌려간 거고 일본 입장은 일꾼으로 모집해 간 거여."

"우리 아버지 말씀을 들으면 한국 사람들이 돈 벌러 갔으나 그동안의 노임도 못 받고 빈털터리로 귀국하셨다는 거여."

전쟁에서 항복이란 뭔가? 개인 것도 승리국에 다 빼앗긴다는 말 아닌가.

"그때가 언젠데?"

"한참 지난 얘기지만 말이여."

우리 한민족은 생각지도 않게 해방이나 일본은 패망이 아닌가. 조선에다 터를 잡고 살겠다고 간척지를 만들고 저수지를 축조했지만 일황이 항복 선언 방송을 내보내자 그동안의 살림살이도 배에다 실을 만한 정도들만 싫고 슬피 울면서 떠나고. 일본에 가서 일한 사람들은 노임도 받지 못하고 빈손으로 귀국했다. 귀국도 광복이라는 이유의 귀국이 아니다. 일본이 패망하자 공장 문을 닫게 되는 바람에 귀국이다.

"우리가 너무도 한가하다. 어른들 얘기를 다 하고 있게."

"그래, 다른 얘기가 되겠지만 저수지 공사 때 죽은 사람도 많다네. 말을 들으면 십장이 건강이 안 좋아 보이면 한쪽으로 데리고 가 구덩이를 파게 해서 총으로 쏴 죽이고, 파놓은 구덩이에 그대로 묻어버리면 그만이었다고 했다네."

"그런 나도 들었어. 사실이라면 잔인하다."

"잔인하지. 일본 사람들 잔인성 얘기를 들으면 사람을 산 채로 해부까지 했다잖아."

당신의 고마움을 잊고 살지는 않았으나 지난날을 생각해 보면 당신은 이 강상민 손 붙들고 풀밭으로 끌고 갔고, 엉뚱하달 수는 없겠으나 내 유전자가 여지없이 심어졌고, 소꿉놀이 수준 아이들 임신이라 어른 들을 놀라게 했고, 때문으로 봐야겠지만 결국은 결혼했고. 아이 낳는 밭이 누구보다 튼튼해 다섯 남매를 두었고, 오늘 이렇게 까지라니 당시 얘기를 안 해도 당신은 알아차리겠지만 여학생이 없는 동네에 웬 여학생인가 했는데 스스럼없이 다가와 복숭아가 먹고 싶다고 했고, 복숭아밭으로 데리고 갔고, 할아버지 말씀이 아니어도 대학교까지는 다녀야 했다. 그러나 느닷없는 아내 임신 때문에 학교도 그만두고 평화시장 점원으로부터 우리는 사장 소리까지 듣고 살아가네. 그래, 내일 일은 희망일뿐으로 공부를 못한 것이 후회할 수는 없어. 강상민은 아내 장범순 손을 붙들까 하다 만다.

부부가 정치 얘기를 하는 동안 비행기는 일본 도야마 비행장에 착륙해서 개찰구를 빠져나간다. 몇 시에 도착하게 될 거라는 시간약속이 되었겠으나 작은아들 부부는 마중 나와 있다.

"아버님 어머님, 오시느라 힘들지는 않았어요?"

"바쁠 텐데 생각도 없이 왔는지 모르겠다."

시어머니 장범순 말이다.

"아니어요. 잘 오셨어요, 모실 기회도 없었는데요."

바라는 손주도 두지 않아 무슨 말씀을 하게 될지는 몰라도 모시게 되는 며느리 입장이다.

"고맙다. 근데 한 가지 물어봐도 될까?"

장범순은 한 차를 타고 가면서 입을 닫고 가기는 아닌 것 같아 시어머니로서 쉽게 말해도 될 며느리이기는 해도 조심스럽다는 말투다.

"말씀하세요."

무슨 말씀을 하시려고 그러실까? 손주 얘기? 작은며느리는 초긴장이다. 운전대를 잡기는 했지만 말이다.

"부모님이 일본에서 사시기는 언제부터일까?"

"해방되고 귀국할까 하시다 고국에는 그 무엇도 없어 그냥 눌러사신 것이 오늘날까지인 것 같습니다. 부모님 얘기를 들으면요."

작은애 너 손주는 영 안 낳을 참이냐? 무서운 말씀이 나올까 봐 긴장했는데 다른 얘기가 나와 다행이나 맘은 편치 못하다. 그것은 짐작이 필요 없이 손주를 낳아 드리는 것이기 때문이다. 곧 후손 말이다.

"그래, 살 만한 곳인지 따져 사는 것이지, 고국만 고집할 필요는 없겠지."

"제 짐작뿐이지만 그래요."

"그런데 일본에 거주하는 한국을 고향으로 하는 사람들은 거류민단, 북한을 고향으로 하는 사람들은 조총련 단체에 가입해 활동한다는데 그게 맞는 건가?"

거류민단과 조총련 얘기는 알고 있다. 알고 있으나 시어머니 장범순은 말의 끈을 이어가자는 데 있다.

"그렇지만 모두는 아닐 거예요. 우리 부모님도 아니니까요."

"그래?"

"조총련계 단체에 가입했는지 티를 내야 알 건데 우리 마을 사람들은 그런 티를 안 내요. 그래서 몰라요."

"깃발도 없고?"

"조총련계 깃발이요?"

"그래, 깃발."

"우리 동네는 한민족 사람이 적은 편이라고 할까 아무튼 그래요. 그러나 저는 조총련계 학교에 다녔어요."

일본에는 한민족이 수십만 명이나 된다는데 학교는 조총련계 학교밖에 없다는 것 같다. 학원을 포함해 170여 개 학교. 짐작이 필요 없이 북한 정부의 정치 계략이다. 오늘날이야 시대가 바뀌고, 지원해 줄 돈줄도 끊긴 상태라 조총련계라는 명맥조차도 고사 직전에 있다지만 말이다. 일본이 한민족 사람들을 끌고 가 강제노동을 시켰다고 말한다. 그런 말은 억지다. 여자들이야 취직이라는 꾐에 넘어가 일본군위안부로까지 힘들었지만 말이다.

"그런데 태평양전쟁이야, 대동아전쟁이야?"

시어머니 장범순 말이다.

"일본은 대동아전쟁이라고 하는 것 같아요. 물론 학교에서 하는 말이 아니어도요."

(대동아전쟁은 일본과 미국·영국·네덜란드·소련·중화민국 등의 연합군과의 사이에 발생한 태평양전쟁을 부르는 일본 정부의 호칭이다.)

"그러니까 짐작으로?"

"짐작이기는 해도요."

"그런 말은 전쟁에서 패한 국가가 하는 말이 아닌데 묻는다."

남편 강상민 씨는 핀잔의 말이다.

"그렇기는 해도."

(우리 수철에게 있어 엄마란 아버지인 당신은 모를 거야. 물론 큰 녀석 인철이가 있기는 해도. 그런 얘기를 소설로 하면 다음과 같아).

엄마는 아들이 너무나 중요해서 외국 유학을 보내게 되더라도 떨어지기 싫어 밥도 해 주고 세탁도 해주겠다는 핑계로 따라가게 된다. 외국 유학을 따라는 갔으나 결국은 빠지지 말아야 할 곳에 빠지게 된다.

사십 대 초반 나이에다 돈 안 벌어도 될 만큼 여유로운 함순희는 아들 유학 때문에 미국에 오기는 했으나 얘기를 나눌 이웃도 없고 말도 통하지 않아 우울증에 걸릴지도 모르는 상황에까지 이르게 된다. 그럴 때 구원자나 되는 것처럼 처지가 비슷한 유학 선배가 찾아와 심심한데 바람이나 쐬러 나가자고 한다. 외로움을 달래주겠다는데 어찌 고맙지 않을 수 있겠는가마는 그게 결국엔 남편에게 미안한 곳으로까지 빠지게 된다. "제가 누나에게 도와드릴 일이 있거나 하면 언제든 부르세요." 말솜씨로든 태도로 봐 걱정을 안 해도 될 것 같은 소위 제비족이 접근했다.

아들을 학원에 보내고 나니 아무도 없는 텅 빈 방. 오늘은 늦게 들어올지도 모르니 기다리지 말고 누가 가져갈지도 모르니 집이니 잘 지켜 명령조로 말하는 그런 남편도 없지, 함순희는 너무도 허전해 못 살 것 같다. 주어진 환경은 유학 온 아들 엄마로만 살아갈 수 없게 한다. 그동안 듣기만 했던 고독이라는 말을 이제야 알 듯하다.

한 남자의 아내로만 살아가기는 낭만을 무시할 수 없다는 젊다면 젊은 사십 대 초반. 설명까지 필요할까마는 인간은 배부르면 그만인 짐승과 달리 종족 번식일 수 없는 성적구조다. 때문은 아닐 것이나 멋진 젊은 남성에게 눈길이 가는 것은 자연스러운 일 수밖에 없지 않겠는가. 아들 유학 때문에 오게 됐다는 같은 처지가 말해준 한국계 미국인 로버트 박. 로버트 박은 어떤 직장에서 근무하는지 말하지 않아 몰라도 일터에 가 있을 터다.

그러나 함순희는 로버트 박으로부터 받아든 명함 연락번호에다 전화를 건다. "예 로버트 박입니다." "안녕하세요. 기억하실지 몰라도 며칠 전 커피숍에서 보셨던 저 함순희입니다. 바쁘실 텐데 전화를 걸었네요. 미안합니다. 전화 끊겠습니다."

함순희는 바쁜 사람에게 할 말도 없이 전화를 걸었나 싶어 곧 끊으려 한다. "아이고 기억하지요. 함 여사님, 전화 안 끊으셔도 됩니다. 직장이기는 해도 쉬는 시간입니다." "아니에요. 할 말도 없는데 전화를 괜히 걸었네요. 미안합니다." 함순희는 전화를 끊고 거울 앞에 앉아 학원에 간 아들 생각. 밤마다 품지 않으면 잠 못 이룰 남편 생각. 방금 전화를 걸어본 로버트 박 생각. 이것들을 다 어떻게 이겨 낼 건가. 함순희는 처음 느껴본 복잡한 생각은 뒤로하고, 방금 목소리를 듣게 된 로버트 박에게 신경이 쏠리게 된다. 그것이 결국은 유부녀로서는 아닌 곳에 빠지게 된다.

"예, 전화 받았습니다." "아이고, 함 여사님, 저 로버트 박입니다. 오늘은 쾌청한 날인데 어떻게 보내시나 해서 전화했는데 곧 받으시네요." "아, 그러세요. 그러잖아도 전화를 걸까 했는데 전화 주시네요. 그런데 내일이 휴일인데 시간은 어떠신가요?" "시간이야 만들면 되지요. 무슨 급한 일이라도 있으세요?" "급한 일이라기보다 거실 등이 고장인가 싶은데 좀 봐주시면 해서요." "알겠습니다. 곧 갈게요." 커피숍이라는 공공장소에서 본 함순희는 누구의 여자인지 몰라도 남자들이 좋아할 단아하고 밝은 모습, 그런 단아한 모습이 '로버트 박'의 맘을 설레게 한다. 세차가 되지 않은 중고차이기는 해도 자동차 시동은 여지없이 걸린다. 도로 사정이 원활하면 이십여 분 거리. 불러준 함순희를 곧 만나보고 싶은데 위반해서는 안 되는 신호등은 자주 걸린다. 물론 급하게 달릴 필요는 없기는 해도 말이다.

한편 함순희는 혼자 지내다시피 해서 치울 것도 없지만 겉옷은 물론 속옷도 세탁이 된 속옷이 아니라 며칠 전 사두었던 새 것으로 아예 갈아입는다. 속옷이 새것이든 아니든 '로버트 박'에게 보여준다 해도 여자를 품어보고 싶을 남자로서 속옷이 중요하지는 않을 것이나 아름다운 여자임을 살리고 싶어서다.

"아이고, 많이 늦었습니다." "아니에요. 쉬셔야 할 건데요. 아무튼 잘 오셨어요." 처음 봤던 로버트 박보다 더 멋있게 생겼다. "핑계일지 몰라도 길이 막힌 바람에 좀 늦었습니다." "아니에요. 바쁠 필요도 없는 일인데 오라고 했네요." "손볼 등은 어느 등인가요?" "아니요." "아니면 봐 드릴만 한 다른 거라도요." "없어요." "봐드릴 게 없으면 저 가도 될까요?" 로버트 박은 말이라도 아닌 척이라도 해야 해서다. "아니, 오시자마자 그렇게 가겠다고 어떻게 해요. 물 한잔이라도 드시고 가셔야지." 함순희는 로버트 박의 옷소매를 끌어당기다시피 소파에 앉히고 미리 준비해둔 드링크를 내민다. 뚜껑을 따서까지.

"아이고, 이렇게까지 안 하셔도 될 건데 아무튼 잘 마시겠습니다." "이렇게 오셨으니 바쁘지 않으시면 제 사정이라 조심스러우나 얘기해도 될까요?" "무슨 말씀이든 하세요. 오늘은 휴일이기도 하고 할 일도 없습니다." "미리 얘기를 안 해서 모르시겠지만 저는 보다시피 아들 유학 땜에 혼자 왔기에 너무도 쓸쓸해요. 그래서 얘기 친구가 필요해요." "그러니까 아들과만 오셨다는 거 아닌가요." "그렇지요. 이렇게 오셨기에 하는 말이지만 솔직히 말해 '로버트 박'은 앞으로 저와 얘기 친구가 되어주시면 어떨까 해요." "제가요?" "아니, 싫으세요?" "싫다기보다 저는 얘기하기 편한 남자가 아닙니다."

"아니에요. 저는 '로버트 박'이라야만 해요. 그래서 말이지만 저는 학원에 간 아들밖에 없어 외롭다면 외로운 여자예요. 설명까지 필요는 없겠으나 저는 아들 따라왔기에 하던 공부를 마치고 고국으로 돌아갈 때까지는 혼자일 수밖에 없어요." "그러시겠네요." "그래서 말인데 로버트 박은 무슨 말인지 알겠지요?" "알겠지만 그러시면 많이 힘드시겠습니다." "그래서 말인데 '로버트 박'이 저를 한번 도와주시면 안 될까요?" "제가 함 여사님을 도와 드릴 만한 게 무엇일까요? 없을 것 같은데요." "없기는 요. 만들면 되는 거지요." 로버트 박이야 남자로서 이미 짐작했을 테지만 거실 등 핑계로 불러들인 함순희는 여성 성본능이 발동태세다.

함순희 성 성숙도는 기둥 붙들고 몸부림칠 사십 대 초반 나이로 그런 성을 어느 누가 저지할 수 있겠는가. 이런 문제에 있어 말한다면 남자 없이 태어날 후손은 누구도 없다. 그래서든 가정을 무너뜨리고 사회를 어지럽힐 일이 아니면 흉이 아니라는 것이다.

"그런데 저는 이제부터 함 여사님을 누나라고 부르고 싶은데 그래도 되겠지요?" "누나요? 고맙죠. 그런데 로버트 박 나이는요?" "나이는 서른한 살이어요." "서른한 살이면 간밤에 핀 꽃으로, 제가 열 살이 더 되기는 하나 누나라는 말까지는 좀 그러네요." "아니에요. 저는 남들 다 있는 누나가 없어서요. 있기는 한데 시집을 가버린 바람에 없는 거나 다름 아니요." "시집은 멀리요? 그러니까 외국으로든 말이에요." "스페인 학생과 사귄다더니 결국은 친가족과 헤어진 거나 다름이 아니게 됐어요." "그렇군요."

"누나가 시집 안 가고 있다 해도 가족관계에서 남매일 뿐이잖아요." "그렇기는 하지요" "그래서 저도 따지고 보면 외로운 남자예요. 누나처럼까지는 아니어도" "따듯한 맘 주고받을 관계가 아니기는 하지요."

"미국 사람들은 국토가 넓은 탓인지 가정적이지 못한 편이어요." "가정적이지 못할 정도까지요?" "모두는 아닐 것이나 들으면 바깥양반 안사람 그런 말이 없어요." "바깥양반 안사람 그런 말이 무슨 대수겠어요. 오늘 우리처럼 얘기를 나누며 사는 게

지요. 안 그래요?!" "함 여사님. 아니, 누나 말이 맞아요."

　"내 말이 맞고 안 맞고 그런 말은 처음이지만 로버트 박은 한 국에 와봤어요?" "한국은 아직이어요." "아직이면 한국인들 심 리도 모를 것으로 미국에 다녀왔다는 말도 자랑스럽게들 해 요." "미국을 잘 몰라서이지 자랑스러워 할 정도는 아니에요." "자랑스럽지는 못하다 해도 나는 미국에 와 있잖아요. 물론 아 들 유학 때문이기는 해도요." "미국은 동부 시간 서부 시간이 다르다는 것을 알고 계시겠지만 국토가 워낙 넓어 1백 킬로 정 도 거리는 이웃으로 생각하고 살아요." "그렇군요. 그래서 자동 차 없이는 안 된다는 거군요." "누나도 자동차 있지요?" "있지 요. 중고차이기는 해도요." "그러시면 제 차 운전대를 한 번 잡 아 보실래요?" 로버트 박이 운전대를 주겠다는 것은 함순희에 게 푹 빠졌다는 증거다. 이런 문제에 있어 설명이 필요하겠는 가마는 이것이 부족해 한이라는 심리적 남녀관계다. "운전대를 요? 길도 모르는데…." 운전대를 주면 좋지요, 하는 함순희 눈 빛이다. 그렇다. 남편이 주는 운전대만도 고마울 건데 로버트 박 운전대 말은 생각지도 못한 행복의 말이다. 로버트 박에게 입술도 줄 생각이지만 말이다. 어학사전에서 말하는 행복이 무 엇인지 이제야 알 것 같다.

　"길은 몰라도 돼요. 누나 혼자가 아니라 저와 동승할 건데 요." "그렇기는 해도요." "미국 전역까지는 1년을 넘게 다녀도 고속도로도 다 못 다닐 거지만 이렇게 오신 김에 저와 드라이

브 한번 실컷 해봅시다. 까짓것" "드라이브 실컷 하자면 직장은요?" "직장이야 그동안 써먹지 못한 휴가가 많아요." "그래도 좀….""싫으세요?" "싫지는 않지만 누나라는 말도 좀 쑥스럽네요." "무얼 그렇게 쑥스러워하세요. 누나와 단둘이 뿐인데요." "그렇기는 해도 로버트 박이라는 이름은 미국식 이름인데 부모님께서 지어주셨나요?" "아니요. 부모님이 준 이름은 박홍식이어요." "박홍식이요?" "예 박홍식." "그러면 내가 부르게 될 이름은 로버트 박이라고 할게요." "부르기 쉬운 이름으로 부르세요." "그럴게요. 로버트 박."

"이름을 로버트 박으로 하기는 미국이고 미국인들만 상대해야 해서요." "그러면 미국에 오기는 언제쯤인가요?" "언제쯤이라기보다 우리 아버지는 외교관 출신으로 미국에 오게 되었고, 결국은 아예 미국인으로 살아가게 된 거예요." "그러니까 어려서부터라는 거 아니에요?" "그렇지요. 어려서부터가 아니라 태어나길 미국에서 태어난 거지요. 문제는 이 나이가 될 때까지 가정을 꾸리지 못하고 있어요. 바보같이 말이에요." "가정을 꾸리지는 않았어도 사귀는 여자는 있을 게 아니에요?" "사귀는 여자도 없어요. 여자라고는 우리 엄마뿐이어요." "아닐 것 같은데요." "진짜예요."

"그러니까 손이라도…" "한국 여성이 아니면 안 되는 결벽증인지 몰라도 눈에 보이기는 미국 여자들뿐이라 그냥 여잔가보다 그래요." "그러니까 로버트 박에게 다가온 여자도 없었다는 거 아니에요?" "다가와도 내칠 것이지만 그냥 그렇게 지내고 있어요." "아이고, 미국 여자들 눈이 다 삐었지. 이렇게 멋진 로버트 박을 놔두고…." "그러면 누나가 보기엔 제가 괜찮게 생겼다는 거에요?" "아이고…" 함순희는 말이 많다는 표정까지다. 로버트 박이 알아볼 만큼.

"그런데 궁금한 것 물어봐도 돼요?" "궁금한 게 뭔데요?" "함 여사님은 엄청 고우세요. 들은 말로는 딸 부잣집에서 태어난 딸 들은 다 미인이라고 해서요." "그렇다는 말은 있으나 로버트 박 시각이지 저는 아니에요." "제 시각이 아니어요. 사실이어요. 누나가 좋아요." "나는 여자로서 한물간 아줌마인데 로버트 박은 너무 띄우신다." "아니에요. 사실을 말할 뿐이어요." "고마워요. 아무튼 저는 딸만 여섯 중 셋째에요." "그러시군요. 그러면 매형이 누나에게 반했나요? 표현이 좀 이상하기는 해도요." 로버트 박은 남자로서의 용기를 낼 태세다. 남자로서 당연히 솟구칠 수밖에 없는 양물 처리를 자위로만 해결했는데 함순희는 고맙게도 내게 예쁘게 보이려 화장까지 한 상태에서 불렀지 않았는가?

이런 달콤한 상황에서 아니라고 할 필요도 없지만 마다해서도 안 된다. 그동안 남자 냄새가 그리웠을 함순희의 회포를 풀어줄 의무도 나에게는 있기 때문이다. 가정이 있는 여성이지만 사회윤리를 따져 아니라고 할 사람도 있을지 몰라도 함순희가 불러주었고 단둘인 지금 상황을 무시할 남자도 있을까. 그럴 수는 도저히 없다. 종족 번식에만 관심 있는 짐승이 아니기 때문이다.

공공장소에서 봤던 함순희는 자기 남편만 품었을 순수 주부일 것이다. 아가씨가 아니어도 상관없다. 아니 자기 남편과의 노련미를 살린 경험적 대접받을 수도 있다. 구들장이 내려앉을 만큼 요란 피워도 괜찮을 조용한 방이다. 함순희와 노는 모습을 쳐다볼 사람도 없겠지만 쳐다본다 해도 상관없다. 가정윤리를 그리도 따지는 한국 사회가 아닌 성 개방에 가까운 미국 사회이기 때문이다. 그렇기는 하나 학원 교제로든 한참 신날 때 학생인 아들이 문을 열게 되면 난감할 수도 얼마든지 다. 그래서 로버트 박은 함순희를 자기 집으로 데리고 가는 게 맞을 것 같다고 생각했다.

"생각해보니 누나 집에서는 좀 그렇네요." "우리 집이 어때서요. 상관없어요."

"아무래도 아니네요. 뜻하지 못한 일이 벌어질지도 모르고…." "너무 염려한다. 우리 아들은 늦게 올 건데…." "아니에요. 그러지 말고 차분하게 우리 집으로 갑시다." "그럴 필요도 없겠으나 로버트 박 생각대로 합시다." 암컷이라는 발정을 멈추라고? 로버트 박을 부르기까지 고민도 했다. 아들까지 둔 유부녀이기 때문이다. "총각 냄새가 나기는 하겠으나 우리 집으로 가는 것이 편할 것 같습니다. 총각 침대 구경도 하고요." 로버트 박은 그게 맘 편할 것 같아서다. 남자로서의 행위를 함순희에게 당장 써먹어도 되겠지만 학원에 갔다는 아들에게 들킬 수도 있다는 불안감 때문이다. 은밀이란 뭔가? 젠더에 있어는 모르게가 아닌가.

"로버트 박 침대 구경이요?" "다른 생각은 천천히 하고 우선 차부터 타세요." 함순희는 로버트 박 제안에 따르기로 하고 시동이 걸린 차 조수석에 올라 안전벨트를 맨다. 그러나 로버트 박으로부터 재미를 볼 생각은 어디로 가버리고 총각과 놀아나기 위해 차를 타게 되는 꼴이 말이 아니다. 매일 밤 품지 않으면 안 되는 남편 때문이다. 아들 따라갔다 오라고 흔쾌히 허락했던 남편, 혼자 어떻게 지낼 거냐고 물어 그런 거 묻지 말라고 했던 남편, 마누라 생각 간절하면 이미 생리가 끊긴 과부나 만나도 돼. 내 방에다 들여다 놓지는 말고. 그런 말은 해둘 걸 그랬나? 이런 사실을 남편은 물론, 아들도 모르겠지만 자동차는 함순희를 태우고 여러 개의 신호등을 거쳐 로버트 박 집으로 내달린다.

"일부러는 아니어도 유학파끼리인데 문만 열어주기는 했다. 그정도는 괜찮지?" "그거야 괜찮지. 근데 엄마 혼자 지내기는 어려울 텐데 그 아줌마 말고 친구가 될 만한 사람도 찾아봐." "말이 나와서 말인데 고향이 어디냐는 상관없으나 우리는 분당이고, 그 아줌마는 고향이 충남이래. 그런데 귀국해서도 언니 동생으로 하자고 내가 말했다." "그 아줌마도 좋다고 했고?" "나이 차이는 세 살밖에 안 나는데 그냥 친구로 하자고 하더라 그러나 엄마는 언니라고 할 거라고 말했다. 그러니 보게 되면 상기 너는 이모라고 해야 할 것 같다." "알았어. 당연히 이모라고 해야지." "상기 너는 이모로 불러줄 사람도 생겼는데 그 이상의 친구도 사귀어라."

"아직이지만 그렇게 할 거야." "그러니까 여자 친구도 말이야. 물론 한국 여성이라야 하겠지만 말이야." "엄마 말이 맞아도 지금은 유학생이잖아." "그거야 그렇지." 함순희는 아들과의 대화에서 있게 된 내용이나 로버트 박과는 십 년이라는 나이 차이도 있겠으나 구면이기도 해서다. 아무튼 예상치 못한 외로움을 달래기 위해 오늘이지 않은가. 그렇게 해서 유부녀인 함순희와 총각인 로버트 박 재미 사실을 보여줄 수는 없으나 로버트 박 침대는 이틀이 멀다 할 정도로 호강이다. 그렇게 자주 호강이다 보니 몰라야 할 아들이 엄마의 불륜을 알게 되고, 엄마인 함순희는 결국 아들로부터 배척당하는 곤경에까지 처하게 된다. 자식까지 둔 여자로서 가정윤리를 저버린 연하남과의 불륜으로 아들로부터 배척당한다 해도 엄마에게는 치유가 쉽지 않을 상처뿐이다.

아내 장범순은 맘먹은 일본 여행이 아니라 2박 3일만 하고 귀국 짐 싸는 자리에서 남편과 대화를 나눈다.

"당신은 역시 엄마다."

"우리 아들 되돌려달라고 할 수는 없을까?"

"되돌려달라고?"

"말이 안 되기는 해도."

"생각해보니 우리가 일본과 사돈을 맺게 된 나라잖아."

"그러니까 우리 수철이 땜에?"

"국적도 한국을 포기하고 일본으로 해 버렸는지 몰라도 말이야."

"대한민국 국적 포기?"

"그려."

"국적 포기는 부모의 동의도 필요 없을까?"

아내 장범순은 국적 포기라는 말에 슬퍼진다.

"글쎄. 아무튼 우리 수철이는 이미 일본사람이 된 거잖아."

"그러니까 우리도 일본과 사돈지간이라고 하는 건가?"

"말이 되네."

국가 통치자 일사 각오

저는 서독 대통령으로서 박 각하께 드릴 수 있는 말을 한다
면 일본을 가까이하는 것입니다. 국민정서상 침략이라는 이유
로든 고통을 심하게 안겨준 일본과 가까이는 맞지 않겠으나
그렇습니다. 각하께서 보시는 대로 한국에 도움이 될 만한 나
라는 한반도 주변에 일본밖에 없다고 보기에 드리는 말씀인데
참고로 하시면 합니다. 참고가 아니라 한국이 살길은 일본 문
두드리는 것입니다. 더 말씀드린다면 박 각하께서는 발걸음을
독일까지 하셨으나 아시는 대로 독일은 한국에 도움 드리기는
죄송하나 숙식 대접뿐이어요.

박정희 대통령께 했다는 서독 리뷔케 대통령 말

"그렇게 보면 일본과 좋은 관계로 살아가야 하는 거 아녀?"
"좋은 관계? 핍박에 대한 사과가 없는데도…?"
"핍박받았던 과거가 있기는 해도 말이여."

"일본으로부터 핍박받았다는 나쁜 관계를 괜찮은 관계로 풀 수는 없을까?"

아내 장범순 말이다.

"통치자 생각이 어떻냐가 문제이지 어찌 없겠어. 그렇게 보면 전쟁 준비 없이는 잡아먹히는 구조라고 하잖아. 그래서 한국이 살길 내가 말해볼게. 공감이 되면 박수 준비나 해."

"박수까지?"

한비선: 대사님, 제가 대사님과 만난 지도 어언 5년이 넘은 것 같은데 대사님은 그때나 지금이나 변함이 없어 보이십니다.

일대사: 말씀은 감사합니다만 그럴 리가 있겠어요. 마누라한테 가게 되는 횟수도 확 줄었는데요 뭐. 허허….

한비선: 그런 문제는 어디 대사님만인가요? 저도 마찬가지이요.

일대사: 한비선 님은 자녀분을 몇 두셨는가요?

한비선: 예, 저는 딸만 다섯이어요. 그래서 아들이 있는 집이 부러워요.

일대사: 출가는 다 시키시고요?

한비선: 아니에요, 하나만 보냈어요.

일대사: 그러세요.

한비선: 아직도 둘이나 남았는데 그냥이네요.

일대사: 그러면 우리 사돈 한번 삼으면 어떨까요? 허허….

한비선: 아이고… 그렇게 되면야. 저는 영광이지요.

일대사: 말이 나왔으니 한번 노력 해볼까요?

한비선: 한번 해보는 말씀이 아니지요? 본론을 말하려면 먼저 신뢰를 쌓아야 할 것은 당연합니다. 물론 상대가 누구인지 알아야 하듯 상대도 내가 누구인지 잘 아는 처지라도 중요한 얘기에서는 소신보다는 신중을 기해야 할 것은 지극히 당연해서입니다.

일대사: 한비선 님 따님이라면 신뢰가 갑니다.

한비선: 그렇게까지는 저는 애비일뿐입니다.

일대사: 제 아들놈을 말한다면 법대를 나오기는 했으나 사업가로 살아가겠다고 제가 설립한 회사에서 경영자 수업 중이어요.

한비선: 그래요? 무슨 회산데요?

일대사: 회사 이름은 '㈜마그네틱케이블'이어요.

한비선: 그러면 회사경영을 언제부터 하였는데요.

일대사: 1988년이니까 올해로 몇 년인가요.

한비선: 그러시면 직원도 많겠네요?

일대사: 사원은 3천 명 정도라 중소기업 수준이지요.

한비선: 중소기업 수준이라니요, 대기업이지요.

일대사: 그래서든 저는 회사경영으로도 벅찬데 국가적 일도 좀 해달라는 부탁을 거절 못 한 것이 오늘입니다.

한비서: 대사님께서는 회사경영만도 바쁘실 텐데 대사 일까지 감당하시다니 정말 대단하십니다. 존경스럽습니다.

일대사: 과찬이십니다.

한비서: 사실인데 과찬일 수 있겠나요.

일대사: 대사 일은 머리를 써야 할 일이 아닐 것 같아 뿌리치지 못하고 받아들이기는 했는데 막상 맡고 보니 그게 아니네요. 전날 겪어보셔서 아시겠지만 대사는 통치자 통치행위 대신이잖아요.

한비서: 그렇기는 하나 일대사님은 잘하고 계시잖아요.

일대사: 잘하고 있다고요?

한비선: 대사님!

일대사: 예.

한비선: 말이 나온 김에 대사님 아드님입니다. 그러니까 싫다만 아니면 우리가 연결 지어 볼까요?

일대사: 그러면 한비선 님 따님 대학은요?

한비선: 연세대학에서 경영학박사 학위를 받았어요.

일대사: 경영학박사라면 회사경영에는 최적입니다.

한비선: 자랑하는 것 같아 조심스럽지만 제 딸애들은 제 엄마를 닮았는지 활동적이기는 한데 아비 말은 구시대적 말로 듣는가 싶기도 해서 속상해요.

일대사: 오늘날은 한비선 님 따님만이 아닌 것 같아요. 친구들 말을 들으면 다들 그래요.

한비선: 일본 여성들은 한국 여성들과는 다른 줄 알았는데 제가 잘 몰랐나봐요.

일대사: 따님에게 그런 말을 꺼내면 국적 얘기를 할까요?

한비선: 글쎄요.

일대사: 따님은 신세대입니다. 그러니 관심을 두어 보세요.

한비선: 대사님 아들 사진 혹 가지고 계세요?

일대사: 예, 가지고 있어요. 한번 보실래요? 대사로 한국에 와 있기는 해도 가족들 얼굴 보고자 한 달에 두 번 정도는 가게 되나 가족은 늘 가까이 두고 싶은 맘에 사진은 언제든 가지고 다닙니다.

한비선: 그러시면 한번 봅시다.

일대사: 사진 이겁니다.

한비선: 아이고, 아드님 정말 멋있게도 생겼네요. 이 사진 제 딸에게 보여주면 어떻게 해달라고 졸라 댈 것 같네요.

일대사: 말이 나왔으니 따님 사진도 있으시면 한번 보여주세요.

한비선: 알겠습니다. 지금은 없으니 다음에요.

일대사: 아들을 둔 입장에서 궁금하네요.

한비선: 그리고 사진이기는 하나 사모님을 뵙게 되는데 여간 미인이십니다. 사모님을 어떻게 만나셨나요?

일대사: 같은 반은 아니나 도쿄대학 학생 때 만난 친구예요.

한비선: 그러면 일대사님이 먼저 대시하셨겠지요?

일대사: 허허, 눈이 마주쳤지요.

한비선: 아닐 것 같은데요. 사모님은 너무 미녀이시라…?

일대사: 다행이지만 맘은 괜찮아요.

한비선: 그러시겠다는 사모님 표정에 쓰여 있네요.

일대사: 이런 일로 곧 또 만나야 하겠네요.

한비선: 대사님 자제분이면 좋겠다는 생각입니다.

일대사: 아니면 말더라도 한번 말해 볼게요.

한비선: 지금까지 나눈 얘기가 성사만 된다면 개인이기는 하나 그렇게 해서 맺어지고, 맺어지고 또 맺어지게 되면 그동안의 부담스럽던 한일관계가 사돈 관계로 이어질 것 같습니다. 그런 기대를 염두에 두는 것도 좋을 듯합니다.

일대사: 한비선 님 생각 대단하십니다. 거기까지도 생각이라니요.

한비선: 대단하기는요, 말을 하다 보니 그런 생각이 떠오른 것뿐이지요.

일대사: 아무튼 지금까지 나눈 얘기가 좋은 결과로 나타났으면 합니다.

한비선: 국가 문제이기는 하나 제가 대사님과 이렇게 얘기를 나누다 보니 생각나는 게 있네요.

일대사: 무슨 생각인데요?

한비선: 인정하시겠지만 국제정세는 요동치고 있는 것 같아서입니다.

일대사: 그렇지요. 오늘날 국제정세는 한비선 님 말씀대로 요동치지요. 도저히 융합할 수 없는 공산주의 체제와 자본주의 체제이지요.

한비선: 다행이라고 할까. 일본과 한국은 그렇지 않아 다행입니다.

일대사: 한국은 자본주의 체재를 택했지만 우리 일본은 주의 체제라는 개념이 없어요. 그냥 자본주의 체제이지요.

한비선: 이런 말까지 해도 될지 몰라도 우리나라가 자본주의 국가이기까지는 미국이 점령했기 때문이라고 봐야 할 것 같습니다.

일대사: 세계정복을 가로막아버린 미국이기는 하지요. 허허.

한비선: 아무튼 우리 한국 대통령은 박정희 전 대통령 각오를 계승하자일 겁니다.

일대사: 우리 일본은 박정희 대통령을 대단한 대통령으로 봅니다. 때로는 반대세력에게 니뽄도를 휘두르듯 말이지요.

한비선: 그래요, 쿠데타를 세 차례나 일으켰다고도 하지요.

일대사: 니뽄도를 휘두르듯 한 것이 개인적으로는 잘못이나 국가통치자로서 반드시일 수 있습니다. 한비선 님 앞이라 조심스럽기는 하나 한국 민족 정신인 화랑도가 있다면 우리 일본은 사무라이 정신이 있습니다.

사무라이 정신이 무엇인지 잘 아시리라 싶지만 확실하게 보여주는 것을 말함입니다. 그런 문제에 있어 한 가지 예를 든다면 아들이 사탕 가게 주인에게 당하고 있습니다. 그것은 본 아버지는 "우리 아들이 무슨 잘못이라도 저질렀기에 그리도 추궁하세요." "당신 아들이 사탕을 몰래 훔쳐 먹고도 기어코 안 먹었다고 해서입니다." "그래요. 그러면 훔쳐먹고도 안 훔쳐먹었다고 하는 건지 확인해 드리겠습니다." 아버지는 그러면서 아들 배를 가릅니다. 아들이 사탕을 훔쳐 먹지 않았음이 확인되자. 아버지는 두말 필요 없이 사탕 가게 주인 목을 자르고 아버지 본인도 할복합니다.

소름이 끼치는 잔인한 얘기지만 우리 일본인들 그동안의 정신이었다고 말할 수 있습니다.

한비선: 그렇군요. (일본인들 정신 알고 있습니다.)

일대사: 이런 정신은 전날만 아닙니다. TV로 보도해서 보셨겠지만 후쿠시마 원전 사고 때입니다. 원전 기술자들은 더 큰 사고를 방지하자는 데 목숨을 건 것입니다. 누구의 지시도 없이 자원으로 말입니다. 그것을 본 저도 그러면 그렇지, 주먹이 불끈 쥐어졌습니다.

한비선: 말씀을 들으니 대사님이 일본 정부 총리가 되시면 좋겠다는 생각입니다.

일대사: 아이고, 과찬입니다. 한비선 님이 대통령 되십시오.

한비선: 그렇게 들으셨다면 죄송합니다만 국제정세가 어떻게 움직이게 될지를 거울 보듯 하셔서 하는 말입니다.

일대사: 아닙니다. 제가 아니어도 일반적 상식이지 않겠어요.

한비선: 이건 기우일지 모르겠으나 비슷한 성격일지가 남아 있네요.

일대사: 비슷한 성격이요?

한비선: 누구는 그런 말을 하기는 합니다. 맞지 않은 사람끼리 만나 평생을 같이하는 것이 결혼이라고요.

일대사: 그거야 다른 사람에게 하는 말이겠지요.

한비선: 바람뿐이지만 우리 한국 여성들과 일본 남성들이 만나 오케스트라로 살았으면 하는 바람입니다. (얘기하고자 본론은 나중에 말하겠지만 말이오.)

일대사: 당연한 바람입니다.

한비선: 당연한 말씀이나 애들도 좋다고 할지가 남아 있습니다.

일대산: 그러게요. 변한 시대에서 내 민족끼리라는 말은 어울리지 않은 말입니다.

한비선: 대사님과 얘기를 나눌 기회를 주신 하나님께 감사합니다.

일대사: 한비선 님은 종교가 기독교이신가요?

한비선: 예 그렇습니다.

일대사: 그러시군요. 저는 무종교입니다.

한비선: 예, 일대사님께서 종교를 물어보셔서 기독교라고는 했으나 종교 얘기는 다음에 또 만나 물으시면 대답해드리겠습니다. 오늘로 해서 자주 만나기를 희망합니다.

일대사: 예, 저도 한비선 님과 같은 생각입니다.

한비선: 대사님을 자주 찾아뵙도록 시간만 주시면 저는 언제든지 좋습니다. (오늘 나는 국제질서가 요동칠 수도 있는 상상하기도 어려운 중대 임무를 띠고 일본 대사와 얘기를 나누고 있다. 그래, 뜸들일 필요 없이 본론을 말해도 될 일이지만 서론을 길게 늘어놓는다. 아무튼 가슴 떨리는 일이다. 이런 일은 누군가는 해내야 한다. 해내야 하지만 생각조차도 하지 않는다. 대통령의 말이다. 총대는 내가 멜 테니 중간 역할 좀 해달라는 데 어떻게 그럴 수 없다고 하겠는가. 이것은 대통령의 지시지만 하나님이 명하신 일로 보고 최선을 다할 것이다. 국가통치자는 말 한마디가 중대성을 가진다. 그래서 많은 생각을 한 후에 말을 꺼낸다. 그것을 알고 있는 전직 주일대사를 맡아본 입장에서 대통령을 돕지 않겠는가. 대통

령님, 성공한 대통령이 되시기를 기도합니다.)

일대사: 그러면 제가 연락을 드려도 될까요?

한비선: 그렇게 해 주시면 야 저로서는 대환영이지요. 대사님이 우리나라 대사님으로 부임하신 것은 국가적으로 행운이지만 저의 행운이기도 합니다.

일대사: 아니에요. 제가 한국대사로 온 것도, 한비선 님을 만나게 된 것도 행운이지요. 그건 그렇고 한비선 님께서 저를 이곳까지 불러주신 이유가 여간 궁금합니다.

한비선: 궁금하시겠지요. 사전에 약속도 없이 느닷없이 만나자고 한 일이라.

일대사: …… (한비선은 대관절 무슨 말을 하려고 하는 걸까?)

한비선: 상상이 가능한 얘기가 아닌 아주 특별한 얘기이기 때문에 뵙자고 한 것입니다.

일대사: 아니, 아주 특별한 얘기라니요?

한비선: 그렇습니다. 드리고자 하는 얘기는 나라 운명이 바뀔수도 있는 얘기일 것이기에요.

일대사: 아니, 나라 운명이 바뀔 수도 있는 얘기라니요?

한비선: 그렇습니다. (말하지만 과거가 밉다고 발전하는 상대국 뒷다리 붙들려는 태도여서야 되겠는가. 일본군 위안부상을 곳곳에 세우는 것은 내일을 짊어지고 나아가야 할 어린이들에게 적개심만 키워줄 뿐 결코 교육적이지 못하다.)

일대사: 그러면 저의 운명도 해당이 되는 얘길까요?

한비선: 그럴 수도 있지요, 대사님의 운명도 더 좋은 쪽으로

바뀔 수도 있는 얘기가 될 건데 그렇지만 두려워할 얘기는 아니니 맘을 놓으셔도 됩니다.

일대사: 말씀하실 얘기가 무슨 얘기일지는 들어봐야겠지만 그렇게 궁금하게 하지 마시고 단도직입적으로 말씀하시면 안 될까요?

한비선: 죄송합니다. 궁금하게 해드리지 말아야 하는 건데. 그러나 너무 심각한 얘기가 될 것 같아 뜸이라고 할까 아무튼 그래지네요.

일대사: 그러시면 이 자리에서 말씀해 주시면 고맙겠습니다만….

한비선: 저는 대사님의 생각을 전적으로 신뢰합니다.

일대사: 아니, 저를 전적으로 신뢰하시다니요. 그게 무슨 말씀이세요?

한비선: 대사님께서도 느끼시겠지만 한 일 두 나라는 침략한 국가, 침략 당한 국가 잊을 수가 없는 역사적 사실입니다. 그렇지만 그런 역사를 뛰어넘는 국가여야 함에도 아직도 그러지를 못하고 있습니다. 제가 말씀 드리지 않아도 대사님은 더 잘 아실 것이나 일본과 한국이 친구 국가가 못 돼서는 후손들에게 할 말이 없을 것입니다. 그런 문제로 대사님을 만나자고 하는 것이니 제 말에 너무 놀라지는 마십시오.

일대사: 무슨 말씀일지는 몰라도 제가 해결할 수 없는 문제의 말씀은 하지 마십시오. 제가 일본 대사이기는 해도 속된 말로 바지 대사일 수도 있어서 그렇습니다.

한비선: 아니에요. 제가 대사님을 어렵게 해서야 되겠습니까. 그럴 수도 없고 그래서도 안 되는 일이니 그런 염려는 마십시오. 제가 말씀드리고자 하는 얘기는 한일 양국이 풀어야 할 문제 때문에 대통령이 내리신 특사라고 해야 할까. 아무튼 그렇습니다.

일대사: 한비선님의 말씀을 듣고는 있으나 무슨 말씀인지 아직도 감이 잘 안 잡힙니다.

한비선: 그러시면 단도직입으로 말씀드리겠습니다. 우리나라는 새 정부가 들어서기는 했으나 우리 국민 대다수는 일본으로부터 입은 피해의식을 위안부 소녀상으로 말하고 있습니다. 이런 위안부소녀상이 일본으로서는 말할 것도 없이 싫겠지만 우리 대한민국 지식인들도 안 좋게 봅니다.

일대사: 말씀하신 대로 과거사이기는 하나 대한민국 국민 피해의식은 하늘을 찌를 듯해 아픔을 조금이나마 덜어드리기 위해 10억 엔을 드린 것입니다. 그 돈이 위안부 할머니들에게 드린 줄로 아는데 그런 돈 속에는 우리 일본 총리 사과의 의미도 담긴 것으로 이해를 주시면 합니다.

한비선: 예, 저도 인정하고 싶습니다. 그렇지만 우리 대한민국 국민 감정은 일본 총리가 직접 사과하라고 요구합니다. 물론 대한민국 국민 모두라고 말할 수는 없지만 그렇습니다.

(상대가 일부러는 아니었겠지만 무시하는 말 때문에 마음의 상처를 입는 경우가 많다. 그래서 상대를 안 봤으면 싶어도 봐야 하고. 이거야 정말 멀리 이사를 하든지, 아니면 교회를 옮기든지 해야지, 상대와 이렇게 불편

하게 지내서는 안 되겠다는 생각이 들어 큰맘 먹고 다음 날 집으로까지 찾아가 말했더니, 상대는 '아이고… 그때 일이 언제 적 일인데 집사님은 지금까지도 기억하고 있었어요? 저는 벌써 잊었는데요.'라고 한다. 이것이 대통령이 의도한 한일관계다.)

일대사: 그래요? 우리 일본 총리가 사과하기 싫어서만이 아닙니다. 아시는 대로 피해 경중을 따지자면 한국이 더 클 수는 있겠지만 중국 난징대학살 사건을 보자면 중국은 우리 일본을 바닷속으로 가라앉히고 싶은 그런 감정일 테고, 필리핀도 못지않게 피해를 본 국가라고 할 것은 불을 보듯 합니다.

한비선: 대사님 말씀대로 그들 국가는 그럴 수도 있을 겁니다. 저도 일본 대사를 지내봤던 입장인데 제가 그걸 어찌 모르겠습니까. 압니다. 알고 있기에 대통령께서는 저를 신임하시기에 대사님을 만나보라고 하신 것입니다.

일대사: 한국 대통령께서 저를 만나보라고 하신 내용이 무엇인지 말씀을 들어봐야 알겠지만 해결하기 너무 어려운 일 한 문제는 아니겠지요. 한비선 님?

한비선: 대사님도 인정하시겠지만 앞으로 나아가야만 될 일인데 과거에만 매달려서는 안 되지요.

일대사: 한비선 님 말씀대로 과거에만 매달려서는 후손들에게 죄짓는 일입니다.

한비선: 대한민국 대통령 생각을 읽을 수는 없어도 전혀 새로운 시대를 열자는 마음일 겁니다.

일대사: 새로운 시대를 열자는 데는 우리 일본도 바라는 바입

니다.

한비선: 그런 점에서 저나 대사님이나 우리 세대는 새로운 시대를 여는 분기점에 서 있는 것이라고 말해도 될 것 같습니다.

(지금까지로 봐 인류변천사는 자연일 수는 도저히 없다 하겠다. 누군가의 희생으로 이루어지기 때문이다. 전쟁을 일으켜서든 말이다. 그러니까 세계전쟁을 일으킨 나폴레옹이 그렇고, 한민족을 침략해 자기들 나라로 만들어버리려 했던 일본 통치자가 그렇다.)

일대사: 새로운 시대를 여는 분기점, 아주 적절한 말씀입니다.

한비선: 세월은 그만큼 흘러 박정희대통령 때입니다. 대일청구권 자금이라는 명목의 돈을 우리 대한민국 정부는 받았습니다. 일본에서는 그 돈을 줄 때는 일본에 대해 피해의식 문제는 다시는 거론 말라고 준 겁니다. 박근혜 대통령 정부 때도 10억 엔이라는 결코 적지 않은 돈도 그런 이유의 돈입니다. 듣기도, 말하기도 고약한 위안부, 그런 피해를 입은 분들에게 위로금 명목으로 그렇게 주었으나 그것으로 억울함이 풀리지 않아요. 일본 총리께서 직접 찾아와 잘못했다고 사과의 의미로 큰절을 하면 풀릴지 몰라도요.

일대사: 예, 대한민국 국민이 우리 일본을 바라보는 정서가 그러실 것이지만 우리 일본 국민은 역사로만 남겼으면 좋겠다는 생각입니다.

한비선: 일본 국민으로서야 당연할 것이나 이걸 한번 보실래요?

(한비선은 대통령의 극비문서를 안주머니에서 꺼내 일대사에게 건넨다)

일대사: 아니, 대통령님 의지 맞지요? 틀림이 없지요?

(한비선이 내민 한국 대통령 극비문서를 일대사는 보고서다.)

한비선: 대사님이 어떤 분이라고 아닌 것을 제가 보여드리겠습니까.

일대사: 한비선 님을 못 믿을 이유는 없겠으나 확인하고 싶으니 대통령과 통화할 수 있도록 도와주실 수 있을까요?

한비선: 그러시면 시간상 당장은 어렵겠고 제가 대통령께 말씀드려 대통령께서 직접 전화로 말씀드리게 하면 어떨까요?

일대사: 그러시면 기다릴게요. 제게 주신 내용이 너무 엄청난 일이 될 수도 있는 문제라 가슴이 벌써부터 떨리기 시작합니다.

한비선: 솔직히 말하면 우리 한국 정부로서는 일본으로부터 입은 피해의 산입니다. 그런 피해의 산을 넘기 힘든 산이라고 쳐다만 보고 있어서만은 안 된다고 보고 대통령께서는 일본에 특별 제안서를 제가 가지고 왔습니다. 대사님이 먼저 보셨으니 일본 총리님께 그대로 곧 전해 주시면 합니다. 잘 부탁드립니다.

일대사: 알겠습니다. 낼 우리 일본 총리에게 전하겠습니다.

그렇게 해서 일대사는 대한민국 대통령 비밀문서를 한비선으로부터 받고 곧바로 일본 본국으로 날아가 일본 총리에게 보고를 한다.

일대사: 대한민국 대통령께서는 상상도 못 할 결단을 내리셨는데 총리님께서 한번 보십시오.

일총리: 그래요? 그러면 한번 봅시다.

일대사: 총리님께서 보시면 깜짝 놀라실지 모르겠습니다. 바

로 이 문서입니다.

(한국주재 일본대사는 조금 떨리는 모습으로 말이다.)

대한민국 대통령 비밀문서

한일 간은 어떤 면으로든 이웃 국가임에도 이웃이 아닌 관계로 지금까지도 살아가고 있습니다. 이런 문제를 누군가는 깨부서야 한다는 생각에 저는 잠을 설치기도 합니다. 설명이 필요도 없이 국가 최고 책임자는 주어진 임기만 탈 없이 지키면 그만이 아니라 국가백년대계의 발판이라도 놓고 떠나야 한다는 생각이 저를 가만히 못 있게 합니다. 그것이 바로 받아보신 내용입니다. 그렇지만 한 일간 불편한 관계를 선한 관계로 풀기는 결코 쉬운 일이 아닙니다. 그래요, 쉬운 일 같으면 벌써 해결 지었지, 지금까지도 해결 짓지 못하고 제가 해결 짓겠다고 나서겠습니까마는 그렇습니다. 변명 같겠지만 저도 그동안은 일본을 친구 국가로 하기는 불가능하다는 생각으로만 있었는데 대통령이 되고 보니 그게 아니라 한일관계를 선한 쪽으로 풀 수 있다는 생각이 들었습니다. 그런 생각이 들기까지는 "그동안 불편했던 한 일은 과거를 풀고 평화하라!" 외침 중에 그러네요, 물론 꿈이지만 '바로 그거다'라는 생각이 들었습니다. 그러니까 전날 피해의식을 떨쳐버리고 선진국으로 올라서자는 데 있습니다.

대한민국 대통령

일대사: 보시니 어떻습니까?

(한비선으로부터 받은 대한민국 대통령 비밀문서)

일총리: 아니, 이 문서 누구로부터 받은 거요?

일대사: 전 송창섭 주일대사로부터 받았습니다.

일총리: 전 송창섭 주일대사로부터요? 언제요?

일대사: 어제 받았습니다.

일총리: 누구 보는 데서 받지는 않았을 테고……

일대사: 그거야, 극비문서인데요.

일총리: 그렇겠지만 무섭다는 생각이 다 드네요.

일대사: 그러면 대한민국 대통령과 통화하시게 연결해볼까요?

일총리: 통화요?

일대사: 진짜인지 확인은 해보셔야 하지 않겠어요.

일총리: 그렇기는 해도 잠시만요. 자동차 안에서도 통화가 가능하지요?

일대사: 가능합니다.

일총리는 누구도 모르게 자동차 안에서 통화하기 위해 기사가 가지고 있는 자동차 키를 받아오라고 일대사를 시킨다.

일총리: 고노상!

고노상: 예, 총리님!

일총리: 다름이 아니고, 자동차 키 좀 주십시오.

고노상: 어디 가실 일이 있으시면 운전은 제가 해야 할 것 같습니다.

일총리: 어디 갈 일은 아니요.

고노상: 그러면 집무실로 갈까요?

일총리: 한국대사께서 가지러 갈 거니 주시면 됩니다.

고노상: 알겠습니다.

일대사: 총리님 연락받았지요?

(자동차 키를 받으러 간 일대사는 일본 총리와 운전기사가 통화 중인 것을 보고 있다가 하는 말이다)

고노상: 아니, 무슨 일이 있으세요?

일대사: 기사님은 사무실에 잠시만 가 계십시오.

고노상: 알겠습니다.

비밀이기는 하나 한일정상 통화가 이루어진다.

일총리: 대한민국 대통령 각하, 저 일본 총리입니다.

제갈량: 총리님, 그동안 안녕하셨어요. 국정에 바쁘실 텐데 전화를 다 주시고 감사합니다.

일총리: 이런 문제는 아무리 바빠도 전화를 드려야지요.

제갈량: 제가 보내드린 문선데 보셨습니까?

일총리: 예, 봤습니다. 그런데 우리 일본 대사로부터 전해 받은 문서는 각하께서 주신 것 맞는가요?

제갈량: 우리 한비선으로부터 전해 받은 문서라면 맞습니다.

일총리: 대통령 각하가 주신 문서를 받고 보니 저는 가슴이 떨립니다. 물론 각하께서 결단하신 일이지만 한국 정부는 상상하기도 어려운 대단한 결단을 내리셨습니다. 그렇다면 우리 일본 정부로서도 반대할 이유 하나도 없는 일로 환영입니다. 그러나 저는 일본 총리로서 한국 정부에 졌다는 느낌이라 총리로서의 맘은 편치 못합니다.

제갈량: 아이고, 저는 잘 되기만을 기다릴 뿐입니다. 일 총리님.

일총리: 당연히 잘 되어야지요. 그렇지만 일본은 가해국으로 사과는 먼저 해야 하는 건데 미안합니다.

제갈량: 사과는 가해국이 당연하지요. 그래서 말씀드리지만 이런 슬픈 일은 다시는 없게 하자는 것이 드린 내용입니다.

일총리: 대한민국 국민에게 피해만 입혔다는 것이 죄송할 뿐입니다.

제갈량: 총리님께서도 각오하시겠지만 국정을 탈 없이만 이끌어서는 대통령으로서 직무유기라고 저는 보기에 이렇게 나선 것입니다.

일총리: 직무유기가 뭡니까? 저는 각하로부터 인생을 배웁니다.

제갈량: 그런 말씀은 과찬의 말씀이고. 좋은 결과만을 기대합니다.

일총리: 각하 기대에 어긋나게는 절대로 안 할 것입니다. 믿어도 될 것입니다.

제갈량: 이런 말까지는 조심스럽지만 저는 국민으로부터 맞아 죽을 각오입니다.

일총리: 제갈량 각하처럼 저도 각오로 나설 것입니다.

일본 총리 국회 연설

존경하는 국민 여러분!

제가 말하기는 아닐지 모르겠으나 총리란 영광의 벼슬 직이 아닙니다. 총리는 통치 기간 국가를 위해 그만한 가치를 창출해내야 하는 무거운 짐을 진 자일 뿐입니다. 그런 짐을 지고 있기에 평화의 깃발을 높이 든 한국 정부에 그만한 가치의 답을 내놓아야 한다고 저는 감히 말씀드립니다. 전혀 예상치 못한 한국 정부 결단에 우리 일본이 한국 정부에 감사의 의미를 내놓아야 한다면 그것이 무엇이겠습니까.

존경하는 국민 여러분!

시대적이기는 하나 우리 일본이 한국 국민에게 피해 입힌 것은 부인 못 합니다. 이런 문제에 대해 인정하고 사과드려야 하지 않을까요? 그래서 우리 일본으로서는 한국 정부에 사과는 당연하다고 생각합니다. 우리 일본과 한국이 상생해야 한다고 뜻있는 분들은 말합니다. 저도 일본을 대표하는 총리로서 그분들의 생각을 존중하고 싶습니다. 그렇지만 행동으로는 쉽지 않아 지금까지 무거운 맘으로만 왔습니다.

존경하는 국민 여러분!

시대는 전날 시대가 아니게 변해버렸고, 앞으로 더 변할 것입니다. 그렇다면 우리나라가 어떤 나란데 별 가치도 없는 자존심만 내세우고 있을까입니다. 역사란 무엇입니까. 미래의 거울입니다. 상대 국가를 힘들게 해서는 우리나라도 좋을 리 없다는 것입니다. 과거 일이기는 하나 우리 일본이 한국을 피해입힌 것입니다. 그래서 피해를 준 측이 그러지 말라고 한다는 것은 피해를 본 측을 더 화나게 할 것입니다. 그렇지만 한국 대통령은 그것을 뛰어넘는 제안을 총리인 제게 보내왔습니다.

존경하는 국민 여러분!

한국에서 보내온 내용 그대로 읽어 드린다면 한일 간은 어떤 면으로든 이웃 국가임에도 이웃이 아닌 관계로 지금까지도 살아가고 있습니다. 이런 문제를 누군가는 깨부숴야 한다는 생각에 저는 잠을 설치기도 합니다. 설명이 필요 없이 국가 최고 책임자는 주어진 임기만 탈 없이 지키면 그만이 아니라 국가백년대계의 발판이라도 놓고 떠나야 한다는 생각이 저를 가만히 못 있게 합니다. 그것이 바로 받아보신 내용입니다. 그렇지만 한일간 불편한 관계를 선한 관계로 풀기는 결코 쉬운 일이 아닙니다. 그래요, 쉬운 일 같으면 지금까지도 해결 짓지 못하고 제가 해결 짓겠다고 나서겠습니까. 변명 같으나 저도 그동안은 일본을 친구 국가로 하기는 불가능하다는 생각이었는데 대통령이 되고 보니 그게 아니라 한일관계를 선한 쪽으로 풀 수 있다는 생각이 들었습니다. 그런 생각이 들기까지는 "그동안 불편했던 한 일은 과거를 풀고 평화하라!" 외침 중에 그러네요, 그러니까 전날 피해의식을 떨쳐버리고 선진국으로 올라서자는 데 있습니다.

존경하는 국민 여러분!

일한 간은 어떤 면으로든 이웃이 아닌 관계로 지금까지도 살아가고 있습니다. 이런 문제를 누군가는 해결해야 한다는 생각에 저는 잠을 설치기도 합니다. 말할 필요도 없이 국가책임자는 주어진 임기만 탈 없이 마치면 그만이 아닐 것입니다. 국가 백년대계의 설계만이라도 내놓고 떠나야 한다는 생각이 저를 가만히 못 있게 합니다. 그것이 바로 한국 대통령으로부터 받아본 내용입니다. 그렇지만 일한 간 불편한 관계를 선한 관계로 풀기는 결코 쉬운 일이 아닐 것입니다. 대통령 각하! 각하께서 제안하신 일이 쉬웠으면 벌써 해결이 되었지요. 변명 같으나 저도 그동안은 한국을 친구 국가로 하기는 불가능하다는 생각이었습니다. 그랬다가 총리가 되고서야 비로소 그래서는 안되겠다는 생각입니다.

존경하는 국민 여러분!

국민께서는 이 점을 인정하실 것으로 우리 일본 사과 없이 한국과의 상생은 요원할 것입니다. 여기에 반대할 국민은 아마 없을 줄로 믿고 곧 실행에 옮기겠습니다. 그러니까 일한 양국 정부로서는 숙원일 수도 있는 상생, 이런 문제에 있어 공식적이지는 않으나 한국 대통령이 먼저 손을 내밀었기 때문에 감사의 마음으로 임할 것입니다. 물론 아직은 문서로만이지만 그렇습니다, 그래요, 개인일 경우 손을 먼저 내미는 자가 이기는 것이라고 할 것입니다. 그렇다면 국가는 예외일까요? 저는 같다고 생각합니다. 젊은 세대들 대다수는 일본 사람이니 한국 사람이니 국적을 따지기 싫어하지 않을까 싶습니다. 물론 개인 생각이지만 그렇습니다.

존경하는 국민 여러분!

그렇게 봐서든 한국 대통령 말처럼 불편한 과거를 깨부수자입니다. 이런 문제에 있어 손해라는 자존심을 내세우기보다는 내일을 위하자는 것입니다. 그래서든 현실을 바라보자는 데 저의 주장이니 국민께서는 동의해주시기 바랍니다. 아니, 동의해주실 것으로 믿고 다음 단계로 넘어가 가까운 날에 다시 말씀드리겠습니다. 감사합니다.

총리 나카무라

대한민국 대통령 연설

존경하는 국민 여러분!

일본 총리 담화문을 들으시고 국민께서는 이게 어떻게 된 거야? 하셨을 줄로 압니다. 아니, 혹시 나라를 팔아먹는 짓을 한 이완용처럼 아니야? 그러실 분은 물론 안 계시겠지만 그렇습니다. 지금 어느 시대라고 나라를 팔아먹을 생각이나 하겠습니까. 말도 안 되지요. 그래요, 이건 나라를 팔아먹는 정도의 담화문으로 보실 국민은 없으실 것이나 들으신 대로 일본 총리 담화문이 사실이기 때문입니다.

존경하는 국민 여러분!

그러나 미리 공개하기는 너무 무서운 내용이라 극비리에 이루진 것임을 우선 미안하다는 말씀부터 드리겠습니다. 이런 문제에 있어 다시 말씀드리지만 들으신 내용이 생각에 따라 잘못일 수도 있는 어마어마한 일입니다. 아무리 통치권 차원이라지만 그렇게 어마어마한 일을 겁도 없이 비밀리에 결단을 내리다니요. 개인 문제도 아니면서 국민에게 한마디 양해도 없이 말입니다.

존경하는 국민 여러분!

솔직히 말해 우리 민족은 윤리 도덕만 강조했을 뿐 잡아먹고 잡아먹히는 생태계를 모르는 국민은 누구도 없을 것이나. 우리 대한민국을 둘러싸고 있는 국가들은 어떤 국가들입니까. 한반도를 호시탐탐 노리는 공산국이 있습니다. 사실이라고 하기는 조심스러우나 중국인들이 제주도 땅을 마구 사들인다면 이유가 무엇이겠냐는 것입니다. 경제적으로는 우호적이나 정치적으로는 전혀 다르다고 보면 됩니다.

　존경하는 국민 여러분!

　북대서양기구를 거느리기까지 초강대국인 미국이 일본을 우방으로 하겠다는 것은 무엇을 말함입니까. 군사적 힘의 논리라면 우리 대한민국은 예외일까요. 그럴 수는 없는 일로 6.25 전쟁 때 부산만 빼앗지 못한 공산국가입니다. 중국주석이 선포한 중국몽을 모르는 국민은 없을 것이나 아시아권 맹주가 아니라 한반도를 중국영토로 하겠다는 것입니다. 그러니까 그리 멀지 않은 중일 전쟁에서 패한 일본을 보복 차원이기도 한 속셈 말입니다. 세계질서는 짐승들처럼 잡아먹고 잡아먹히는 것과 같습니다.

　존경하는 국민 여러분!

　다시 말이지만 안이한 생각 앞에서는 잡아먹고자 하는 상대국이 있다는 것을 알고 대처를 방법을 찾아야 하는데 그것이 곧 일본을 우리 편으로 하자는 것입니다. 그렇습니다. 일본이 이웃 국가이기는 하나 과거를 생각하면 임진왜란 이전부터 민족을 빼앗기기까지 일본은 우리 민족에게 피해 입힌 어쩌면 원수 국가입니다. 그렇다고 우리 대한민국이 거기에만 묶여있을 수가 없다는 현실론입니다. 말씀드리자면 일본은 섬나라이기는 하나 우리가 지게를 면치 못할 때 부러워만 했던 공업 국가입니다.

존경하는 국민 여러분!

그런 강대국을 친구 국가로 할 필요가 있다는 것이 국가를 운영하는 대통령으로서의 생각입니다. 제가 설명하지 않아도 국민께서는 잘 알고 계실 줄로 알지만 6.25 전쟁이 무엇입니까. 6.25 전쟁 원인을 들여다보면 실패한 전쟁이지만 북한이 우리 대한민국을 침범한 게 아닙니다. 중국영토를 만들기 위해 김일성을 앞세운 사실상 중국 전쟁이었습니다. 그것이 곧 소위 팔로군이라는 백만 대군입니다. 그러면 중국이 세월이 흘렀으니 이제는 실패한 역사전쟁으로만 보겠느냐는 것입니다. 중국 천안문광장 벽에 내걸린 인물이 누구입니까. 모택동 아닙니까. 모택동은 설명할 필요도 없이 소수민족을 하나의 중국으로 만들기 위해 수천만 명의 목숨을 무참하게 짓밟은 장본인입니다.

존경하는 국민 여러분!

중국은 우리나라를 당연히 없애야 될 혹처럼 여기는 국가입니다. 무역전쟁에서 역사적일 수는 있겠으나 그리 멀지 않은 중일 전쟁에서 패했고, 그 과정에서 있게 된 난징대학살 사건은 두고두고 한이 될 것이기에 그런 점도 고려한 남북전쟁일 수도 있습니다. 누구는 아니라고 하겠지만 전직 대통령이 주창한 유비무한이 무슨 말입니까. 어느 국가도 넘보지 못할 만큼 힘을 기르자 아닙니까.

존경하는 국민 여러분!

그래서 중국은 우리 대한민국을 인구 8천만 명이나 된다는 중국 쓰촨성처럼 만들겠다는 야망을 버릴 수 있겠느냐는 것입니다. 우리는 경제적으로 부강한 나라로 발전한 국가입니다. 그렇지만 이런 부강을 국가적으로 태평성대로 봐서는 안 됩니다. 사실이 아닐 것으로 보지만 노태우 전 대통령은 일산에다 신도시를 건설하면서 이제는 전쟁이 없다는 의미의 도시라고 했다면 북한 통치자에게 물어나 봤겠냐는 것입니다. 그래서 북한은 오늘도 남침야욕에 불타있을 것입니다.

존경하는 국민 여러분!

우리나라에 설치한 사드도 그렇습니다. 사드는 중국을 향한 공격용 사드가 아니라 미군 심리적 보호용입니다. 그것을 중국이 모를 리 없음에도 중국은 미국은 한반도에서 나가라는 것입니다. 그렇다면 일본을 친구 국가로 만들어야 할 이유의 답은 이미 나온 것입니다. 부르면 언제든지 달려올 그런 친구 국가 말입니다.

존경하는 국민 여러분!

역사를 공부했다면 알 것이지만 오늘의 일본이 되기까지 우리 한민족이 있었습니다. 곧 고려청자를 만드는 기술 얘기입니다. 고려청자 만드는 기술이 일본인들에게 알려지게 되자 우리 한인들을 대거 일본으로 데려갑니다. 편의를 제공해 주겠다는 약속은 물론이고요. 수출 품목으로는 더없는 귀한 자기(瓷器)들로 일본은 많은 돈을 벌게 되고, 그런 돈으로 군함도 만들고 급기야는 세계 2차 전쟁을 일으킵니다. 우리 한민족은 아니게도 고려청자기술자는 쟁이라는 이름으로 천시했을 때입니다. 말씀드리지 않아도 아실 것으로 기술은 국가를 살립니다. 그래서 말이지만 이제부터는 가치 없는 자존심을 내려놓자는 것입니다.

존경하는 국민 여러분!

일본은 조선이라는 이름을 지우고 일장기를 세우기 위해 기독교 지도자들까지 신사 참배시켰습니다. 당시를 살피자면 1938년 9월 9일 오후 8시, 역사적인 제27회 조선 장로교 총회가 평양 서문 외 예배당에서 개회되었는데 평양 서문 외 교회 본당에 전국 27개 노회에서 온 목사 86명과 장로 85명, 그리고 선교사 22명 등 193명의 조선예수교장로회 총대들이 신사참배 강요당했습니다.

존경하는 국민 여러분!

우리 한국이 일본과 과거사를 따져고 적대시해서 얻을 것이 있다면 그것이 무엇일까요. 있다면 오로지 고립뿐일 것입니다. 그래서 말이지만 독도는 우리 땅이라는 노랫말도 이제 그만했으면 합니다. 독도는 이미 김대중 정권 때 한일 어업협정을 통해 한일 양국 간 만족할만한 결과를 도출했다고 보기 때문입니다. 일본의 지배가 잘못이기는 하나 조선 시대 신분제도 붕괴에 지대한 영향을 미친 점 저는 긍정적으로 생각합니다.

존경하는 국민 여러분!

그런 점에서 독도 얘깁니다. 독도는 우리 대한민국의 섬이기는 하나 일본과의 영토분쟁의 불씨가 남아 있는 섬입니다. 그렇게 말하기는 1998년 김대중 정부는 한일 어업협정을 폐기하고 신한일어업협정을 체결하면서 독도를 공동관리 구역으로 만들었습니다. 이승만은 평화선을 선포하고, 박정희는 독도를 포기했다고 합니다. 독도는 그렇게 어려움을 겪고 있습니다.

존경하는 국민 여러분!

말씀드리지만 국가 간에 자존심은 힘으로 말하는 것이지, 상대 국가가 인정해주지도 않은 자존심은 자국에 피해만 자초할 뿐입니다. 일본인들을 상대해본 분들은 잘 아실 것으로 일본인들 인사 태도는 거의 굴종에 가깝습니까.

굴종에 가까운 인사 태도가 맘까지일까요? 그게 아닌 것은 설명이 필요가 없을 것입니다. 그래서 자존심은 겉으로 나타내는 것이 실제가 아니라는 것을 우리 국민은 알아주시면 합니다.

존경하는 국민 여러분!

그렇게 봐서든 개인도 그렇겠지만 국가는 실익을 따지지 않을 수 없다는데 제가 먼저 손을 내민 것입니다. 민주적 절차에 따라 세움을 받은 대한민국 대통령이면 국가적 큰일은 국민투표를 통해서 처리가 당연할 것입니다. 일본과의 상생 문제라면 더더욱… 그런데도 저는 그것을 무시하고 말았습니다. 그렇지만 이렇게 할 수밖에 없었음을 말씀드린다면 욕심일지 모르겠지만 우리나라도 일본을 뛰어넘는 선진국으로 올라서야 합니다. 당장은 어렵겠지만 일본과 상생한다면 경제적으로도 곧 대단한 선진국과 합류하게 될 것으로 저는 믿어 의심치 않습니다.

존경하는 국민 여러분!
아니라고 말할 국민은 아마 없을 것이나 경부고속도로는 파월 장병들이 건설했고 세계적 포항제철은 일본의 돈이 세운 것이라고 말할 수 있습니다. 이렇게까지 결단한 것은 박정희 대통령이었습니다. 그래서 박정희 대통령은 파월 장병들에게는 죄인이고 일본을 미워하는 국민은 싫어할 수 있습니다. 그러나 우리 국민이 생각해 볼 것은 '일본이 싫겠지만 국가를 위해서는 가까이하는 것입니다.'이라는 말입니다. 1963년도 박정희 대통령이 서독에 갔을 때 리뷔케 서독 대통령이 박정희 대통령에게 했다는 말입니다. 그래서라고 말할 수는 없으나 이젠 친일을 따지지 말자는 것입니다.

존경하는 국민 여러분!
현재로서는 청년들에게 그만한 가치의 일자리를 만들어주지 못해 대통령으로서 미안합니다. 그러나 우리 젊은이들이

지닌 잠재능력은 세계인들도 인정해서 일본과 상생만 한다면 오래지 않아 경제적으로 일본과 대등함이 아니라 더 높아질지도 모르겠다는 생각입니다. 경제전문가들 얘기를 들으면 그렇습니다.

존경하는 국민 여러분!

지긋지긋한 전쟁 얘기는 피 흘림 얘기라 너무도 싫으나 오늘날의 전쟁은 국토를 침략하는 것이 아닙니다. 돈을 많이 벌자는 전쟁입니다. 곧 무역전쟁 말입니다. 말씀드리지 않아도 인정하시겠지만 우리는 돈이 될 만한 지하자원이 없습니다. 있다면 인력뿐입니다. 그렇지만 우리 국민성은 부지런함에 있는데 이런 부지런함을 대통령이 보고만 있어서는 안 된다고 저는 봅니다. 부지런함을 써먹을 일터를 제공해 주어야지요.

존경하는 국민 여러분!

그것이 바로 일본과의 상생 문서입니다. 그래서 함부로 보여주어서는 국가적으로 막대한 손해일 수 있는 것 말고는 양국 간 주고받는 것이라고 생각입니다. 우리는 일본으로부터 입은 피해를 지나간 역사로 하고 친구 국가를 만드는 것입니다.

그래요. 침략당한 과거사를 생각하면 일본 총리가 우리 국민에게 사죄의 절을 한다 해도 용서 못 하겠다는 국민도 계실지 모릅니다. 그러나 국가의 번영은 일본을 친구 국가로 만들지 않고는 희망이 없다고 보고 감히 저지른 일입니다. 그렇게는 말도 안 될 수 있는 손을 저는 내민 것입니다.

존경하는 국민 여러분!

그래요. 침략당한 국가가 먼저 손을 내미는 것은 가해국에 굴종일 수도 있습니다. 그렇지만 국가적으로 득실을 따져 득이 크다면 과거를 붙들고만 있어서는 얻어지는 것도 없이 오로지 적개심뿐이기 때문입니다. 그런 적개심은 그 누구도 인정해주기 싫은 자존심뿐입니다. 그러기에 내일의 희망이 보인다면 그런 자존심 정도는 내려놔야 하지 않을까 감히 생각합니다. 그렇게 말하기는 우리 한민족이 힘이 있었다면 그런 치욕을 겪었겠느냐는 것입니다. 대통령으로서 할 말이 아닐지 몰라도 따지고 보면 솔직히 창피하기도 합니다. 우리 국민정서상 가해국인 일본이 너무도 미워 소녀상을 우리가 철거하기는 매우 어렵겠지만 위안부소녀상을 철거하라고 저는 말하고 싶은 지금의 심정입니다. 그래요, 가해국인 일본이 잘못에 대한 사과가 없는데 대통령이라고 해서 엉뚱한 말을 하느냐고 나무랄 국민도 계실 줄 압니다. 그렇지만 저는 대통령으로서 무슨 수를 써서라도 일본으로부터 잘못의 사과를 받아내야만 한다는 생각에 밤잠을 설치기도 합니다.

존경하는 국민 여러분!

대통령이 되기 이전까지는 대통령이 되겠다고 몸부림이 성공으로 이어졌으나 막상 대통령이 되고 보니 영광 아니라는 생각입니다. 그러니까 일본과의 상생 문제입니다. 일본과의 상생 문제는 제가 나서서 해결해야 할 당면과제로 보기 때문에 나서게 된 것입니다. 물론 그렇게까지 하지 않고 임기를 무난하게 마쳤다고 야단치지는 않으실 것이지만 그렇습니다. 무난한 통치는 직무유기라고 생각하기 때문입니다. 그러기에 엉뚱할지 모르겠으나 도전정신을 발휘한 것이 일본 총리가 발표한 내용입니다.

존경하는 국민 여러분!

아무튼 일은 벌어졌습니다. 여기서 아니라고 하기엔 이미 현실이 되었습니다. 물론 제가 저지른 일이기는 해도 이제는 과거로 되돌릴 수 없게 되어버렸습니다. 대통령이라면 보다 나은 대한민국을 만드는 데 있습니다. 그래서 우리 국민감정에 반하는 행동을 저지르고 말았지만. 일본은 환영하는 분위기입니다. 어제는 일본 총리로부터 그동안 죄송했다는 미안의 전화도 받았습니다.

존경하는 국민 여러분!

일본으로부터 사과를 받아내는 길이 무엇이 있겠습니까. 그건 아니라고 하실지 몰라도 우리 대한민국이 일본보다 더 잘살자는 것입니다. 일본보다 더 살려면 일본을 이기는 발상의 전환이 필요하지 않을까요? 위안부소녀상을 세워놓고 욕만 해댈 게 아니라…. 과거사를 사과하지 않는 일본이 밉기는 하나 그것을 역사로만 두고 앞으로 나아가자는 것입니다.

존경하는 국민 여러분!

긍정과 부정에 대한 설명까지는 적절치 않겠지만 긍정은 실패를 전제로 해서 얻어지는 것이지만 부정은 '실패하지 말자, 있다면 퇴락뿐'이라고 생각하는 겁니다. 그렇게 말하기는 경제적으로 우리나라가 이만큼인 것도 실패를 거듭한 데서 얻은 결과입니다. 가난한 나라에 비하면 우리나라는 엄청 부자일 수 있습니다.

존경하는 국민 여러분!

그렇지만 부자나라들과는 아직도 많은 차이가 있습니다. 그래서 말인데 경제적으로 선진국으로 올라서자는 것입니다. 경제적으로 선진국에 올라서려면 안전이라는 틀에서 빠져나오지 않고는 불가능합니다. 상투적인 말이기는 해도 그렇습니다. 말을 바꾸어 사과하지 않는 일본이 밉다고 위안부소녀상만 세워서는 우리 국민만 비굴해질 뿐 더 이상의 발전이 없다는 얘깁니다.

존경하는 국민 여러분!

우리나라는 지정학적으로 공산권에 속해 있습니다. 공산권에 속해 있다는 것은 무엇을 말함입니까. 중국정치인들 속셈은 우리나라를 중국영토로 하겠다는 야심을 버리지 못하고 있을 것입니다. 중국은 대한민국이라는 국호를 떼내버려야 할 혹으로 여기기 때문입니다. 북한 김일성을 앞세운 6.25 전쟁이 바로 그것인데 중국은 1백만이라는 중국군으로 밀어붙이려다 유엔군 때문에 실패했습니다. 중국으로서는 그런 실패의 원인을 찾고 다시는 실패하지 말자는 묘안을 찾아 우리나라를 삼키려 할지도 모릅니다.

존경하는 국민 여러분!

중국 천안문광장에 내걸린 모택동 사진입니다. 모택동은 오늘의 중국을 만들기 위해 소수민족 수천만 명을 죽였고, 우리 한국도 하나의 중국으로 만들고자 백만 대군을 투입했다가 유엔군에 의해 퇴각하고 말았습니다. 그러나 기회를 또다시 만들어 남침한다면 우리나라 단독으로 막기는 사실상 어려울 것입니다. 그러기에 일본을 우군으로 하자는 것입니다. 그러니까. 침략한 일본이라고 욕만 해대서는 아무것도 아닐 수 있습니다. 자존심이 밥 먹여준다더냐 그런 말이 있듯 말입니다.

존경하는 국민 여러분!

국가 그동안의 사정이기는 하나 전직 대통령들이 일본을 침략했던 국가로만 여기지 않았다면 제가 이렇게까지는 아닐 것입니다. 그러니까 국가 번영을 위해서도 그렇지만 국가안보를 위해서는 더욱 일본과의 상생입니다. 그렇기는 합니다. 일본과의 상생을 부정할 국민도 계실 겁니다. 그게 잘못이라고 말하기는 어렵겠으나 우리 대한민국이 처한 국제적 상황은 적성 국가일지라도 손을 잡아야만 할 외로운 국가입니다. 그런 점을 생각해서라도 일본을 친구 국가로 만들어야만 한다는 게 그동안의 저의 철학이고 제게 주어진 책무라고 생각합니다. 그러니까 제 생각을 다시 정리하면 결코 우호적일 수 없는 그동안의 국가가 나토라는 기구에 가입했고 가입하고 있음이 참고입니다. 그래서든 국가적 안보는 모든 나라마다 최대 관심사일 것으로 여기에는 우리 대한민국도 예외일 수는 없습니다. 그래서 말이지만 일본은 지난날 침략 국가였다는 과거에만 매달리지 말자는 것입니다.

존경하는 국민 여러분!

이런 문제에 있어 국민께서는 잘못을 인정하고 대통령직에서 물러나라고 하신다면 물러나는 것을 두려워하지는 않을 각오입니다. 법적으로 대통령에게 주어진 기간이 5년일지라도 말입니다. 그렇지만 대통령으로서 해야 할 일을 5년 안에 이루어 냈다면 제 할 일은 다 한 것인데 대통령직이 무슨 미련이 있겠는가 해서이고 말씀드린 김에 제 생각을 더 말씀드린다면 저는 사후에 국립현충원에도 가지 않을 생각이며 국장도 필요 없습니다. 일반민들 가족장처럼 하라고 일러둘 것입니다. 그것은 대통령직을 잘 수행해서 대접받는다면 살아 있을 때인 것이지 죽어서까지는 아니라고 생각되기 때문입니다. 남의 나라 얘기이기는 하나 인구가 무려 14억 명이나 된다는 거대 중국, 그런 중국을 사실상 통치했던 등소평은 본인의 시신을 화장해서 홍콩 앞바다에 뿌려달라고 해서 유언대로 한 것 같습니다. 그러면 무덤이 없다는 얘긴데 그랬다는 내용을 보고 저는 충격이었습니다. 그렇게까지는 산 사람의 몫이겠지만 국장이니 뭐니 허례허식은 없도록 당부해 둘 것입니다.

이것은 제 자랑도 아닙니다. 그런 정도는 삶에서 가장 손쉬운 일이라고 생각하기 때문입니다. 말씀드리지만 그게 옳다고 주장은 아닙니다. 어디까지나 개인 문제이기 때문입니다. 끝까지 경청해주셔서 감사합니다.